魅丽文化 花火工作室

那时喜欢你 2

叶非夜 著

江苏凤凰文艺出版社
JIANGSU PHOENIX LITERATURE AND ART PUBLISHING, LTD

图书在版编目（CIP）数据

那时喜欢你. 2 / 叶非夜著. -- 南京 : 江苏凤凰文艺出版社, 2017.3

ISBN 978-7-5594-0018-5

Ⅰ. ①那… Ⅱ. ①叶… Ⅲ. ①长篇小说－中国－当代 Ⅳ. ①I247.5

中国版本图书馆 CIP 数据核字（2017）第 044903 号

书　　名	那时喜欢你. 2
作　　者	叶非夜
出版统筹	黄小初 邹立勋
选题策划	朵　爷
责任编辑	胡小河 姚　丽
文字编辑	肖云梦
责任监制	刘　巍 江伟明
出版发行	江苏凤凰文艺出版社
出版社地址	南京市中央路 165 号，邮编：210009
出版社网址	http://www.jswenyi.com
经　　销	江苏省新华发行集团有限公司
印　　刷	湖南新华精品印务有限公司
开　　本	880mm×1230mm　1/32
字　　数	250 千字
印　　张	10
版　　次	2017 年 3 月第 1 版，2017 年 3 月第 1 次印刷
标准书号	ISBN 978-7-5594-0018-5
定　　价	32.00 元

目　录

CONTENTS

目　录

CONTENTS

第 一 章

吻得太逼真

秦芷爱不知道自己哭了多久，情绪才稳定下来。她洗澡，化妆，换衣服，然后望着镜中自己演变成的梁豆蔻的模样，发了许久的呆才收拾好了所有东西，拎着包回到车上。

秦芷爱将车子开进别墅院的时候，顾余生的车子刚在门前熄了火。

他竟然回了家……秦芷爱好不容易才在淑女会馆里平缓下来的情绪再一次翻滚起伏起来。

此刻的她，最不想面对的就是顾余生了。

因为她一看到他，满脑子都是秦芷爱的难过，她根本演绎不好梁豆蔻。

她担心自己会控制不好情绪，现在见顾余生会失态，所以在看到他车子的那一刻，想都没想就狠踩了一脚刹车，将车速放到了最慢。

顾余生从车里下来，直接踩着台阶，输入大门的密码，进了别墅。

等到门关上，秦芷爱才将几乎没怎么动的车子稍微加快了一些速度，缓缓地开过去，停在了顾余生的车旁。

车子熄了火，秦芷爱并没急着下车，而是打开副驾驶座的包，从里面翻出自己的手机，检查了一下是不是已经开了静音。然后她又将自己去见许温暖穿的那件衣服拿出来，包裹好手机，藏在车座底下，确定自己身上再无任何关于秦芷爱的蛛丝马迹后，这才推开车门，拎着包，慢吞吞地朝着门口走去。

秦芷爱在屋门口杵了许久，确定自己等会儿碰了顾余生真的不会情绪失控，才输入了密码，推开门，走进屋里。

管家听见动静，迎了上来，帮她拿了拖鞋：“真巧，小姐，顾先生也刚回来。”

秦芷爱轻点了一下头，将包递给管家，弯腰换鞋。站起身时，她迟疑了一下，问：“顾先生呢？”

“顾先生上楼了。”管家笑眯眯地将包放在沙发上，“小姐，您饿不饿，要不要吃点夜宵？”

秦芷爱晚上一般很少吃东西的，可现在的她最不想做的就是上楼，于是就顺着管家的提议，轻轻“嗯”了一声。

吃完夜宵，秦芷爱并没急着上楼，而是坐在客厅的沙发上，跟管家一起看了一会儿她最近在追的一部都市家庭伦理剧。

等到插播广告的时候，秦芷爱开了口：“给顾先生倒杯水吧。”

“好。”管家立刻起身进了餐厅，没一会儿就端着一杯热水上了楼。

管家折回来后，秦芷爱盯着电视机，看似不经意地又问了一句：“顾先生在忙吗？”

“没，我上楼的时候，顾先生刚洗完澡，不过他接了个电话，现在去书房了。”管家没察觉到任何异样地如实回答。

顾余生现在去书房了？那她现在直接上楼，回卧室装睡，不就代表着可以不和他碰面了？

想到这里，秦芷爱放下手中的杯子，起身道：“我先上楼睡了，你也早点休息。”

管家：“小姐，晚安。”

秦芷爱没吭声，踏着拖鞋离开。

因为在淑女会馆已经洗过澡了，而顾余生又在家，她不能卸妆，所以秦芷爱回到主卧后，只去洗手间刷了个牙，然后就关了卧室的门和灯，爬上了床。

搂着被子，秦芷爱又想起顾余生在路边对自己说的那些话，然后她又想到这些年自己那么固执而坚持地对他的喜欢，眼眶情不自禁又红了。

也不知道在这样酸酸涩涩的情绪里沉浸了多久，秦芷爱的意识才渐渐模糊，陷入了睡梦中。

她睡得不是特别踏实，脑海里时不时会浮现出一些她和顾余生过去零散的画面。直到后来她听见“咔嚓”一声响，下意识地就顺着声音望去。然后她就看到房门被推开，楼道淡黄色的灯光照进屋里，顾余生穿着家居服，逆着光缓步走了进来。

等到屋门被顾余生关上，卧室重归一片黑暗，一阵窸窸窣窣的声响过后，她身边的位置重重地陷下去。

被褥里，本来温度有些偏凉，因为他的进入，渐渐变得温暖起来。

秦芷爱以为自己还是在梦里，就翻了个身，重新闭上了眼睛。

她似睡非睡，半梦半醒地徘徊了许久，终于把脑海里的画面全部清空，彻底要陷入沉睡时，感觉到自己胸口的重量突然加重，似是被人压上一大块石头一般，沉得让她无法呼吸。她闭着眼皱了皱眉，下意识地动了动身体，然后耳边就传来一道熟悉而又低沉的闷哼声。

这闷哼声太过真实，真实到秦芷爱忽地就睁开了眼睛。她借着窗外昏沉的光亮扫了一圈周围的环境，然后才惊觉自己刚刚看到顾余生推门而入的画面不是做梦，而是真实的。

而此时男子就躺在她的身后，正用一条胳膊穿过她的颈下，一条胳膊搭在她的胸口的亲密姿势抱着她。兴许是她刚刚在他怀里挣扎过的缘故，他还她的后背上用力地拱了两下，使得他和她的身体贴合得更紧密了。

隔着两个人身上的睡衣，秦芷爱可以清楚地感觉到男子身上迸发的欲望，她情不自禁地哆嗦了一下，然后男子的唇就移向了她的脖颈，似咬非咬地含住了她的耳垂。

秦芷爱的身体本能地一僵，随后就是层出不穷的战栗，从他的唇齿间传遍至她的全身。

秦芷爱的心跳接连失控了好一会儿，然后才反应过来顾余生这是要做什么。

他的吻依旧温柔，和昨天夜里一样，可秦芷爱的心里却没了昨夜的沉沦和甜蜜，取而代之的是说不出来的酸涩和一阵阵的寒凉。

昨晚的她，是被他突如其来的温情搞得迷糊了吧。

她怎么就忘了，他对她的那些温柔其实都是给梁豆蔻的，而不是给她秦芷爱的。

而她竟然还傻乎乎地回味了一天，还不止一次地在心底泛起丝丝甜蜜……她秦芷爱在他心里什么也不是，从八年前就什么也不是了。不，确切地说，从一开始他就没把她当过一回事。这么多年来，她念念不忘的那些美好的回忆，不过只是她的一厢情愿而已……

她今晚一直想尽办法要避开他，就是怕自己做不好梁豆蔻。

她也知道，此时的自己不应该受秦芷爱的干扰。她现在是梁豆蔻，她既然收了梁豆蔻的钱，就应该办好梁豆蔻安排的事。

可是当顾余生将她的身体平放在床上，低下头亲吻她时，她还是没忍住，轻轻地歪过头去，躲过了他的唇。

顾余生本来都快睡着了，是她滚到了他身边，他睡得迷迷糊糊，也分不清是现实还是做梦，就稀里糊涂抱住了她。

她的身体柔软香甜，还在他怀里时不时地动一动，让他一时没忍住，就擦枪走火了……他没完全从睡梦中清醒过来，所以根本就没有察觉到她的异样。看她歪头，他也跟着歪头，然后就顺着满脑子的情欲，利索地捕捉到她的唇，再贴了上去。

他的唇滚烫温软，和她的唇碰触上的那一刻，她的身子猛地一震，然后就又扭开脸。

他做的这是什么梦啊……顾余生的眉毛轻蹙了一下，被自己梦到的她这般躲躲闪闪的反应搞得有些恼火，伸出手掐住她的下巴，固定住她的脑袋，低下头堵住了她的唇。

谁知梦中的她脑袋竟然左右摇晃挣扎得更加厉害……他就不信在自个儿的梦里还征服不了她……顾余生一边暗暗地想，一边掐着秦芷爱下巴的力道也加重起来。他原本慢条斯理蹭着她的唇轻轻咬着的吻，一下子就变得迫切而强势起来。她根本都来不及有什么反应，他就顶开了她的牙关，狂风暴雨般地侵入她的口中。

就在顾余生扬扬得意于自己在梦里征服了秦芷爱时，女孩突然力道很大地抬起手，胡乱地开始推他。

因为他没有防备，险些被她给推下去，他又用力往她身上压了压，然后一边狠狠地吻着她，一边就去解她睡衣的扣子。

她挣扎得更厉害，害得他最后两颗扣子怎么解都解不开。

他这做的是什么破梦啊？

梦里的触觉好真实，真实得让他越发沉醉。

秦芷爱不是没想过，她咬咬牙，忍一忍，把自己当成梁豆蔻，今晚也就过去了。

她也真的咬牙尝试着去忍了，可今晚的她，被顾余生告诉她自己是故意写给她错误的电话号码那件事影响了太多的心情，她是真的做不出若无其事的样子去面对他。所以在他快要直奔主题的时候，她挣扎得更疯狂了，甚至嘴里都提出了拒绝:“我不要，你放开我……”

顾余生完全沉浸自己的梦中她的身体带给他的吸引力里，他根本没去留意她说了些什么，又去亲吻她的唇。

只是他刚碰上她的唇，他的舌尖都还没探进她的口中，她就突然像个疯子一般，张开嘴，狠狠地咬住了她的舌头。她咬得格外用力，像是要把他的舌头给咬下来一般。

顾余生疼得后背一紧绷，条件反射地就伸出手，用力掐了她的下颚，将自己的舌头从她的齿间给拯救了出来。

疼痛让他窝了一肚子火，他想都没想就开口冲着她骂：“你咬我干什么？有本事你……”

一句话还没说出来，舌头传来的尖锐的疼痛让顾余生倒吸一口凉气，然后他才后知后觉地反应过来，这疼痛真实得可怕，压根儿就不是在做梦……

顾余生微皱了皱眉，视线缓缓落向自己身下的女人。

她的唇被他亲吻得格外红，像是一朵盛开得正艳的花，让他彻底清醒了过来。

原来，他刚刚以为的梦是真实的……随着顾余生的想法，他身下的秦芷爱挣扎起来，她就跟疯了一样，挣扎得更厉害，手也没轻没重地冲着他抓了过来。

他一时没防备，胸前被她的指甲挠了几道。接连两次被她伤到，他胸腔的怒火更甚，他气呼呼地抬起手，抓住她的胳膊，狠狠地按在她的头顶：“你发什么神……”

他的视线突然接触到了她的眼睛，她眼睛红红的，像是哭过，又像是想要哭，他嘴里凶神恶煞的话蓦地就停了下来。

她似乎意识到了他的平静，挣扎的力道也渐渐消失。她盯着他的眼里，有着类似于泪珠的东西在打转。他以为她开口的声音会带着哭腔，却没想到是那种很轻很平静的声调：“我今晚有点累，你可以放开我吗？”

顾余生的身子狠狠地一颤，体内不断窜动的热情一下子消散了一大半。

“可以吗？”她看他许久没动，就又开口问了一遍。只是在说到最后一个字的时候，还没能控制好情绪，声调里带着一丝细细的颤音。

那抹不易察觉的颤音惹得顾余生心底闪过一道尖锐的疼痛，他紧绷着唇，什么也没说，而是翻身躺到另一半床上。

室内一下子变得有些寂静。

顾余生望着天花板，精神得没了丝毫困意。

今晚的她，有点不正常啊……她是发生了什么事，还是心情不好？

顾余生下意识地侧头，看向身边的秦芷爱。他很想问，动了动唇，最后还是什么也没问，沉默着转头，伸出手就去摸床头柜上的烟盒。刚摸到，他就想起她在旁边，然后就带着几分恼怒地将烟盒重重地丢了出去，砸在不远处的柜子上，发出“砰”的一声轻响。

顾余生又转头看了一眼秦芷爱，女孩背对着他躺着，背影看起来很平静，可他脑海里浮现的却是她泪流满面的模样。

原本心情还算不错，突然就变得格外烦躁，胸口像是堵了什么一样，让他觉得浑身都不舒服。

顾余生翻来覆去换了好几个姿势，最后就暴躁地掀开被子，大步流星地进了浴室。

顾余生冲完冷水澡从浴室里出来时，往大床上瞟了一眼。秦芷爱缩在被子里，把自己裹得密不透风，只露出一个毛茸茸的头顶。

只一眼，他好不容易被冷水冲刷平静的心情又变得乱七八糟起来。他快步走进更衣室，随便选了一身衣服穿戴整齐。这次出来后，他看都没看一眼床上的秦芷爱，直接拿了钱包就走出了卧室。大概是心情很不爽，他把门摔得格外响。

楼下的管家睡得迷迷糊糊的，听见声音，随便披了一件外套就跑出来。然后就看见顾余生冷沉着一张脸，从楼上走了下来。

顾余生一边往楼下走一边摸烟，塞进嘴里的时候，碰到了舌头上被她咬伤的地方，疼得咧了一下嘴，然后就将烟吐进了一旁的垃圾桶里，神情越发恼火。

管家看他这副模样，顿时什么也不敢说，甚至还往墙上靠了靠。一直等到顾余生出了屋，开车离开，她才大喘了一口气，跑回卧室。在关上门之前，她又忍不住心事重重地朝楼上看了一眼。

顾先生和小姐，这才和睦相处了没几天，是又闹翻了吗？

若不是客厅的茶几上还摆放着顾余生当初受伤时没吃完的药，管家会以为顾先生在家连住的这几天，只是自己做的一场梦。

被秦芷爱咬伤舌头的顾余生连喝了四天粥，在这四天里，他又开始和从前一样不着家了。

第五天，恰好是周五，公司股东召开周会的日子。

前阵子他受伤的时候，小王把很多需要他签字的文件送去了别墅，后来他回了公司上班，有些文件不着急用就没带回公司。

直到周五开会前两个小时，顾余生满办公室翻待会儿在会议上要用的文件时，才想起那文件还在别墅的书房里。

顾余生没有过多犹豫，直接俯身按下办公桌上座机的免提键。刚准备拨打家里的电话，让管家去书房把文件备好，等会儿自己安排小王过去取，他就想到了家里住着的那个女人。

这都过去四五天了，也不知道那女人的心情好些了没……顾余生的指尖僵在半空，走了片刻神，才神情平淡地垂下眼帘，不动声色地按了家里的座机号码。

接电话的是管家，从来电显示上大概认出了他办公室的号码，没等他开口说话，就先喊了一声：“顾先生。”

“书房里有份文件，你找一下，准备好，大概半个小时，小王过去取。”顾余生简练地吩咐。

“好的，顾先生。”管家答完后，本以为顾余生会和往常一样，什么也不说，直接挂断电话，谁知这次她等了许久都没有任何忙音传来。

顾先生这是人走开了，忘记挂电话了？

管家刚准备出声试探，电话里就传来顾余生略显得有些寡淡的声音：“她还好吗？”

她？只是一秒，管家就反应了过来，语气有些吞吐地说：“小姐吗？她，她这几天……”

顾余生的心猛地一跳，情不自禁就皱着眉接了话：“她这几天怎么了？”

“这，这几天……”管家似是犯了什么难，几个字颠来倒去地说了好几遍，也没说到重点，最后反而还闭上了嘴。

顾余生等得本就心急，现在见对面没了声音，火气顿时就“噌噌”地窜起来，冲着电话里的管家就凶了起来：“这几天，这几天，你还有完没完了？是不是就只会说这几个字啊？这几天到底怎么了！”

顾余生前一秒说完，看后一秒管家还没开口，就又冲着话筒语气恶劣地催了一句：“听没听见我问你话呢？哑巴了？”

电话那端的管家被他臭骂了一顿，再也不敢犹犹豫豫的了，立刻老老实实地交代起来“小姐在您走的那晚发了高烧，吃什么吐什么，我要带小姐去医院，小姐不肯，最后烧到了四十度……”

什么？他走的那一晚，她就开始发烧了？

顾余生的眉毛忽地就狠狠地拧起来，他刚想开口问管家一句“有没有去看医生”，就听见了管家后面的话，顿时恼怒地训斥起管家来：“她发烧，你也跟着烧坏了脑子吗？她说不去医院，你就不带她去医院了？发生了这么大的事你怎么也不打个电话跟我汇报一下？啊？反了你们了，是不是都当我不存在了！”

“不，不是……”管家在电话那头弱弱地出声解释，“是……是小姐不让我告诉您的，小姐说不想烦您……”

顾余生的呼吸就因为这句话忽地一紧。

不想烦您……这好像是他第三次从她的口中听到这样的话了吧……若不是他今天恰巧需要文件，给家里打了个电话，顺口还问了一句她，兴许他压根儿就不会知道她生过病吧？

顾余生胸腔里翻滚的怒火渐渐消失殆尽，取而代之的是隐隐的疼。他的喉结微微滚动了两下，再开口时的语调里带着一抹他自己都没察觉到的担忧："我等会儿就到家……"

说着，顾余生就拿起桌上的车钥匙和钱包。他刚准备挂断电话，里面就传来管家急急的声音："顾先生，小姐现在已经没事了，我后来喊了罗医生过来，给她打了针，她前天晚上就已经能下床了……只是……"

只是……顾余生听得出管家还有别的事情要汇报，轻蹙了眉，将电话重新拿在了耳边。

隔了一小会儿，电话里传来管家略带着几分不放心的声音："只是我觉得小姐这两天有点不对劲。她以前没事忙的时候，也喜欢宅在家里，可是会听听音乐、看看书，要么就去阳光房里摆弄摆弄她养的那些花花草草。可是这阵子，小姐什么都不做了，就连饭也吃得很少，甚至有时候还不吃。这几天我好几次看到小姐趴在阳台上盯着窗外发呆，我喊了她好几声，她都没反应……"

顿了顿，管家又担忧地说："顾先生，您说这么下去，小姐会不会一个人闷出什么病啊？"

顾余生握着话筒，沉浸在管家的话里，没有吭声。

那天她那么抗拒自己，他就觉得她是有什么心事才情绪不大好。可这都过去这么多天了，她还没走出来？

管家说她总是一个人窝在家里发呆，这可怎么成？再这么下去，岂不是要得抑郁症了？

"顾先生？顾先生？"管家看电话这端迟迟没反应，忍不住开了口。

顾余生被喊得回过神来，他想了想，然后淡淡地开口："小王有事就不过去了，你去书房里拿了文件给小姐，让小姐送过来。"顿了一下，他又说，“晚餐就不用准备了，小姐跟我在外面吃。”

电话那头的管家愣了愣，才连忙“哦”了一声。

顾余生没再吭声，直接挂断了电话。

他坐回办公椅上，打开电脑，刚输入密码，就想到自己吩咐过一楼前台禁止梁豆蔻上楼，于是他又拿起桌上的座机，给秘书办公室打了个电话：“告诉前台，等会儿梁小姐过来别拦着，直接让她上楼，来我的办公室。”

秦芷爱拿着文件，被顾余生的秘书张小姐一路领到他的办公室门前。

张小姐直接推开门，恭恭敬敬地冲秦芷爱做了一个“请”的手势：“梁小姐，您请进。”

秦芷爱说了声“谢谢”，迈步走进去。

顾余生此时不在办公室里，屋子里格外安静，只有他办公桌上摆放的电脑里持续发出“沙沙沙”的声音。

秦芷爱站在门口的位置，没往里走。她简单地环顾了一圈他的办公室，发现面积大得出奇，装潢风格简单大气。向南的那一面是落地窗，采光特别好。向东的那一面墙是书柜，北边有两扇门半开着，一间是休息室，另一间是茶水间。

管家只是告诉她，顾余生急着要用这份文件，小王和家里的司机都有别的安排，所以让会开车的她跑一趟。

所以秦芷爱在打量完顾余生的办公室后，就走到他的办公桌前，将手中的文件放下，然后准备去跟外面的秘书打声招呼就离开。

她还没走到门口，门就被推开，顾余生走了进来，他身边还跟着秘书张小姐。

张小姐递给他两份文件：“顾总，这两份文件现在需要您签字。”

顾余生还没接文件，就看到了秦芷爱。他冲着张小姐简单地指了一下办公桌，示意她拿着文件去那里等，然后就走到秦芷爱面前：“文件送来了？”

秦芷爱轻轻地点了点头，稍稍侧身，指了一下办公桌上自己刚刚放下的文件："放在那里了。"

"嗯。"顾余生看都没看一眼，直接伸出手搂住秦芷爱的肩膀，走到沙发前，将她一把按坐下去，低声说，"你先坐，待会儿我有事跟你说。"

说完，顾余生就站起身，走到等候了好一阵子的张小姐面前。

他接过文件的时候，对张小姐吩咐了一句："去给她泡杯茶。"

张小姐礼貌地回了一声"是"，然后就退出了办公室。

顾余生靠在办公桌边上，捧着文件看得仔细。他没和秦芷爱交谈，原本就安静的办公室又安静了下来。

大概过了五分钟，张小姐端着一杯茶走进来，客气温柔地放在了秦芷爱的面前，然后就走到了顾余生的身边。

办公室里又安静了一阵子，顾余生才将文件放回办公桌上，拿了签字笔，俯身在上面签了字。

张小姐抱起文件时，提醒了顾余生一句："顾先生，大家都已经在会议室等候了。"

顾余生淡淡地"嗯"了一声，转头看向秦芷爱："我去开个会，你在这里等我？"

留她一个人在办公室里，那不是和在家里一样，还是傻乎乎地发愣？

"算了……"前一秒刚问完，都没等秦芷爱回应，下一秒顾余生自己就否决了。他拿起秦芷爱刚刚放在办公桌上的文件，走到她面前，伸出手拉了她的手腕，将她一把带起："走吧，跟我一起去开会。"

开会？她又不是他公司的，也搞不懂他们要开什么会，去了也听不懂……

"我还是在这里等你吧……"

顾余生直接无视秦芷爱的话，拽着她进了会议室。他不顾一屋子人诧异的目光，帮她拉开了一把座椅，安排她坐下后，才冲着会议室里的人开口说："开始吧。"

等到会议真的开始，秦芷爱才知道，不单单是她想的听不懂那么简单。

一会议室的人嘴里说的都是专业术语，什么市场分析，什么数字指标，什么股市动荡……落在她的耳朵里，就像是听天书。会议才开了一半，她就开始昏昏欲睡起来。

朦胧中，感觉有个鼠标塞到了她的手里。她打了个激灵，一下子清醒过来，然后就看见面前不知何时多了一台电脑，屏幕上显示的是“斗地主”。

她一眼就认出那台电脑是顾余生的，整个人稍微愣怔了片刻，才转头看向了他。

他脸上没有任何别的神情，正目不转睛地望着在讲话的人，看似听得聚精会神。

有了电脑的陪伴，秦芷爱感觉接下来的时间过得快了许多。

会议一结束，顾余生就走得距离秦芷爱远远的，拿着手机讲电话去了。

秦芷爱途中去洗手间，恰好经过顾余生的身后，隐约听见他说了一句：“嗯，六点吧，六点之前你们到就可以了。”

等到秦芷爱再从洗手间里出来，顾余生已经挂断电话，站在会议室门口，不知道在跟张小姐讲些什么。张小姐时不时地点一下头，然后就抱着顾余生的电脑和文件离开。顾余生这才抬起头，四处看了一圈，最后把视线落在了她的身上。静看了两秒后，他迈步走到她的面前，说了一句：“走吧。”

走进电梯，顾余生兜里的手机“叮咚”响了一声，是一条短信，陆半城发来的：办妥了，人都联系好了，等会儿就到四季酒店。

顾余生刚准备收起手机，屏幕上又显示了一条消息，依旧是陆半城发来的：你今天发什么神经？突然招呼大家出来玩？

顾余生没回复，直接装没看到，将手机塞到口袋里，然后才对秦芷爱出声说了他等会儿要跟她说的事：“今晚陪我去参加一个聚会。”

秦芷爱听完顾余生那句话后，脑子里的第一个念头以为顾余生让自己陪他参加的是上次那样的晚宴。可等到了四季酒店的套房里，她才明白过来，顾余生口中的聚会只是一群朋友单纯地聚在一起玩玩。

这样的聚会，秦芷爱在上次下大雨被顾余生接回四季酒店的那晚见到过一次。

不过那天她只是隔着门匆匆看过一眼，并没有参加。

其实她也没指望自己可以参加，毕竟这样的聚会属于顾余生的私人生活，他巴不得她离他远远的，又怎么可能会带她来参加这样的私人聚会呢？

所以在进入套房的时候，秦芷爱有些诧异地转头看了一眼顾余生。

顾余生似是猜到了她心底的疑惑，在和开门的王总打完招呼，搂着她的腰往里走时，凑到她的耳边，小声地解释了一句："有几个跟你关系不错的朋友，是她们让我喊你来的。"

听了顾余生的话，秦芷爱这才留意到，靠近落地窗的沙发上坐着好几个衣着华丽的名媛。

秦芷爱顶替梁豆蔻的时候，必然是什么事情都提前做了安排和了解，所以那几个名媛秦芷爱全认识，都是和梁豆蔻相对比较熟悉的朋友。

其中一个姓林的小姐眼尖得很，最先看到了秦芷爱，立刻停了和旁边人喋喋不休的话，冲着秦芷爱摇了摇手，喊了一声："小蔻。"

随后那几个人全都转头看过来，纷纷冲着秦芷爱热情洋溢地打了招呼，并顺势喊她过去坐。

顾余生没跟过去，而是拉了她的手，冲她说了一句："你和她们好好玩，我去那边。"

然后等到秦芷爱点了头，他才放开了她的手。

且不说秦芷爱此时扮演着梁豆蔻，必须要跟这些人表现出亲密的样子，就算她和她们不相熟，面对这般热情的招呼，她也要还以热情。

所以秦芷爱没有丝毫犹豫地冲着那几个名媛勾起嘴角，绽放了一个灿烂的笑容，然后就佯装出很欣喜的样子，踩着高跟鞋，走到那些名媛面前，跟她们一起叽叽喳喳地寒暄起来。

果然还是要出来见见人才会开心……顾余生站在原地，盯着秦芷爱和一群女人有说有笑的模样看了一会儿，这才放心地转身，去了陆半城那边。

晚上的饭，吃得那是轰轰烈烈吵吵闹闹。

饭后，顾余生看秦芷爱和一个年轻女孩凑在一起，不知道在兴奋地聊些什么，便没打扰她，直接和陆半城去了里屋的棋牌桌前。

顾余生今晚的牌运还算不错，接连赢了好几把。面对陆半城不满的埋怨，顾余生漫不经心地扫他一眼，始终没有吭声，只是垂着眼帘打量着自己的牌。

顾余生赢了大概十来把的时候，坐在他右手边的王总的手机“叮咚”响了一声。

那是一条短信，王总一边摸牌，一边拿起手机看了一眼，然后就晃着脑袋，一脸无奈地将手机放回到牌桌上：“老婆刷副卡买东西的提醒。”

刚说完，王总的手机又“叮咚”响了一声，这次他只是扫了一眼屏幕，看还是银行发来的，连手机都没拿起，直接研究了一会儿牌，挑了一张牌扔出去。就这么大概一分钟不到的工夫，他的手机连续响了好几声。

坐在王总对面的杨总看这架势，忍不住笑着开口：“王总，敢情你老婆这是在拿着你的副卡血拼啊？”

王总“呵呵”地笑了两声，一副见怪不怪的样子：“我老婆就这样，每隔一段时间，不买点东西心里就不痛快。”

“不是你家这样，我家大的小的都这样……”杨总口中的大的小的指的是他结发二十年的妻子和刚满十八岁的女儿，“不单单是刷着你的卡，每逢过节，还得让你给送点礼物……这不前几天是七夕吗？刚给大的刷了一套房子，小的就吵着要了一辆车……”

“对对对，我老婆不单单是过节要礼物，只要你一进新账，她就得让你给她败点东西。喏，昨晚上我刚带她去香奈儿买了一堆，这不刚刚又在那里刷了几单……”王总似是找到了共鸣一般，一脸赞同。

“有句话怎么说来着？男人负责赚钱养家，女人负责花钱败家……”杨总配合着王总继续聊了两句，然后意识到顾余生和陆半城都没吭声，便一边笑着摸牌，一边说：“陆总还年轻，没女朋友，估计对咱们聊的内容不感兴趣。不过顾总，我记得好像有吧……”

说着，杨总就转头看向顾余生，又带着几分恭维地开口说：“顾总想必也没少给梁小姐花钱吧？”

无声良久的顾余生听到这句话，这才抬起头，漫不经心地看了一眼杨总。

他还是没说话，只是若有似无地扯了一下嘴角，就垂下眼帘，继续去把弄手里的牌，仿佛杨总和王总聊了半天的话题跟自己无关一般。可他的心里却还是被杨总的那句话问得起了涟漪。

他对梁豆蔻以前的印象存留得并不多，但他却记得，以前的她可没少找自己要礼物。

他懒得理，听见了也当没听见。反正记忆里这么多年下来，他好像还真是没给她送过一样东西。

不过似乎自打她住进他的别墅后，就没再开口问他要过什么东西了。

“顾总？”耳边忽地响起王总的声音，顾余生掀了一下眼皮，才意识到自己刚刚竟然走神了，握着牌迟迟没出。他简单地看了一眼牌面，随便挑了一张扔出去，然后就侧头往门外看去。

他就坐在门口的位置，转头就可以看见套房客厅里的场景。

一群女人聚在一起，聊得甚欢。

可那样热闹的画面里，却没了“梁豆蔻”的身影。

顾余生的眉微动了动，视线不动声色地绕着客厅飞快地转了一圈，最后在落地窗前角落里的一个小圆沙发上找到了她。

她背对着所有人，捧着手机无声地坐着。

一屋子的热闹喧哗，似乎都跟她无关一般，不管发出多大的惊呼声，她的视线都没从手机上移开过分毫。

她的姿态很安静，除了偶尔点一下手机屏幕，再无其他多余的举动。就连喝水，都是轻拿轻放，似是生怕闹出一点动静。

顾余生看得出来，她这是刻意将存在感放到最低，存心让大家遗忘她的存在。

他明明在打牌之前看她还和人欢欢喜喜地聊着天，她是什么时候一个人单独避开的？

是不是若不是他刚刚突然想起了她，刻意寻找她，那到最后这个聚会结束，他也不会知道，她始终都是一个人在消磨这聚会的时光呢？

她那么孤孤单单地坐在角落里，一言不发的安静模样，不知怎么的，让顾余生的心底忽地弥漫了淡淡的心疼，他望着她的表情也跟着变得有些凝滞。

“生哥，又轮到你出牌了……”坐在顾余生对面的陆半城抬起手敲了敲牌桌，看顾余生愣怔地盯着窗外，没理会他，就半站起身，伸着脑袋凑过来，朝着他看的方向看去：“生哥，你在看什么？”

没等陆半城看到顾余生究竟在看些什么，顾余生就淡淡地垂下眼帘，遮掩住自己望着秦芷爱的视线。他慢慢地转过头来，胡乱摸了一张牌扔出去。

这一轮顾余生打得乱七八糟的，给另外三个人送了不少钱。挨到牌局结束后，他之前赢的那些筹码已所剩无几。

陆半城还想开新局，问顾余生意见。顾余生没吭声，转头又看向了落地窗前的秦芷爱。

她像是看手机看得累了，抬起头，望向了落地窗外。

屋内的灯光将玻璃映照成了镜子，顾余生透过落地窗，恰好可以看到她脸上没什么太大的表情，看似在看窗外的夜景，又像什么都没看。

那一瞬，顾余生心里莫名其妙就生出一种奇怪的感觉，他总觉得自己此时看到的“梁豆蔻”并不像是这个圈子里的人……可梁豆蔻打小就是在这个圈子里长大的啊……他怎么会有这样的感觉？

“生哥？生哥？”陆半城看顾余生无视了自己的询问，再次敲着桌子出声提醒。

顾余生表情冷淡地回神，看了一眼陆半城，没说话，只是将筹码放在桌子上，随手招了一个在旁边围观的人，让他替自己打，然后就起身去了客厅。

顾余生在秦芷爱的身后站了好一会儿，女孩都没察觉到他的靠近。

最后还是有人凑过来给他递酒，她听见了“生哥”两个字，才转头看过来。

顾余生接了一杯酒，和那人寒暄了两句，等他走后，才重新看向她。

她还是刚刚那副安静的模样，可眼底却流淌出一丝丝不安。

是因为他的出现，她才这般不安的吗？

顾余生的脑子里顿时浮现出前阵子自己受伤，她过来给自己上药时说话小心翼翼的模样。

明明这样的局面是他曾经一心想要的，可此刻的他很清楚地读懂了自己的心。他一点也不喜欢她这样面对自己，他希望她可以用和陆半城他们说话时那副灵动自然的模样跟他讲话……

顾余生搞不懂自己究竟是怎么了，索性最后就不去想了。他望着秦芷爱，语调温和地开口问：“怎么一个人在这里坐着？”

秦芷爱不知道顾余生留意了自己许久，她也不愿意让顾余生知道自他离开自己以后，她就跟那些名媛随便找了个借口，一个人躲到这里来了。于是她有些不自在地移开了视线，盯着落地窗外对面大楼的LED灯，语气平静地撒谎说：“刚刚有电话要接，这里比较安静。”

顾余生看了她许久，又怎会不知她是在撒谎，换了从前，他早就怒了。可是这一刻，他竟然神使鬼差地顺着她的谎言信以为真，甚至还配合着她演起了戏：“谁打来的电话？”

秦芷爱倒是没想到顾余生会跟自己聊起来，微微慌了一下，然后才稳了神，胡乱说了个名字：“周婧打来的。”

“嗯……”顾余生应完，隔了好一会儿又开口，“最近有什么通告吗？”

秦芷爱更没想到他会继续发问，怔了一下，才老老实实回答：“嗯，明天中午的飞机，要去一趟巴黎，米兰的时装秀。”

这不是刚刚周婧打电话告诉她的，而是早在一个月之前就安排好的行程，只不过是凑巧赶上了。

“去多久？”其实顾余生也并不是非要知道答案，他带她出来，本就是怕她一个人在家憋坏了，谁知道最后还是她一个人待着，所以就想和她聊聊天。

她的生活和行程，他从没兴趣知道，怎么现在突然过问了起来？

秦芷爱有些诧异地转头，看了一眼顾余生。男子神情温和，没有半点平日里面对她的那股厌恶、嫌弃或是愤怒。她不敢相信自己看到的，隔了好一会儿才轻声回答：“大概一个星期吧。”

“挺好。”顾余生似是站着说话有些累了，走到落地窗前，转身，倚着栏杆，望着秦芷爱，又开口说，“法国有很多地方挺好玩的，通告结束后，要是没什么事，可以在那里多待几天。”

兴许她出去旅旅游，心情会好很多吧。

刚想到这里，顾余生就想起巴黎是购物天堂，然后又想起刚刚打牌的时候，杨总和王总说的话……再然后，顾余生的心里就冒出一个念头，他都没过多地去思考自己怎么会有这样的念头，手就已经从口袋里掏出了钱包，摸出一张卡。他刚准备递给秦芷爱，然后又像是想起什么一样，把卡拿了回去，从兜里摸了一支笔出来，在卡背面的签字栏处写下几个数字，这才重新递给秦芷爱：“这卡你拿着，在巴黎看到自己喜欢的就直接买了，密码在背后，你记得改了。”

秦芷爱本能地想要拒绝，可是话到嘴边她才想起，此时自己不是秦芷爱，而是梁豆蔻。

顾余生的这张银行卡，给的是梁豆蔻。

梁豆蔻是他的合法妻子，他给她钱，天经地义，她没资格拒绝不接。

想到这里，秦芷爱硬生生把险些脱口而出的话给咽回了肚子里，缓缓地伸出手，接了那张卡，想了想，说了句：“谢谢。”

顾余生看她接了卡，没再说什么，只是将钱包合上，重新塞回了口袋里。

秦芷爱也没再说话，只是垂着眼帘，盯着手中的银行卡看。

他怎么突然好端端地给自己卡呢？是爷爷的意思？还是……应该不是吧，八年前他都没喜欢上自己，那八年后，她又哪有什么本事让他喜欢上自己呢？

算了，想太多也没用，这是他和梁豆蔻之间的事情，和她无关。她不过是一个临时被拉来的替代品，就像这银行卡此刻虽然在她的手里，可她却没资格花一分一毫。

顾余生整理了一下因为掏钱包略显得有些皱巴的西装，等到他抬起头时，看到的就是秦芷爱低着头，盯着银行卡走神的模样。

他看不太清楚她的神情，却从她的姿态里看出了一抹心事重重的样子。

他那晚从别墅离开的时候，她似乎就心情不好，管家说这几天她在家总是一个人发呆……他记得那天早上，在他上班之前，她还没什么事呢。回到家后，管家告诉她，她约了朋友出去吃饭，他也没多想，就去了书房。之后再见她，就是这副模样了……难道是那天晚上她和朋友出去吃饭闹了什么不愉快的事情？

顾余生在脑海里想了许久，也没得出个结果，索性直接开口问出来：“你那晚出去吃饭，是不是遇到了什么不开心的事？”

顾余生问得有些突然，秦芷爱不明白他说的是哪晚，一头雾水地抬起头看向他。

顾余生看懂她眼底的不解，回想了一下，给了秦芷爱一个确切的时间：“上周三。”

停了片刻，顾余生解释得又详细了一些：“我拆完线，第二天去上班的那天。”

秦芷爱顿时明白过来他指的是哪天了。

那天她是因为他才心情不好的……可此刻作为梁豆蔻的她根本没法告诉他缘由，所以最后她只是含糊地“嗯”了一声。

"是因为什么人吗？"顾余生继续猜测。

的确是因为一个人不开心的，只不过那个人是他……

秦芷爱神情温淡地继续"嗯"了一声。

因为什么人？那晚上有人惹她不开心了？

随后顾余生就想到当初自己带她去参加晚宴，却被一伙女人欺负的场景，心里顿时就窝了火："是不是又有人欺负你了？"

其实也不算是欺负，但秦芷爱真的很想尽快把这件事给敷衍过去，所以就冲着顾余生点了头，又"嗯"了一声。

果然是这样？上次是有他，她才没被人打，那晚呢？

顾余生的眼底顿时有戾气弥漫出来："是哪个不长眼的招惹了你？"

因为顾余生突然问起来，秦芷爱又想起了他给自己假电话号码的事情，心里难免就泛起一抹小小的难过，谁知下一秒就听见他说了这样一句话。

招惹她的人根本就是他啊……他竟然还这么咬牙切齿地骂自己不长眼……秦芷爱先是古怪地看了一眼顾余生，随后就被搞得有些哭笑不得。她生怕自己在顾余生面前忍不住笑出来，就急忙低下头，闭上嘴不出声了。

顾余生看她耷拉着脑袋的模样，更加以为自己的猜测是对的。一想到她这几日都因为那人闷闷不乐，顿时连杀人的心都有了："我上次不是告诉过你，谁惹你你就给我大耳光抽回去！就算是你惹不过，那你是没长嘴吗？回家怎么也不告诉我！我帮你抽啊！"

他知不知道自己口口声声说要大耳光抽回来的人其实就是他自己啊……秦芷爱咬着唇，努力克制想笑的冲动。

顾余生哪知道秦芷爱心里在想些什么，他打小就不是个受气的人，此时听到秦芷爱受了气，远比自己受气还要来得憋屈。他越说越来气，总觉得自己被人打了脸，起身走到秦芷爱的面前，一把抓住她的手腕："走，是谁欺负的你，现在就去找他，他让你多难受我就让他更难受，看我不弄死他！"

还找什么找啊，那人就在这里啊……秦芷爱一时没忍住，就笑了出来。她将自己的手用力地从顾余生的手里抽出来，磕绊了好几下才勉强没让说话声里染上笑意：“不，不用了。”

可她结结巴巴的话语落在顾余生的耳中，更像是胆怯。他不由分说地又抓住她的手：“一个脑子有病的人，你怕个什么劲啊……”

顾余生的话还没说完，再也忍不住的秦芷爱“扑哧”就笑出了声。

顾余生忽地就闭了嘴，转头看向秦芷爱。

秦芷爱惊得急忙抬手捂住自己的嘴，可她那耸动的肩膀还是暴露了她在笑的事实。

因为不解，顾余生的眉狠狠地蹙了起来。

秦芷爱知道男子的脾气不好，生怕他随后就会翻脸，赶紧狠狠地吞咽了两口唾沫，把笑意压下去，然后飞快地转动大脑，找了一个合理的解释：“真的不用了，事情没你想象的那么严重，而且都已经过去了，没必要再翻出来……”

说着，秦芷爱就又想到他刚刚怒气腾腾地骂自己的画面，嘴角忍不住又勾了起来。

顾余生本不是那般容易妥协的人，可他看着她眉眼带笑的模样，最后还是勉强妥协了：“那这次的事就先这样吧，算那浑蛋运气好，放过他一次。如果再有下次，我们可说好了，不能这么容易就算完，要不然你三番五次被欺负，我的面子往哪儿搁啊？”

他这人也未免太斤斤计较了吧？这事都说完了，他还不忘嘴里不饶人地又骂自己一句“浑蛋”……本只是勾着嘴角的秦芷爱没法忍住，笑得露出了牙齿，然后她又连忙抬手捂住了嘴。室内虽然一阵喧哗，却能听见有笑声从她的嘴里溢出。

顾余生看着眼前笑靥如花的女孩，眉目间的气息情不自禁变得温软。他盯着她的脸看了一会儿，才转头看向别处。然后在她看不见的地方，他的嘴角按捺不住地往上勾了勾。

第 二 章

恋人未满

第二天，顾余生起床上班时，秦芷爱已经醒了，在管家的帮助下，正在收拾行李。

他穿戴整齐，临出门之前，还不忘嘱咐秦芷爱一句："去了巴黎好好玩，碰到什么想买的就买。"

秦芷爱自住进顾余生的别墅后，没少往外跑通告，甚至有一次她还在剧组住过两个多月，那时她一个顾余生别墅的电话都没接到过。可这次她去巴黎，也不知是怎么了，刚下飞机，管家就打了电话过来。

其实也没说些什么，就是问她到没到。

之后的每一天，她准能接到管家打的一通电话。

秦芷爱飞往巴黎的第四天，顾余生因为公司业务需要出差，飞去了英国。

抵达酒店以后，顾余生连休息都没顾得上，直接换了一身干净的衣服就去参加即将开始的重要聚会了。

等到聚会结束，顾余生回到酒店时，已是英国时间晚上十一点。

长途飞行加上整整一晚上的应酬，让顾余生略感疲惫。

他泡了个热水澡，裹着浴袍出来后，拿着烟盒站在落地窗前，在指尖燃了一支烟。还没吸两口，被他随意扔在酒店大床上的手机就响了起来。

他吸了一口烟才转身，一边吐着烟圈，一边走到床边，拿起手机看了一眼来电显示，是别墅的座机号码。他飞快就滑动屏幕，接听了电话。

他只语气清淡地"喂"了一声，电话那头就传来管家的话："顾先生，我刚刚给小姐打过电话了，她今天参加了一天的活动，有点累，说是要睡了……"

顾余生始终没出声，等到管家汇报完后，就挂断电话，重新折回落地窗前。透过明亮的玻璃，他望着异国他乡的夜景，不知是不是管家打的这个电话的缘故，眼前缓缓出现"梁豆蔻"那双漆黑的大眼睛。

其实说来也奇怪，他见到"梁豆蔻"，看着她的脸知道那是她，但离开了她，不知道为什么，她总是记不住她那张脸。倒是她那双眼睛，他却记得格外清楚。

因为父母的婚姻是悲剧的缘故，他从没想过要结婚，所以也就不太喜欢跟女孩接触，更别说留意过哪个女孩了。所以算起来，“梁豆蔻”的眼睛，大概是他人生中第一次记住的唯一一样关于女人的东西吧？

顾余生静站了燃掉一支烟的时间，才收起了“梁豆蔻”带给自己的烦乱的思绪，躺到了床上。

关了灯，顾余生拿起手机设闹铃的时候，顺势点开了新闻客户端，入眼的第一条竟然是娱乐新闻。

顾余生没太走心，本能地滑动屏幕往下拉。在娱乐新闻即将消失在手机屏幕上方的前一秒，他眼角的余光无意间扫到了“梁豆蔻”三个字。

他指尖微顿了一下，又将屏幕下拉回来，然后才看到那条娱乐新闻，竟是关于梁豆蔻的——

“国民女神”梁豆蔻邀你一起庆生，CSK 直播等你来。

庆生？梁豆蔻要生日了？

顾余生微蹙了一下眉，点进去，入眼就看到梁豆蔻的一张写真图。美是美，但顾余生总觉得眼睛有些怪怪的，少了一些平日里看到的那股灵气，也没了那种精致清澈的韵味……估计是化妆或者拍摄的缘故吧，导致眼睛都有些失真了……顾余生盯着那张照片看了好一会儿，在心底默默吐槽了一句，然后指尖才往下继续滑动。

CSK 直播平台是上个月刚推出来的，签了梁豆蔻当代言人，恰好碰上她的生日，所以就搞了一次大型的生日直播，借用梁豆蔻的名气来给产品做推广。

新闻的最下面，是距离直播倒计时的时间。

还有十一个小时零三十七分。

按照时差来说，中国要比英国快七个小时。

现在是零点二十三分，也就是说今天就是梁豆蔻的生日。而她的直播时间，在英国是中午十三点，在中国就是晚上八点。

今天是她的生日，可管家给她打电话的时候她怎么没提呢？

也对，她怎么会提呢？

从爷爷生日那晚，他在当街的车里彻底吓到她以后，她就开始顺着他的意思乖乖地远离了，所以她根本不可能对他说这些。

那种每逢看到她逃避、防备，心里就会浮现出的不舒服再次爬上了顾余生的心头。他不自觉地抿了唇，握着手机愣了许久，才将已经锁屏的手机放在枕边。刚放下没多久，他又拿了起来，找出“梁豆蔻”的电话号码，点击短信，敲了几个字：生日快乐。

他的指尖伸向了“发送”，却变成将那四个字逐一删掉，然后把手机扔在一旁，双手搁在脑后，又闭上了眼睛。

大概一分钟后，他将手从脑后拿出来，翻了个身，面向落地窗。

过了几秒钟，他又翻了个身，面向卧室的门。

这次安静了约莫十分钟，他忽地拉起被子，遮挡住自己的脑袋。

床上的他不断地换着姿势，一直到窗外的天快要蒙蒙亮的时候，他才彻底安静下来。

早上八点钟，顾余生起了床，吃完早餐就去合作公司开会。

上午十一点的时候，英国下起了淅淅沥沥的小雨。

到了十二点，一行人转移到餐厅时，雨还没停。

临近一点的时候，顾余生的手机“叮咚”响了一声，他放下酒杯，从兜里摸出来，看到竟然是CSK直播的提醒。还有十分钟，梁豆蔻的生日直播就要开始了。

昨晚他竟然在浏览新闻的时候还点了她今天生日直播的提醒？

顾余生的手指不断地摩挲着手机的边缘，过了良久，他才将手机收起来，然后侧头，看向窗外还没停的缠绵的雨丝，像是在认真地考虑着什么一样。他又定了好一会儿神，最后才抬起手，招来跟自己来英国出差的秘书张小姐，凑到她耳边低语了几句。

“现在吗？”张小姐有些古怪地侧头，望了一眼顾余生，以为自己听错了。

“嗯。”顾余生应了一声。

张小姐这才急忙掏出手机忙活了起来。过了大概五分钟，张小姐转头对顾余生说：“顾总，车辆我都已经给您安排好了，火车票也订好了，一点四十分的，抵达巴黎是下午三点四十分。”

也就是，北京时间晚十点四十分，距离她的生日结束还有一个小时二十分钟。

应该来得及……顾余生在心底简单地把时间想了一遍，就拎起餐椅后面的外套，对身边坐着的人用英文说了一连串抱歉的话，然后留下张小姐在这里开下午的会，自己离开了餐厅。

张小姐叫的车已经等候在了餐厅门口。

餐厅位于商业街，对面就是奢侈品商场。

顾余生临上车前犹豫了一下，最后还是对司机说了句抱歉，让他稍等自己片刻，就穿过人行道进了商场。

顾余生从没给女孩送过礼物，这还是第一次。所以当各种物品琳琅满目地展现在他眼前时，他一下子就呆住了。

他左看右看了好一会儿，也没拿定主意究竟该送什么。最后他干脆拿出手机百度了一下女孩生日要送什么，然后在看到第一条是首饰时，直接进入一家国际知名品牌的专柜。

顾余生在百度买什么礼物的时候还看到了一句话：“送女孩的礼物挑贵的，越贵越好，肯定没错。”

当他看到那句话的时候，他下意识地就在心底冷呵了一声。

砸钱简直太俗气了，只有土包子和暴发户才会做这种低端的事情！

要知道，礼物重在心意。于是顾余生在店里很认真地逛了一圈，精心挑选了一条最好看的项链，然后在结账的时候他发现，价格……也是最贵的。

CSK 直播了整整一个小时，结束后，秦芷爱在周婧的陪同下休息了半个小时，然后又参加了一个商业活动。等到一切都告一段落，已是下午四点半了。

今天除了还有一个晚宴要参加以外，秦芷爱没有其他的活动了。

距离出席晚宴还有四个小时，周婧有些事情要忙，而活动地点离酒店又近，秦芷爱想到自己的手机没电了，并且充电器也没带，便跟周婧打了声招呼，告诉她自己回酒店去等她，然后就先离开了。

大概也就五百米的距离，秦芷爱走了七八分钟的样子就到了酒店门口。

穿过旋转门，秦芷爱刚准备往电梯的方向走，就遥遥看到了她觉得最不应该会遇见的人。

顾余生。

他坐在大堂休闲区落地窗前的沙发上，指尖燃着一支烟，正举着手机在打电话。

他脸上的神情有些难看，似是随时都会发脾气一般。大概是刚拨出去的电话没打通，只见他恼火地将手机重重地扔在桌子上，然后狠狠地吸了两口烟，又继续拿起手机按了一下屏幕，再举到耳边。

这次的他，显得比上次拨电话时更沉不住气。就在秦芷爱以为顾余生要将手里的手机砸出去的时候，男子突然像是看到了什么一样，动作顿了顿，然后就转头，缓缓看向了她。

就在秦芷爱寻思着他怎么会在这里，自己要不要跟他打声招呼时，顾余生收回了视线，伸出手将燃着的烟头摁灭在烟灰缸里，然后站起身，朝着她走过来。

他该不会是来找自己的吧？

秦芷爱站在原地，看着走到自己面前停下的顾余生，震惊得有些说不出话来。

“电话为什么打不通？”顾余生的眼底还残留着刚刚打电话时的愤怒，连带着开口的声音听起来也有些不悦，像是在责备她。

“啊？”秦芷爱先是诧异地反问了一声，然后就回味过来，原来刚刚他是在给自己打电话呀……所以，他真的是来找她的？

正在秦芷爱大脑飞速转动的时候，她看到男子轻蹙了一下眉，急忙收回神思，出声解释：“直播的时候手机电量都耗光了。”

稍停了一下，秦芷爱又问："你，找我有什么事吗？"

"你住哪个房间？"顾余生答非所问。

秦芷爱纳闷地望了一眼顾余生。

顾余生看了一眼大堂墙壁上的数字钟，距离五点，也就是北京时间的二十四点钟只剩下十分钟……他看她没开口，就有些等不及地从她手中抢走了手包，在里面翻找了两下，抽了房卡出来，然后看了一眼上面的数字，再直接抓住她的手腕，转身朝着电梯走去。

乘坐电梯上行的一路上，顾余生着急地抬起手腕看了好几次手表。等电梯门一打开，他更是迫不及待地抓住秦芷爱的手腕，朝着她的房间走去。

顾余生拿着房卡打开门后，先将秦芷爱往房间里一推，然后自己紧随其后跟了进去。关上门后，他抬起手腕又看了一眼时间，距离整点只剩下三分钟了。

细算下来，这是顾余生这一生中第一次给女孩送礼物，说不紧张肯定是假的。

他在乘坐火车来巴黎的一路上都在想着该怎么把礼物交给她。

本来是想好了的，可此时见到她，他又有些紧张起来。

真是尴尬啊……当初在部队打仗生死一线的时候，他也没这样啊……顾余生在心里嘀咕了好一阵子，那些原本组织好的话怎么也说不出口了。

眼看着三分钟只剩下了一分半钟，他要是再不说，她的生日可就过去了……越着急，顾余生就越紧张，紧张到最后，他直接忘词了。他抬起手腕又看了一眼时间，还有最后五十秒。他咬了一下唇，直接从随身携带的电脑包里摸出了项链盒子，看也没看秦芷爱一眼，直接往她怀里一丢，就含糊不清地说了句："生日快乐。"

他语速飞快，吐字又不清楚，秦芷爱只隐约听见他说了几个字，却没听清具体是哪几个字，于是她对着顾余生脱口而出一句："什么？"

她没听见？

顾余生低下头扫了一眼手表上的时间，大概还有二十五秒的样子。他还是不敢直视她的眼睛，吞咽了一口唾沫，又开口把刚刚的话重复了一遍：“生日快乐。”

因为紧张和不好意思，他的语速还是有些快，可是跟刚刚比起来要慢了许多，字句也稍微清晰了一些，秦芷爱连听带猜地知道他说了什么。

生日快乐。

今天是梁豆蔻的生日，他千里迢迢跑到巴黎来，是为了给梁豆蔻庆生的？

想到这里，秦芷爱这才低下头，看向了刚刚被顾余生硬塞到自己怀里的礼盒。她没打开，不知道里面的礼物是什么，但盒子上的品牌LOGO她认识，是一个国际大牌，专门做首饰的，随便一样东西的价格，秦芷爱赚一年的钱都买不起。

不过有些事情，很多时候就是那么凑巧。

她比梁豆蔻的生日晚一天。

过了巴黎时间下午五点钟，就已经是她的生日了。

礼物不是送给她的，刚刚那句生日快乐也不是说给她听的……那她现在可不可以假装没听见的样子，再问一遍他说了什么，然后骗他一句生日快乐，当成是他送自己的祝福呢？

秦芷爱先悄悄望了一眼自己手腕上的钟表，已是五点零分十八秒，她的生日已经到来了。她犹豫了片刻，缓缓抬起眼睛，看向顾余生：“你刚刚说什么？我没有听太清楚……”

他第二遍已经尽量说得很清楚了，她还没听清？

顾余生抬起手腕看了一眼时间，已经过了她的生日，顿时心里有些懊恼，连带着口气也透出丝丝烦躁：“没听清就算了。”

秦芷爱原本眼底染上的一抹期待，瞬间黯淡下去。她快速地垂下脑袋，轻轻“哦”了一声。

原来，不属于她的，就是不属于她的，连骗都骗不来。

是自己刚刚奢想了……秦芷爱努力勾了勾嘴角，又开口，转移了话题："我去给你拿瓶水。"

说完，秦芷爱转身走到床边，将礼盒随手放在床上，从床头柜上拿了一瓶矿泉水。

她背对着顾余生，想借着拧开瓶盖的时间来平息一下自己心底的伤感，可那个瓶盖也不知怎么了，她用力拧了半天，可就是拧不开。

早在她垂下头时，顾余生就捕捉到了她眼底的失落。

是他刚刚那不善的语气伤到她了？

虽然后来她给他的微笑安静而温婉，但他想，她只是在逞强吧，不愿被他看出自己难过……顾余生盯着她拧瓶盖的背影，看了片刻，突然大步流星走到她面前，抓住她的手腕，将她扯得面向自己。他想跟她道歉，还想跟她解释，可最后动了动唇，低头就堵住了她的唇。

他起先真的只是想吻吻她，可没想到吻到最后，他却失了控。

他自己都不知道什么时候就把她压倒在了床上，等到他恢复神志的时候，他的手已经缓缓探进了她的衣服里，指尖触碰到的柔软，让他整个人彻底疯了。

他吻得越来越深，也越来越用力，仿佛恨不得要将她吞进腹中一般。

过了许久，一切才回归了平静。

他压在她的身上，喘了好一会儿气，歪头又啃上了她的脖颈，留下一片一片湿漉漉的痕迹。最后落到了她的唇上，辗转反侧地又亲吻缠绵了好一会儿，才缓缓看着她的眼睛。

眼尖的他发现她眼角有些潮湿，像是刚刚流过眼泪。

他沉默了片刻，抬起手，轻轻地抚摸她耳边的头发。给她送礼物时的那种紧张和不好意思此刻全都奇迹般地消失不见了，他盯着她的眼睛，稍微想了一会儿，终究还是跟她解释说："我刚刚跟你说的是，生日快乐。"

顿了顿，顾余生的指尖轻轻地蹭了蹭秦芷爱的面颊，把送礼物时说得潦草的那句话重新又说了一遍："小麻烦，生日快乐。"

秦芷爱望着顾余生眼底的光，一下子变得明亮起来。

秦芷爱晚八点半还有晚宴，而顾余生来英国出差，本就一堆事，所以晚上七点不到，顾余生就先离开了。

秦芷爱一个人在床上躺了一会儿，刚准备下床去洗澡，就看见了放在床头柜上的礼盒。

尽管她知道那不是属于自己的，可她还是将礼盒拿过来，打开看了一眼里面的东西。

那是一条很漂亮的项链，上面镶满了细碎的钻石，在灯光的照射下，璀璨明亮。

秦芷爱伸出手，轻轻地碰了一下那条项链。只是一下，她就立刻缩回了手，然后带着几分羡慕地将盒子小心翼翼地合上，重新放回了床头柜上。

其实也没什么好羡慕的，不是吗？

最起码，她在自己生日的这一天，如愿以偿地听见了他对自己说“生日快乐”。

尽管他不是说给她听的，但终究也算是一场美梦，所以，她应该开心才对。

顾余生早秦芷爱一天飞回的北京。

秦芷爱下飞机后，就直接回了顾余生的别墅。

正是中午的饭点，管家提前跟她通过电话，早就备好了午餐。

秦芷爱吃过饭就回了楼上。

她先是将顾余生给梁豆蔻买的生日礼物放在柜子里，然后才上床去休息。刚迷迷糊糊睡着，她的手机就响了起来。

长途飞行让秦芷爱一直都没怎么休息好，被吵醒后，她的心情难免有些不悦，这导致她拿手机的举动带了一些脾气。只是当她看到手机屏幕上显示的名字时，神情瞬间变得有些紧张，迫不及待就接了电话：“嘉言？你怎么突然给我打电话了？是不是家里出了什么事？”

嘉言，全名秦嘉言，是她同父同母的弟弟，小她两岁，是这个世界上除了她、梁豆蔻和周婧以外，唯一一个知道她暂且替代梁豆蔻身份的人了。

因为在顶替梁豆蔻身份的过程中，为了避免被人发现，她的那部手机不能时常用，可她又怕家里出什么事，所以就告诉了弟弟梁豆蔻的电话号码，当他有急事的时候可以联系她。

“姐，不要那么紧张，家里很好，老妈也很好……”电话那头很快就传来了秦嘉言明朗的声，“我给你打电话，是因为学校参加比赛，我来北京了。我前几天看了新闻，知道你在法国，就没联系你。今天你不是回来了吗，所以一考完试，我就赶紧给你打电话了。”

听到这里，秦芷爱提着的一颗心总算是平缓了下来。她的嘴角勾起一抹柔软的笑意：“你现在在哪里？我这就去找你。”

“我在S大这边……”

挂断电话后，秦芷爱立刻起床。

秦嘉言知道她顶替梁豆蔻的身份，而且秦嘉言现在在等她，她如果变回自己的模样，怕是会让他等很久，更何况他和她相聚的时间本就短。所以秦芷爱对着镜子简单地整理了一下仪容，然后就拿上墨镜和口罩，顶着梁豆蔻的装扮出了门。

秦芷爱开着梁豆蔻的车子，还没接近S大的门口，就看到秦嘉言背着书包，戴着耳机靠在路边的墙壁上，捧着一本书在看。

他看得很认真，以至于她把车子停在他的面前他都没有察觉。

秦芷爱按了一下喇叭，秦嘉言这才抬头看过来。

这条街靠近学校门口，到处都是来来往往的学生，秦芷爱怕被人认出车里坐的是梁豆蔻，所以她只是快速地落下一扇车窗，喊了一声“嘉言”，就将车窗升了上去。

秦嘉言很快就上了车，在系安全带的时候，秦嘉言笑着转头看向秦芷爱：“姐……”

他的话音还没落定，就看到了秦芷爱那张顶着别人模样的脸，他的表情明显愣了一下，嘴角的笑意瞬间消失。

秦芷爱当然知道秦嘉言是因为看到自己这副模样感到难过，她眉眼弯了弯，装出什么都没看懂的样子，语气轻松地说：“嘉言，你想吃什么？我带你去吃好吃的。”

“随便吧。”秦嘉言低着头回答。

“那我们去北京大饭店吧？那里的菜很精致，你都还没去过呢……”

秦嘉言这次连话都没再说了。

于是秦芷爱直接发动车子，朝着北京大饭店开去。开到一半时，秦嘉言突然开了口：“姐。”

“嗯？”秦芷爱的注意力全在路上，回话有些漫不经心。

“你什么时候才可以不打扮成这个鬼样子？”

秦芷爱笑着转头看了一眼秦嘉言：“我这不是挺好的吗？怎么就是鬼样子了。”

“好什么好，丑死了！”秦嘉言撇了撇嘴，像是还要再骂两句什么，最后却垂下头，闷闷不乐地说了句，“我不喜欢你这样。”

秦芷爱心里一阵难受，这次换她不出声了。

车内变得有些安静，直到车子开到“北京大饭店”的地下停车场，秦芷爱停车熄火，两人下了车朝电梯走去时，秦嘉言突然又开了口：“姐，等那个什么大明星回来以后，爸的赌债还完了，你不要再当她的什么替身演员了，你回学校，继续把研究生读完吧……”

母亲身体不好，弟弟还在上学，如果她要再去上学，那两个人的学费，还有家里的开支……秦芷爱挽住秦嘉言的胳膊，带着他往电梯间走：“我们先去吃饭，吃完饭再说这些事情。”

秦嘉言似是猜到了秦芷爱在想些什么，一边随着她的脚步走，一边接着开口说：“姐，我知道你在顾虑什么，我已经长大了，我也可以赚钱了，你的学费我会想办法攒出来的。总而言之，你就得回学校读研究生去……”

虽然秦芷爱不确定将来自己是不是真的可以肆无忌惮地回学校上课，但当她听到秦嘉言的这些话时，心里还是充满了感动。她用力搂了搂秦嘉言的胳膊，抬起头，冲着他笑吟吟地说：“好了好了，听你的还不行。”

秦嘉言看秦芷爱答应了，脸上终于绽放出他见到秦芷爱后的第一个笑容。然后他伸出手接过秦芷爱手里拎着的包，在进电梯的时候，他还抬起手体贴入微地帮秦芷爱挡了一下电梯门，避免电梯门突然关上会夹到秦芷爱……

蒋纤纤今天约了余莎莉在北京大饭店附近的养生馆做SPA。

她比余莎莉早到了十分钟，因为养生馆的停车位不够用，她干脆就开到了“北京大饭店”的地下停车场。

车子停稳后，她刚准备推开车门下车，就看到了好久不见的熟悉的身影。

“梁豆蔻”竟然跟一个年轻男生走在一起，也不知道两个人聊了些什么，“梁豆蔻”竟然主动抬起手挽住了那个男生的胳膊。

她不是已经嫁给了顾余生吗？怎么还和别的男人这么亲密？

蒋纤纤诧异了不过片刻，就急忙拿起手机，对着“梁豆蔻”拍起来。直到他们进了电梯以后，蒋纤纤才下了车。

她没有理会余莎莉打来的电话，而是快速跑向了电梯，然后在“北京大饭店”的大堂里，找到了“梁豆蔻”和那个男生。

那个男生在看菜单，“梁豆蔻”则倒了一杯水，递到那个男生的手边……

蒋纤纤直接拿着手机，偷偷地录起了视频。

等到点完菜，那男生去了洗手间后，蒋纤纤才保存好视频，然后找出自己大哥的微信，发了一条消息出去：哥，你帮我探探消息，看看今晚生哥在哪里？

消息发送成功后，蒋纤纤又找了一个不易被发现却恰好可以看到“梁豆蔻”的位置坐下，然后招呼了服务员，胡乱点了几道菜，一边等着大哥的回复，一边拿着手机，继续悄悄地偷拍起“梁豆蔻”来。

上次在宴会上，顾余生那么护着她……她倒是要看看，如果顾余生看到了现在这些画面，还会不会继续护着她？

想到这里，蒋纤纤的眼底闪过一抹幸灾乐祸的嘲讽。

今天大概是顾余生这几个月以来最清闲的一天。

下午四点钟在漫步咖啡馆见完一个客户后，他基本就没什么事了。

和客户告别后，顾余生没着急上车，而是站在路边，盯着明晃晃的太阳抽了半支烟，才转身上了车。

小王发动了车子，开上路后，习惯性地问："顾先生，现在回公司吗？"

时间还早，并且接下来也没其他的局，似乎只能回公司了……顾余生闭着眼睛，语气很淡地"嗯"了一声。

过了一会儿，他又像是想起什么一样，睁开眼睛说："回家吧。"

小王听到这句话，明显愣怔了一下，随后马上应了一声"是"，打着方向盘，将车子掉转了一个方向。

车内很安静，道路上的车辆不算多，小王把车开得很稳，路边的枝叶郁郁葱葱，时不时地从车窗掠过，留下一串串的阴影。

顾余生闭着眼睛，似睡非睡时，恍恍惚惚想起，那个女人怕是已经从巴黎回来，早回到家休息了吧……

后来顾余生没让小王把车开进院里，而是在门口下了车，也没理会小王的"再见"，就径自推开半开半关的欧式花艺铁门走了进去。

院里很安静，草坪应该是上午刚修剪过，显得格外整齐。

昨天夜里下了一场雨，今天的气温不高，吹来的风里带着几分清爽，让人没来由地舒服了许多。

顾余生慢悠悠地迈着步子晃到屋门口，然后输入密码，推门走了进去。

管家不知在忙些什么，没出来迎接。于是他换了鞋，环顾了一圈客厅，看到一个人影也没有，就踩着楼梯上了楼。

卧室的窗户开着，顾余生一推开门，迎面就吹来一阵徐徐的风。

床上有些凌乱，似是被人睡过，床边放着一个行李箱，还没整理。

她果然回来了，只是人怎么没在卧室里呢？

顾余生走到洗手间的门口，往里探了探，然后就去了她平日喜欢待的阳光房。可那里也静悄悄的，空无一人，那些花被她养得艳丽而娇美。

难不成她在楼下？

顾余生蹙了蹙眉，转身又下了楼。

管家恰巧从自己的卧室里出来，看到顾余生竟然在家，像是看到了多么不可思议的画面一样，表情明显愣了一下，然后才开口："顾先生，您回来了？"

顾余生点了点头，没吭声，继续往客厅里扫了一圈，仍没看到秦芷爱的身影，这才冲着管家开口问："小姐呢？"

"小姐刚出门没一会儿，说是要去见朋友。"

顾余生"哦"了一声，走到沙发前坐下，拿起遥控器，打开电视，随意地找了一个节目看了起来。

管家去厨房帮他泡了一杯热茶，端上来放在茶几上。

时间一点一滴地流淌，窗外的阳光西斜，变红，降落，直到太阳彻底落山，秦芷爱都没回来。

顾余生渐渐有些不淡定了，拿着遥控器不断地换台。

七点钟的时候，管家准备好了晚餐，走过来询问："顾先生，您现在要用晚餐吗？"

顾余生没理会管家的话，转头先看了一眼已经变黑的窗外，蹙了蹙眉，就将手中的遥控器"啪"地扔在了茶几上，再拿了一支烟，走到落地窗前抽了起来。

管家虽不是人精，但也算半个人精，小姐去法国的这些天，顾先生每天都让她去个电话。现在小姐刚回来，顾先生就这么早回家，怕是回来见小姐的吧？

管家在心底掂量了一会儿，然后就走到座机前，拨打秦芷爱的电话。

过了很长一段时间电话才被接听，只听管家问："小姐，您要回家用晚餐吗？"

管家刚问完这句话，就透过面前的镜子，看到站在落地窗前的男子夹着烟的手指轻颤了一下，然后就微微侧头看向了这边。

她果然没猜错 ，顾先生就是为了小姐回来的……

管家听到秦芷爱的回答，然后又问："那小姐您什么时候回来？"

刚挂断电话，管家就听见顾余生的声音从自己身后传来："她怎么说？"

"小姐和她的朋友已经在外面吃过饭了……"管家如实回答，顿了顿，她又把后面问的问题的答案补充完整，"小姐还说，她不是特别确定回家的时间，可能会晚些……"

管家的话音还没落定，顾余生就转过头去重新拿了一支烟，点燃，看向窗外的夜色。

管家看得出，顾余生此时的心情已没刚回家时那般温和，她踌躇了片刻，问："顾先生，您要不要吃饭？"

顾余生像是没听到她的话一般，没有任何反应，只是抬起手吸了一口烟，缭绕的烟雾模糊了他的容颜。

顾余生的脾气特别大，管家哪还敢问第二遍。于是偌大的别墅一下子变得格外寂静。

过了不知道多久，顾余生的手机突然响了一下。他咬着烟，从兜里摸出手机来，看到陆半城发的消息：蒋逸今晚在金碧辉煌组了一个局，让我问问你要不要过来凑凑热闹？

顾余生刚想当没看见消息把手机收起来，随后就想到管家说的那句"她不是特别确定回家的时间"，于是他把手机重新举到面前，给陆半城回了两字：去呗。

顾余生并没着急出门，而是站在窗前把那支烟抽完，才回到楼上换了一身休闲装，随便拿了一把车钥匙，去了车库。

等他到金碧辉煌的时候，包间里已经聚了不少人。东家蒋逸，今天带来的女人和上次又不一样。

顾余生没太在意，直接走到陆半城的身边坐下。

因为回家待了好几个小时都没等来"梁豆蔻"，他的心情略微有些糟糕。面对一屋子人的招呼声，他就像是没听见一样，面无表情地靠在沙发上，若有似无地瞥着巨大的屏幕，又点了一支烟。

今晚聚会的大多都是认识了好些年的人，大家对顾余生的性格早就了如指掌，看他这模样，就知道是心情不好的象征，所以个个都识趣地躲得远远的，各玩各的。

顾余生之所以答应过来，就是不想一个人在家待着，巴不得没人来骚扰他。然而很多时候都事与愿违，当他第二支烟抽到三分之一的时候，就有人在他身边坐下了。

顾余生没侧头看身边坐的人是谁，但那人身上浓烈的香水味提醒了他，那是一个女人。

像是为了证实他的猜测一般，那人声音脆脆地开了口："生哥，我有件事想跟你说。"

顾余生像是听到了多么好笑的笑话一样，含着烟，扯出一抹嘲讽的笑。

这个世界上，打着这种借口跟他说话的女人多了去了，他要是每个都理，还不得累死？

这么想着，顾余生就想起身走人。

"生哥，我保证你绝对会对我说的这件事感兴趣！"那人看到顾余生有想走的趋势，又开了口。她似是怕顾余生就这么走了，语调显得有些急，"生哥，我要说的可是关于你的私事，也是为了你好。不然你的老婆成了别人的老婆，你都未必会知道。"

他的老婆？虽然有些很熟的人以为他已经结了婚，可在法律上，他可是千真万确的单身，又是哪儿来的老婆？

顾余生轻笑出声，直接站起身来。

谁知那人倒也不客气，伸出手一把抓住他的手腕，阻止了他离开的脚步。

顾余生眉头一皱，下意识地转头想要发火，结果那人的速度比他还快，直接将手机举到了他的面前："生哥，你自己看！"

顾余生有些恼火这个人的无礼，本能地想要回一句"没兴趣"，可他眼角的余光却被手机屏幕上那张熟悉的面孔吸引了过去。

那是梁豆蔻，她挽着一个男人，身处地下停车场之类的地方……

蒋纤纤看到顾余生盯着屏幕，没冲自己发火，紧绷的心这才微微放松了一些，然后又开口说："生哥，这就是我要告诉你的事。"

蒋纤纤一边说，一边滑动了一下屏幕，新的一张关于"梁豆蔻"的照片又跳入了顾余生的眼帘，然后她将手机冲着顾余生递了递："我也是今天下午无意之间在饭店碰上她，然后顺势就拍了照片，后面还有很多，我还拍了视频，你可以自己看。"

顾余生盯着手机屏幕，紧绷着唇静了片刻，终究还是缓缓地坐回沙发上，接过手机，滑动着屏幕，一张一张地欣赏起照片来。

越看他的脸色就越臭，看到最后的视频的时候，他周身散发出的气息寒冷得仿佛能把空气凝结成冰。

顾余生平常就给人一种压迫感，此时动了怒，看起来更具威严。

蒋纤纤之前凑到顾余生身边的时候，本就鼓起了很大的勇气，此时看到他这般模样，吓得心怦怦直跳。她暗暗地吞咽了好几口唾沫，才勉强稳住了惊恐的心神，然后就看到顾余生不知什么时候已经将视频看完了。可他没还她手机，还举着手机，盯着屏幕，唇绷得紧紧的，表情看起来阴沉可怕。

看来生哥是真的生气了……也是，即使一个男人再不待见自己的老婆，那也不代表他就允许自己的老婆在外面和别的男人举止亲密……这大概是对一个男人来说最大的羞辱吧？

所以……"梁豆蔻"这次怕是要完蛋了吧？

想到这里，蒋纤纤的心底生出一丝兴奋，她这一生，最期待的就是看梁豆蔻倒霉。

她们俩明明身上都流着梁家的血，就因为她的母亲是梁家人，而梁豆蔻的父亲是梁家人，所以她就是梁家的外人，哪怕她比梁豆蔻聪明，比梁豆蔻优秀，可所有的好事她从小就必须给梁豆蔻让路。

若这次顾余生因为照片和视频不要梁豆蔻了，她倒要看看那个趾高气扬耀武扬威没有脑子的女人还能不能再那么神气？！

尽管蒋纤纤很怕此刻的顾余生，可她还是努力压下那些恐惧，对着始终盯着手机屏幕没反应的顾余生开口："生哥，事先我也不知道蔻姐姐和别的男人有牵连，这次纯属巧合，被我碰上了。本来我还以为他们只是单纯的朋友关系，可你看后面的视频，吃饭的时候，蔻姐姐又是给那男人夹菜，又是给那男人擦嘴的。甚至最后他们离开之前，蔻姐姐还从钱包里拿了钱给那个男人。那男人看起来挺年轻的，你说是不是蔻姐姐这些年染上了什么坏习惯，在外面养了一个小白脸……”

蒋纤纤的话还没说完，顾余生忽地转头看向她。他眼底的光凌厉无比，吓得蒋纤纤本能地往后坐开了一些，连看都不敢看他一眼，就低下头，闭上了嘴。

顾余生举着手机晃了两下，开口的声音平静得有些可怕：“谁让你偷拍她的？”

蒋纤纤眨了眨眼睛，带着几分不可思议地抬起头，看了一眼顾余生，然后才确定，自己刚刚听到的话真的是——“谁让你偷拍她的？”

他这是在指责自己吗？都这个时候了，梁豆蔻给他丢了那么大的面子，他怎么还有心思来指责自己？他难道不是应该去找梁豆蔻算账吗？

蒋纤纤有些搞不懂顾余生的心思了，她见识过顾余生发火的模样，于是吞了吞口水，在心里斟酌了好一阵子，然后才装出一副为顾余生好的样子，小声地开口说：“我，我只是想拿给你看，我没想着要偷拍蔻姐姐。我怕我说的话你不信，我不愿生哥你被人蒙在鼓里，到时候别人都知道你的老婆成了别人的老婆，在背地里笑话你……”

你的老婆成了别人的老婆……捕捉到这几个字的顾余生，微皱了皱眉。

这句话她刚刚不也说过？只不过她那会儿说的时候，他还在心里想着自己都没结婚，哪儿来的老婆变成别人的老婆……敢情折腾了半天，指的就是“梁豆蔻”啊……

顾余生看到那些照片和视频，心里不是不来气，只是他不是傻子，没道理看几张图，加两段视频，再听几句挑唆的话，就认定“梁豆蔻”真做了什么见不得人的事。

蒋纤纤看顾余生始终没吭声，以为他是被自己说动了，胆子大了许多，嘴里的话也说得有些放肆起来：“当初是蔻姐姐死缠烂打非要嫁给你的，嫁给你后，她却在外面勾三搭四、朝三暮四的。这一个恰巧是被我看到了，娱乐圈本来就乱，说不定蔻姐姐还有什么别的没看到的呢。生哥，蔻姐姐这简直就是把您的面子往脚下踩啊……”

勾三搭四、朝三暮四？

她什么难听的话，都敢往自己家那个女人身上安？

顾余生眯了眯眼睛，侧头又看了一眼凑过来给自己看这些照片和视频的人，然后他才发觉这女人有点眼熟，像是什么时候见过。他垂着眼帘沉思了片刻，才恍然大悟地回过神来，这不就是蒋逸今天带来的女人嘛。哦，不对，不是女人，而是他家小妹，蒋纤纤。

上个月，他带“梁豆蔻”去参加晚宴的时候，围着她的那一伙女人里不就有她？

她们本就有过节，他还握着“梁豆蔻”的手给了她们那一伙里叫什么莎什么来着的女人一巴掌……怕是她们都要恨透了“梁豆蔻”吧。

所以，这是来挑拨离间他和“梁豆蔻”，借他的手报复“梁豆蔻”的？

毕竟“梁豆蔻”身为演员，时常会拍戏，搞不好蒋纤纤拿来的是“梁豆蔻”哪段剪切掉的戏。演戏嘛，那都是做做样子。开玩笑，他顾余生会蠢到连戏里的东西都介意？

顾余生越想越觉得是自己推测的这样，之前看到那些照片和视频后的不悦的心情，一下子消散得干干净净。

真是一群无知的女人，玩的把戏都这么上不了台面！

不过，就算是戏里的东西，也不能落在蒋纤纤的手里。这女人不喜欢“梁豆蔻”，万一在他这里造谣不成，又去别处诋毁“梁豆蔻”呢？

这样想着，顾余生就佯装出继续看照片和视频的样子，阴冷着一张俊脸滑动着蒋纤纤的手机屏幕，趁着她还在那里喋喋不休地诽谤“梁豆蔻”的间隙，一张一张飞快地将那些照片和视频删得干干净净！

删完后，顾余生还检查了一遍蒋纤纤的手机，确定没有残留任何关于“梁豆蔻”的不利照片和视频，这才满意地抬起眼皮，瞄了一眼仍说个不停的蒋纤纤。

“生哥，虽然蔻姐姐是我的表姐，但我并不是那种不分青红皂白的人，我这辈子最见不得的就是蔻姐姐这样水性杨花的女人……”

听到这里的顾余生，脸上的神情没有丝毫变化。他将手机随意地往旁边的空位上一丢，慢条斯理地坐正身子，盯着摆放了半桌子的酒瓶看了一圈，然后伸出手挑了两瓶最贵的，拿到面前，拧开瓶盖，又拿了一个超大的杯子，将两瓶酒全倒了进去，再端着递到了蒋纤纤的面前，语气淡淡地冲着她开口问了句毫不相干的话："讲了这么多，口渴了吧？”

蒋纤纤没料到顾余生会开口说这样的话，整个人一愣，嘴里说得正起劲的话语瞬间就消失在了嘴里。

她看了看都快赶上自己小腿粗的酒杯，有些发怵地吞咽了一口唾沫。

那么一大杯酒，她要是喝下去，岂不要醉死了？

蒋纤纤冲着顾余生摆了摆手，浅笑道："生哥，我不喝……”

她的话还没说完，顾余生又开了口，还是那种漫不经心的语调："不喝？”

顾余生说到这里，稍停了一会儿，然后摆出一副好商量的神情，继续懒懒地说："不喝也行……那我们就换种方式把这杯酒解决掉……”

说着，顾余生忽地将手抬高，对准蒋纤纤的头顶，眼皮子都没带眨一下地将整杯酒倒了下来。

蒋纤纤像是没从顾余生刚刚的话里回过神来，又像是被顾余生这样的举动弄蒙了，直到全身被酒浸透，她才缓过神来，扯着嗓门尖叫了一声，然后“噌”的一下站起来。

周围一屋子人的都在各玩各的，根本没留意这边的情况。突然听到蒋纤纤的叫声，大家齐刷刷地转头看过来。

“顾余生，你干什么？！”一伙人似乎都被这一幕弄傻眼了，大家目瞪口呆了好一会儿，最先反应过来的是蒋纤纤的大哥蒋逸。

顾余生根本没理蒋逸，他将手中的空酒杯往地上狠狠地一摔，仿佛一屋子人不存在一般，猛地站起身，伸出手就抓住蒋纤纤的衣领，将她带到自己面前，然后附身，凑到她的耳边，一字一顿，咬牙切齿地开口说："不管你跟她到底有什么矛盾，我警告你，从现在开始，你对她最好客气点，嘴巴也给我放干净点！刚才的事就这么算了，如果你再敢说她一句不好的话，就绝对不会是一杯酒这么简单！"

敢用"水性杨花"这四个不堪入耳的字来形容住在他家里的女人？

多亏了蒋纤纤是一个女人，如果是男人，他绝对一脚狠狠地踹上去！

顾余生的话说得又狠又冷，蒋纤纤的大脑里嗡鸣了好一会儿才反应过来这究竟是怎么一回事。

明明错的是"梁豆蔻"，她好心告诉顾余生，为什么顾余生却对自己发了火？

蒋纤纤带着几分不敢置信转头看向顾余生，酒精顺着她的面颊滴个不停。她用力抿了一下唇，才颤抖着语调开口说："是蔻姐姐做错了事，我只不过实话实说……"

"实话实说？"顾余生带着几分嘲讽地轻笑出声，随后眼神变得凌厉无比，"你以为我会信你吗？"

"你真当我顾余生是傻子，不知道你葫芦里卖的是什么药？还是你当我顾余生脑子有病，会相信你一个毫不相干的人，却不信我自己的人？

"我今儿把话给你放在这里，找她的事就是找我的事，别想着来我这里动什么歪心思。住我家里的女人，也是你能随随便便诋毁埋汰的？想找我打她的脸，你配吗？"

顾余生话音一落，就松开了握着蒋纤纤领口的手。然后他往后退了一步，整理了一下凌乱的衣衫，转身就准备走。突然像是想起什么一样，他又转头凑到蒋纤纤的面前："哦，对了，还有一句话没跟你说。"

"真要有那么一天，我的老婆成了别人的老婆，那么我告诉你，我就是那个别人！"

说完，顾余生就顺势弯腰，从沙发上拿了自己的手机。

在他起身的时候，眼角的余光扫到被他刚刚随手扔在一旁的蒋纤纤的手机。

虽然那些照片和视频都已经被他删了，可如果她要存心报复“梁豆蔻”，现在去找个高手未必不能还原回来……顾余生想到这里，二话不说就拿起蒋纤纤的手机，毫不犹豫地往桌上一个装满酒的酒杯丢进去。

此时的蒋逸彻底清醒了过来，一边朝着蒋纤纤蹿过来，一边又怒吼了一句：“顾余生，你别太过分！”

听到这句话的顾余生，离开的脚步微顿了顿。

别太过分？

这场局是蒋逸做东是不是？正好，他今儿就让他见识见识什么叫真正的过分！

说着，顾余生就招呼了服务员送来酒水单，指着最贵的酒，眉眼不动地开口就要了一百瓶。

服务员似是被顾余生点傻了，直到顾余生催促他“快点送上来”，他才快速转身跑了出去。

一百瓶酒很快就被送上来，整整齐齐地摆放了满满当当一桌子。

顾余生一身悠闲地站在一旁，点了一支烟，冲着上好酒的服务员又开口补了一句：“全都打开！”

“全都打开？能喝得完吗？”有人看着一桌子全打开的酒，忍不住开口感叹了一句。

只是他话里的最后一个字还没吐完，咬着烟的顾余生突然往前走了两步，抬脚就将桌子踹翻在地。一桌子开了瓶的酒东倒西歪地滚了一地，有些碎裂了，有些酒全部流干了，总而言之一百瓶酒没一瓶能喝的了。

报废了一部手机就说别太过分，那么这一百瓶酒呢？

顾余生看着这样的画面，这才心满意足地将烟从嘴边拿下来，掐灭，然后似笑非笑地扫了一眼气得浑身颤抖的蒋纤纤，转身开门走了出去。

蒋纤纤用力咬着牙齿，深吸了好几口气，才勉强稳住了情绪。她盯着一地狼藉的空酒瓶，眼中绽放出一抹恨意。过了片刻，她猛地甩开了蒋逸的手，也朝着外面跑了出去。

顾余生离开包间后，拐去了一趟洗手间。

刚刚在包间里动了那么大的怒，从洗手间出来后，他站在洗手台前洗手的时候，脸上还残留着一丝若有似无的怒气。

真是没想到，就这么出来玩一玩，也能因为她闹出点事端……说她是小麻烦，还真是小麻烦……小麻烦？

顾余生被自己脑海里突然闪过的这个称呼搞得一愣，随后他就想起那一晚，他逗她时给她取这个名字的画面，眉眼情不自禁就变得柔软起来，就连嘴角都勾起了一抹若有似无的淡笑。

可不，她还真是一个小麻烦……只是不知道小麻烦现在是不是已经回家了？

想到这里，顾余生才意识到自己竟然在不知不觉中洗了好一阵子手，他快速地关了水龙头，抽了纸巾擦干净后扔在一旁的垃圾桶里，然后转身，一边朝着洗手间外走，一边摸出了手机。

他刚解锁了手机屏幕，还没输入家里的座机电话，身前就传来蒋纤纤的声音："顾余生！"

她是有病吗？在包间里已经被整得那么惨了，还敢跟出来？是存心找虐吗？

顾余生垂着头，假装没听见，一个数字一个数字地按电话号码。

"你不信我可以，你护着蔻姐姐也可以！我现在来找你，不是为了挑唆什么，我就是来告诉你，在我来金碧辉煌之前，我亲眼看到蔻姐姐和那个男生进了S大附近的游乐场。现在他们进去也不过刚四十分钟，肯定不会这么快结束，你大可以去那里看看，说不定你就能看到她们俩！"

顾余生始终没抬起头去看蒋纤纤，他在输入完电话号码后，就按了拨打键，然后将手机贴到了耳边。

蒋纤纤在原地站了片刻，看顾余生一直都把自己当成透明的存在，于是咬着牙又重复了一遍地址："S 大附近的游乐场！"然后她就转身，穿着一身湿漉漉的衣服，踩着高跟鞋离开。

等到蒋纤纤的高跟鞋声消失不见，顾余生拨出去的电话也被接通了："小姐回家了吗？"

"还没。"

顾余生蹙了一下眉，没再说话，而是直接挂断了电话。

回到车上，顾余生点了一支烟，吸到一小截的时候，他拿出手机看了一眼时间，距离自己刚刚拨出电话已经过了十分钟。他又给家里打了一个，得到的答案还是没有回来。

顾余生靠着座椅后背，不断地吐着漂亮的烟圈，直到一支烟全部抽完，他拿起手机，再给家里打了一个电话，答案依旧是没有回来。

"S 大附近的游乐场。"蒋纤纤的那句话不知怎么的就飘进了顾余生的耳中。

难不成是他想错了？那些视频和照片，不是被剪切掉的戏？而是真的？

顾余生的眉眼闪烁了一会儿，瞄了一眼时间，还不到九点钟，游乐场十点钟关门，而她还没回家……是不是真的他去看一眼不就知道了？何必在这里瞎猜测！

想到这里，顾余生就发动了车子，握着方向盘，缓缓地上了路。

夜里的交通十分顺畅，顾余生驾着车，没一会儿就上了二环。开了约莫二十分钟，车子从主路开出，前方的路口左转弯，直行不过几分钟，就拐进了游乐场的停车场。

距离游乐场打烊只剩下不过四十分钟的时间了，等顾余生停好车，购票进去的时候，已经有不少人陆续离开。

大附近的游乐场只是一个小型的游乐场，面积并不大，顾余生慢悠悠地迈着步子，没一会儿就将游乐场逛了一大半。

他整个找人的过程看似从容闲适，可只有他自己清楚，其实他的心里一直在没来由地紧张。

他说不出自己到底在怕什么，可就是有点怕，怕真的在游乐场的茫茫人海里看到她和别的男人在一起的画面……这种恐慌，伴随着顾余生的寻找越来越浓烈，直到最后只剩下距离出口的一片悠闲游乐区时，一直都没看到“梁豆蔻”身影的顾余生这才缓缓地舒了一口气。

蒋纤纤果然是坑自己的，“梁豆蔻”哪里在游乐场？下次如果被自己碰到了，看不整死她！

顾余生在心底暗暗地嘀咕了几句，就一边掏出手机给家里打电话，一边迈着步子朝着出口走去。

只是他刚走了没两步，突然就转头看着一个方向，停下了脚步。

不远处一大排全是打电子枪的摊位，上面挂满了五颜六色各式各样的毛绒玩具。因为游乐场即将闭园，离开的人都是匆匆而过，几乎没什么人驻足停留去玩。

可最中间的那个摊位前站了两个人。

一男一女。

那男人抱着枪，背对着他，看不到模样，不过个子挺高的。

而他身边站着的女人，他却熟悉得很。即使她戴了口罩和墨镜，可是那长卷发，那衣服，让他只一眼就轻松地认出来，那正是他找了半天的“梁豆蔻”！

拨出去的电话已经被接通，里面传来管家的声音：“顾先生？顾先生？”

顾余生仿佛没听到一般，站在一棵被闪耀的灯光装饰过的大树下，静静地盯着那一男一女看。

那男人一枪接着一枪开，好多次都没打中气球，旁边站着的“梁豆蔻”似乎很紧张，一直到最后一枪落定，两个人也不知跟摊主聊了些什么，然后摊主就递给男人一只毛绒兔子玩偶。男人接过来后，转身就递给了“梁豆蔻”。虽然墨镜遮掩了她的眼睛，可她接过来后抱在怀里勾唇的模样，清楚地泄露出了她的欢喜和喜欢。

那男人看她笑，自己也跟着笑，然后就像是有了什么其他的想法一般，拿出手机像是看了一眼时间，然后转身又给了摊主一把零钱，接过枪，对着已经重新挂好的气球，“啪啪啪”又开起了枪。

这次他好像不是为了什么奖品，而是刻意很有规律地去打枪。只是他的枪法不准，有些打偏了，折腾了好一阵子，那些被打掉的气球的位置依稀拼凑出来一个轮廓类似于“生”字。

紧接着又出现了一个“日”字，大概是笔画简单，这个字打得相比较上一个字要快许多，也相对好认许多。

顾余生看到这里，已经猜到了那个男人要打给“梁豆蔻”的是“生日快乐”。

只是那个男人在打后面的“快乐”两个字时，抱着枪磨磨叽叽好半天，也只是勉强打出了一个竖心旁，和一个歪七扭八完全难以辨认的鬼画符。

距离闭园的时间越来越近，摊主开始催促，男人一着急，本就不准的枪法越发乱七八糟了。到了最后，别说是打字了，就连一个气球都没打中。

“梁豆蔻”倒是一点也不嫌弃，从男人的怀里抽了枪，递给摊主，面带抱歉地说了句类似于“不好意思”之类的话，然后就拉着男人的胳膊，朝着游乐场的出口走去。

那男人似是在为刚刚没有打成功的字感到懊恼，显得有些不开心。“梁豆蔻”一路上不断地歪头，对着他有说有笑的，明显是在哄那个男人开心。甚至在最后，她还伸出手挠了挠那个男人的腰，男人顿时就咧着嘴笑了。

出口处的人很多，挤来挤去的，那男人随手就将“梁豆蔻”往怀里一搂，护拥着她，慢慢地跟着人潮往外走。

一直到“梁豆蔻”和那个男人都不见了身影，顾余生还僵硬着姿态，站在原地没动。

直到身后有大人领着小孩出园，小孩手里拿着的荧光棒不小心碰到了他的大腿，他才缓缓将视线从“梁豆蔻”离开的方向给拉回来，然后就听见手机里传来管家的声音：“顾先生？您还在吗？”

原来，他刚刚竟傻乎乎地举着手机发了这么久的呆……顾余生微绷紧唇，想回管家一句话，张了张嘴，却发现嗓子难受得发不出半点声音。他索性直接挂断电话，大步流星地朝出口走去。

顾余生一到停车场，就开始寻找“梁豆蔻”的车。

她的车子很好认，是当初爷爷买给她的生日礼物，颜色是鲜艳的红色，顾余生一眼就捕捉到了。随后他就快速地回到自己的车上，踩了油门，跟上了“梁豆蔻”的车。

顾余生和“梁豆蔻”的车子始终保持着约莫五十米的距离。

他看她在S大学校门口停下车后，自己也跟着停了车。

此时已经很晚了，学校门口的街道上空无一人。

男人从副驾驶座上下来后，她也跟着下来了。她穿了高跟鞋，可站在那个男人面前，还是矮了一截。

那男人也不知跟她说了些什么，她就转过身，然后那男人从兜里摸出来一个小袋子。

顾余生在部队里训练射击时，练得视力出奇的好，即使此时他和他们隔了很远的一段距离，但他在那个男人从口袋里摸出一个闪闪发光的东西时，一眼就看清那是一条项链。

那男人站在“梁豆蔻”的身后，小心翼翼地掀起她的长发，把项链戴在了她的脖子上。

那男人后来也不知对着“梁豆蔻”问了句什么，“梁豆蔻”低着头摸了摸项链，然后转过身，就冲着那男人笑得异常甜蜜地回了两句话。

看口型，顾余生大概能猜出来，是“喜欢吗”“很喜欢”这一类的对话。

然后那男人很体贴地给“梁豆蔻”拉开车门，等她坐回车上后，还弯腰对着驾驶座的车窗说了几句话，这才挥挥手，两个人互相道别。

“梁豆蔻”的车子打着双闪停在路边，并没有急着离开。她一直等到那个男人进了学校，才缓缓发动车子，慢慢开远。

顾余生没再继续跟着“梁豆蔻”，他坐在车里，目光直勾勾地看着S大学校门口，“梁豆蔻”和那个男人道别的地方，眼睛眨都没眨一下。

蒋纤纤今晚告诉他的事情，竟然是真的？亏他当时还那么相信她，还那么护着她。

敢情他之前在金碧辉煌的所作所为就是一场笑话！

前几天是她的生日，她在法国，而他在英国，他舍弃了那么重要的会议没开，千里迢迢横跨一个国度去给她送生日礼物。可是她呢？收到那个礼盒后，一声“谢谢”也没跟他说，脖子上空荡荡的，也没戴他送的项链。

下午他没事情忙，想着她从法国回来了，就立刻回了家。可他等了她那么久，都没等到她回来，原来她是从法国一回来，就迫不及待出来会男人了……那男人是在给她补过生日吧？送的同样是项链，怎么那男人给她戴上的时候，她就那么欣喜若狂，那么视若珍宝？

顾余生的眼底仿佛生出了两簇火苗，将瞳孔都映红了。他想自己可能真的是气坏了，竟然“呵呵”地笑出声。他告诉自己不要继续往下想了，否则他整个人都会气疯的。可他怎么也控制不住，脑子飞速转个不停，甚至他的眼前都浮现出了今晚他看到的那一系列她和那个男人在一起的画面。

原来，她和男人接触起来的真实模样是那副光景啊。会说，会笑，那么灵动，那么真实……可她在他面前，怎么就永远都是一副怯怯的模样，连正眼都不敢看他一下？

是她死缠烂打要住进他家，要嫁给他的，怎么一转身，她就在外面和别的男人亲亲热热呢？

顾余生的胸口忽地疼了起来，还疼得厉害。他颤抖着抬起手，捂住了左胸，大口大口地吸气。可那股疼痛还在疾速蔓延，最后导致他浑身上下都开始疼起来，甚至他都开始有些呼吸不畅。他降下车窗，解开了领口的纽扣，可还是觉得全身都不舒服。

不行，那一男一女让他这么难受，他不能就此善罢甘休！

可他怎么就那么蠢啊，刚刚也不知道拍张那个男人的照片，再找人去S大找那个男人，然后狠狠地揍他一顿……还有，他为什么要把蒋纤纤手机里的照片和视频都毁了啊，他应该发到自己手机上留一份啊……不能对付那个男人，那就对付她……

这样想着，顾余生就狠狠地踩了油门，打着方向盘往家的方向开去。可才刚到前方的路口，他就猛地踩了刹车。

不行……他不能回家，他的脾气那么差，现在要是回去了，保不准真的会失手弄伤她。他不能回去，不能回去……

他要冷静，克制……顾余生心里想着，颤抖着手指快速摸了一支烟点燃，吸着吸着，他突然觉得很难过。

虽然他和她的关系只有他自己知道不是夫妻，但在那些以为他和她已经结了婚的人面前，她那样的行为无疑是给了他一巴掌。可是你说，她都那么对他了，他就应该手撕了她啊，他怎么反而会怕自己伤害到她呢？

不伤害她也行，可她和那个男人的事要怎么办？假装没看到，还是……一想到她冲着那个男人笑得那么灿烂，顾余生就没办法假装什么事都没发生。所以他得好好想想，想想这事该怎么处理。

顾余生坐在车里，一支接一支地抽着烟。在他抽到一盒烟空了，嘴巴泛苦的时候，放在一旁的手机突然响了。

顾余生歪头看了一眼来电显示，是家里的座机。大概是管家打来的吧，估计是告诉他，她已经回到家了……顾余生伸出手，下意识地想要挂断电话。可手刚碰到手机屏幕，他突然像是想到了什么一样，又改为接听：“顾先生，小姐她回……”

管家的话还没说完，顾余生就先开了口，声音平静得仿佛什么事都没发生一般：“你现在带着她来城东的游乐场！”

“啊？现在吗？”管家像是听到了多么不可思议的话一般，大惊小怪地问。

顾余生才懒得跟管家解释那么多呢，抬起手腕看了一眼时间，直截了当地回了一句“十一点钟必须到”，然后就不由分说地挂断电话，再找到陆半城的手机号码拨了出去。

第三章

爱情悬崖

长途飞行的疲惫还没完全缓解，秦芷爱就去找秦嘉言了，这般折腾了一番回到家，她累得全身几乎都没了力气。一回到卧室，她就准备去洗澡睡觉，谁知刚换上睡衣，管家就急急忙忙跑上楼："小姐，顾先生打来电话，说让您跟我一起去城东的游乐场。"

城东的游乐场？她刚和嘉言从游乐场玩了回来，怎么顾余生又让她去游乐场？

秦芷爱蹙了蹙眉，出于本能地想要拒绝："非得今天吗？改天不行？"

"顾先生说了，十一点必须到！"管家摇了摇头，露出一个没得选择的表情。

秦芷爱犹豫了片刻，想着顾余生向来不喜欢别人忤逆他，她现在好不容易替身的日子过得安稳了一些，也不想再给自己找麻烦，于是轻点了一下头说："那好，我穿好衣服就下楼，你先去发动车子。"

北京城夜里的道路十分顺畅，半个小时不到，秦芷爱和管家的车就抵达了城东的游乐场。

原本应该已经闭园的游乐场此时灯光全都亮着，火树银花、璀璨惊艳，就连里面所有的游乐项目也都处于正常营业状态。

只是游乐场里除了工作人员以外，并无其他游客。

秦芷爱和管家有些摸不准这是个什么情况，两个人一头雾水地互相对视一眼，就往游乐场里走去。

两个人走了没多远，就看到坐在距离游乐场大门最近的露天咖啡馆里的顾余生和陆半城。

管家带着秦芷爱走上前去，然后规规矩矩地开口喊了一声："顾先生、陆先生。"

顾余生仿佛没有听到管家的话一般，懒散地坐在椅子上，手里拿着一支已经熄灭的烟，在烟灰缸里慢条斯理地拧着。

陆半城放下手中正端着的咖啡杯，抬起头，冲着管家笑了一下，然后看向秦芷爱："小蔻，来了？"

秦芷爱学着梁豆蔻对陆半城的称呼，喊了一句“半城哥”，然后转头看向还在把玩着烟头的顾余生。看他始终没有抬起头的样子，这才轻声开口：“这么晚，你喊我来这里，有什么事吗？”

顾余生仍然没什么反应，拧着烟头，在烟灰缸里反复转着圈。

过了好一会儿，他才抬起头，看向了坐在自己对面的陆半城：“人都到了吗？”

秦芷爱和管家被顾余生这句没来由的话问得心生疑惑，而陆半城却是明白顾余生在问什么，点了点头，说：“都到齐了，在外面等着呢。”

顿了一下，陆半城又问：“让他们现在进来吗？”

顾余生语气很淡地“嗯”了一声。

随后陆半城就拿起手机，打了个电话，等到接通后，只说了句“进来吧”，然后就挂断了。

游乐场里，除了他们几个人外，只有少数的工作人员，少了平日里游客的喧哗和尖叫，显得格外安静。

顾余生还是最初秦芷爱看到的那副模样，面无表情地垂着眼帘，玩弄着那个烟头。从她进来到现在，别说是句话，就连个眼神也没给过她。

陆半城端着咖啡又喝了一口，放下杯子的时候，才后知后觉地意识到秦芷爱和管家还站着，于是招呼两个人坐下。

听到陆半城的吩咐，管家立马帮秦芷爱拉开顾余生身边的椅子，秦芷爱没得挑剔，姿态优雅地坐了下去。

因为离得顾余生近了，秦芷爱这才闻见，男子身上散发着浓重的烟味。

她眉心轻蹙了一下，下意识地侧头看了一眼他。他这是吸了多少烟，烟味才会重到这种地步啊？

陆半城也有些不知道顾余生到底要做什么，一向话多的他，此时显得很安静。

秦芷爱在顾余生面前向来话少，而管家只是一个下人，又哪里会开口说话。

所以这样寂静无声的气氛一直维持到三辆黑色的车开到露天咖啡馆前的街道上停了下来，才被打破。

车门打开，每辆车上先下来一个黑色西装的男子，他们打开后备箱，从里面拿出一个简易支架，摆在空地上，撑开，铺上红布，就变成了简单的长桌。

随后，每辆车上又下来三个高挑的女子，每个人的手里都捧着一个二十寸大小的箱子。

几个女子走到男子铺好的简易长桌前，将箱子打开。然后其中一个男子走过去，恭敬地开口说："顾先生，您要的东西都送来了。"

顾余生转烟头的动作随着这句话蓦地停下来，他淡淡地掀起眼皮，朝着不远处并列摆放在简易桌上的一排箱子扫了一眼，然后转头看向秦芷爱。

这是她被他叫来游乐场这么长时间，他看她的第一眼，眼神很淡漠，不带任何情感。

他只是略略扫了她一眼，就将视线落到了她的脖颈上。

白皙干净的脖颈上戴着一条款式简单的项链，吊坠上镶嵌了一颗白色的钻石，小得可怜。若不是在光线下若有似无地折射出丝丝光芒，真的很难让人留意到。

虽然顾余生对首饰不是特别懂，但他也能看出来，这条项链不贵，更不是什么大牌子。

原来，那个男人送她的项链是这个样子的……比起他送的那条，简直是没有可比性……可那个男人给她戴上后，她竟然都舍不得取下了！

顾余生指尖的力道猛地加大，烟头被他硬生生捏扁。他盯着她脖颈上的项链，缓缓地开口，语气很淡。只是随着他的话语，他眼底有一丝森冷一闪而过："怎么没戴我送你的那条项链？"

秦芷爱没想到顾余生开口跟自己说的第一句话竟是这样一个问

题，她诧异地望了一眼顾余生，男子的神情很平常，和平日里对她发怒要好了不知多少倍。可她不知怎么的心里有些发虚，沉思了片刻后，才找出一个解释，轻声回答："跟这身衣服不搭配。"

不搭配？是送的人不搭配吧？

顾余生的眼底浮现一丝冷笑，将指间的烟头往烟灰缸里随意地一丢，微踢了一下身后的椅子，站起身说："没关系，有的是项链给你搭……"

说着，他转头对刚刚走来跟自己说话的男子使了个眼神，然后那个男子就冲着简易长桌前站着的几个女子举了举手。那些女子立刻将箱子打开，从里面飞速地拿出一个又一个盒子，整整齐齐地摆放在长桌上。

等到那些女子将空箱子收好放在地上，顾余生突然就拉住秦芷爱的胳膊，将她从座位上一把拽起，扯着她走过去。在距离桌子约莫还有一米远的时候，他又猛地停了下来，将她往桌前一推，指着一桌子的东西，突然加重语气，一字一顿地开口说："今天，你就站在这里给我选，选你觉得能搭的！如果选不出来，这一伙人都陪着你，谁都别想回家！"

被顾余生那么一推，秦芷爱险些扑到长桌上。还好长桌旁站着的男子及时伸出手，扶了她一把，她才稳住了身体。

靠得近了，抬起眼皮，秦芷爱这才看清楚，三米长的简易长桌上摆放的盒子里，全都是项链，钻石的、宝石的、珍珠的、纯金的……几乎所有款式和材质，应有尽有。

那一条条的项链，在游乐场五彩的灯光照射下，折射出各种光彩，刺眼炫目。

秦芷爱被那奢华耀眼的一桌子项链惊得神情一愣，过了几秒钟，她才有些不解地转头，看向站立在一旁的顾余生。

这么多价格昂贵的项链，恐怕是在她来之前，他就已经联系人准备好了……她刚从法国回来，也没招他惹他，他怎么就大半夜的把她叫到这里来，还搞这么大阵仗让她选项链呢？

秦芷爱微微皱了皱眉，想起刚刚顾余生问自己的那句——“怎么没戴我送你的那条项链？”

难道他是嫌自己没戴他送的那条项链，以为自己不喜欢，所以才让她重新选一条？

秦芷爱绞尽脑汁地想了许久，觉得这个解释是最合理的。

可这都已经将近午夜十二点了，长桌上的项链即使没有上千条，也有大几百条，她总不能真的一条一条地挑选，然后让这一群人都在这里陪着她吧？更何况，即使她真的挑选了一条自己喜欢的，她也没佩戴的资格。

秦芷爱抿了抿唇，对着顾余生声音清淡地开口说：“你送我的那条项链就很好看，只是我今天穿的衣服比较随意，不太搭那条项链……”

“十条！”顾余生忽地出声，打断了秦芷爱的话。他缓缓地从兜里摸了一支烟，拿打火机点燃之前，冲着秦芷爱又解释了一句，“选十条你觉得能搭的！”

怎么她越是跟他商量，他反而越让她选得多呢？

秦芷爱停顿了几秒，接着刚刚被他打断的话继续说：“而且我今天的衣服也不是经常穿……”

“二十条！”顾余生抬起眼皮，扫了一眼秦芷爱，又开口，这次只有简练的三个字。随后他咬着烟的嘴边有淡白色的烟雾飘出。

“只要我换了其他衣服……”

“五十条！”这次几乎是在秦芷爱开口的同时，顾余生就开了口。

“就可以……”

顾余生将烟从嘴边带着几分戾气地夹了下来：“一百条！再多说一个字，就两百条！”

剩下的“戴那条项链了”几个字被秦芷爱硬生生地吞回肚子里。

看秦芷爱闭了嘴，顾余生也没再开口说话，只是姿态慵懒地站在一旁，慢条斯理地抽着烟。

秦芷爱站在原地，迟迟没去挑选那一长桌的项链。

刚刚搀扶过她的男子，看她始终没什么反应，忍不住出声提醒："小姐，我带您挑选一下项链吧？"

秦芷爱没动，冲着顾余生张了张嘴，一副欲言又止的样子。可她怕自己一开口，他真的就会逼她选两百条项链，于是闭上嘴，只是直直地盯着他看。

顾余生知道她在看自己，却当她不存在。过了好一会儿，他才侧瞄了她一眼，问："怎么不选？"

随后，他就掐灭了指间的烟，轻描淡写地将烟头往一旁的垃圾桶里一丢，就朝着她走了过来："也行，现在选不出来，等会儿再选，反正今晚我有的是时间跟你耗！"

他一边说，一边揽了秦芷爱的肩膀："走，我们先去干点别的更有意义的事！"

说完，顾余生就强势地带着秦芷爱往游乐场的深处走去。

每路过一个游乐项目，顾余生都会停下来，问一句秦芷爱："喜欢不喜欢玩？"

他看到秦芷爱摇头，也不勉强，就搂着她的腰，继续往下一个游乐项目走去。

他挑选的这家游乐场远比S大附近的那家游乐场要大很多，即使什么项目也不玩，就这么单纯地徒步走一圈，也要足足一个小时。

在两个人快要走回露天咖啡馆的时候，顾余生忽地停下脚步，不由分说地拥着秦芷爱朝旋转木马的方向走去："绕了一圈，所有的项目你都不喜欢，没关系，有一个我知道，你肯定喜欢。走，我们去瞧瞧！"

绕过旋转木马，是两排玩电子枪的摊位。

和今晚秦芷爱在S大游乐场玩的那个一模一样，上面挂满了五颜六色的小气球。

顾余生搂着秦芷爱走上前去，一手搂着她的腰，一手指了指柜台上展示的各式各样的毛绒玩具，问："喜欢哪个？猴子？猫？海豚？还是唐老鸭？"

在他的指尖碰上兔子的时候，他顿时就想到那个男人给她打来的兔子，嘴角微勾了一下，直接跳到了下一个动物身上："还是狗？"

秦芷爱隐约像是懂了什么一样，面对顾余生的询问没出声。

顾余生面对她的沉默也不恼，伸出手，拨了拨这个毛绒玩具，又拨了拨那个毛绒玩具，语调闲适地说："既然选不出来，没关系，哪个咱们都带回家！"

说着，顾余生就从钱包里掏出几张红红的钞票递给摊主，然后接过一支枪，冲着五颜六色的气球，连瞄都不瞄，抬手就是一枪。

随着气球的爆破声响起，顾余生又是一枪。

那些毛绒玩具，每一个动物要求打中的气球分别是不相同的。

顾余生刚刚搂着秦芷爱的腰给她指那些动物的时候，略微扫了一眼那些动物分别对应的气球数是多少。

两排玩具枪的摊位，大概有二十多个窗口，他开了两枪后，就开始了连击。只听到一串"啪啪啪"的声响，气球的爆破声连成一片。在声音都还没完全停歇的时候，他就将手中的枪往面前的桌子上一丢，冲着摊主淡淡地扔了一句"猴子"，然后就去下一个窗口，抱起枪，又是一阵此起彼伏的枪声和气球的爆破声。

摊主在听到"猴子"两个字的时候，愣了愣，过一会儿才反应过来他是什么意思。然后就跑到顾余生打的第一个窗口前，数了数爆破的气球，得出的数字果然是恰好可以兑换猴子的数字。

他刚从展示柜里拿了一只猴子递给秦芷爱，顾余生已经放下了第二个窗口的枪，丢了一句"海豚"后就去了第三个窗口。

和第一个窗口一样，顾余生打的气球数量恰好就是兑换"海豚"的数量。

这次摊主还没来得及拿海豚，顾余生就丢下了第三支枪，拿起了第四支枪："狗。"

一时之间，电子枪摊位这里，除了枪声、气球的爆破声，就只有偶尔顾余生开口的声音传来——"猫""海豚""唐老鸭"……

相对顾余生不断地开枪射击，摊主显得更忙，他一会儿要数数，一会儿要拿毛绒玩具，在摊位、展示台和秦芷爱之间跑来跑去。起先摊主还很兴奋，可跑到最后，摊主就一边开始暗暗心惊，一边肉疼了起来。

这到底是怎样的一个男人啊，刚刚只是那么简单地扫了一眼动物的兑换数字，竟然丝毫不差地全都记在了心里。而且从开枪到现在，几乎就没有一发空枪！

要知道，搞他们这一行的，枪多多少少都是有些问题的，要不那么容易射中，岂不是送毛绒玩具都要送得赔死了？

可这男人要是一直这么打下去，他保不准就真的要破产了……等到摊主抱着除了兔子以外的最后一个动物玩偶放到秦芷爱面前的时候，女孩身前的毛绒玩具已经堆得像是一座小山一样，格外壮观！

面对这样令人振奋的画面，摊主却一点也激动不起来。他哭丧着脸想：这男人带来的女人什么动物玩偶都有了，只要再打一只兔子应该就可以走了吧……

谁知他的想法还没落定，身后就又传来一连串“啪啪啪”的枪声。

这次枪声维持的时间格外长，摊主一转头，看到顾余生一口气连续打了他四个摊位！

这是又要送出四个毛绒玩具的意思吗？

摊主的这个想法还没落定，顾余生抱着枪，似是在想什么一样，突然又走到另一个窗口前，拿了新枪，又是一连串的射击。

枪声和气球的爆破声接连不断，混在一起好不热闹。碎裂的气球皮如同雪花碎片一般洋洋洒洒地落了下来。

那样的画面，看起来绝美而又振奋！

摊主看得都傻了眼，直到顾余生又接连射了四个窗口停下来，摊主才回过神来。他生怕他会继续玩，想都没想就跑了过去。他还没来得及开口说话，就盯着顾余生刚刚不带停歇地射击完的八个窗口，一下子定在了原地。

过了半分钟，摊主才转过头来，结结巴巴地冲着秦芷爱开口：“小姐，你……你快过来看！”

秦芷爱皱了皱眉，放下摊主刚刚塞到自己怀里的毛绒玩具，冲着顾余生站的地方走去。

她还没走到顾余生身边，就跟摊主一样停下了脚步。

眼前的九个窗口所爆破的气球，恰好组成了八个字符——

生日快乐，小麻烦！

摊主从没见过有人能拿着枪，打出这样规整的字，也顾不上心疼自己有没有赔本了，目瞪口呆地瞧了瞧那八个字符，眼中充满敬佩地望了望顾余生，最后就看向了秦芷爱："小姐，这惊喜，够厉害！"

项链、游乐场、玩具枪、唯独少了的毛绒兔子和生日快乐……相比较摊主的激动，秦芷爱却显得格外安静，她脑海里反复旋转的全都是这些字眼。

原来她在看到电子枪摊时，脑海里一闪而过的猜测是对的……她今晚和嘉言在游乐场发生的事情，他果然全都知道！

他是怎么知道的？恰巧碰见？还是……秦芷爱不敢往下想，只目不转睛地盯着顾余生用枪打出来的那几个字符看了许久，才缓缓转头，将视线落到顾余生的身上："你今晚去过S大附近的游乐场？"

顾余生看她终于反应过来了，也不遮掩，大大方方地点了点头，然后将手中的枪往桌子上一丢，就似笑非笑地走到她面前，带着几分轻蔑地出声问："和你豢养的S大小白脸比起来，我的枪法怎么样？他抱着枪哼哼唧唧半天都没打出来的字，我全给你打出来了，是不是很感动？"

豢养的S大小白脸？秦芷爱听到这几个字，眼里划过一抹不悦。

看到她这般反应，顾余生"扑哧"一声笑了，只是那抹笑没有抵达眼底，甚至他的眉眼变得更清冷了一些，嘴里的话也越发傲慢："怎么？我说的不对？又是给人钱，又是请人吃饭的，不是你豢养的小白脸，难不成是我豢养的？"

又是给人钱，又是请人吃饭？她和嘉言在饭店的事情，他居然也知道？

她下午出门后也就做了这些事情，他是怎么全都知道的？

难不成……秦芷爱抬起头，看向顾余生："你监视我？"

监视她？难道在她眼里，自己就那么卑鄙，那么没自信吗？用得着去监视一个女人？

顾余生一直压抑的怒火"噌"地就燃烧了起来，他怕自己下一秒就会抬起手给她一巴掌，于是深吸了一口气，撇开头，没去看她的脸，而是直接跳转了话题："玩也玩了，现在是不是该回去把你那一百条项链给选了？"

秦芷爱的思维还停留在顾余生是怎么知道自己和秦嘉言的事上，若是他真的监视自己，那他又是从什么时候开始的呢？

她当初接到许温暖的电话后，有去淑女会馆换过装，那件事他又知不知道？

秦芷爱越想越心慌，她不是不知道自己面前的这个男人到底有多可怕，可她还是没忍住，抬起头冲着顾余生轻声又问了一句："你是从什么时候开始监视我的？"

"我监视你？我至于吗？你哪里长得配我监视了？你在外面会小白脸，转身还指责我，你……"顾余生被秦芷爱问得没忍住，开口就狠狠地还击了回去。只是说着说着，他突然就又停了下来。

他说过，今晚一定要控制脾气，不伤害她……顾余生紧绷着唇，一言不发地抓住秦芷爱的手腕，冲着一旁的摊主扔了句"把那些玩具送去露天咖啡馆"，就拖着她扬长而去。

一回到露天咖啡馆，顾余生就将秦芷爱往简易长桌前一推，对着她声音粗暴地来了一句："给我选！"

他见她看着那一桌子的项链没反应，闭着眼睛，狠吸了一口气，让自己的语调稍微平缓了一些，又开口说："只要你选出来那一百条项链，今晚你和你豢养的小白脸那事，我就不跟你计较了！"

顾余生一口一个"豢养的小白脸"来形容秦嘉言，听得秦芷爱心里格外不舒服，她蹙了蹙眉，忍不住为秦嘉言辩解起来："他不是小白脸，也不是我豢养的，事情根本不是你想的那样，他……"

说到这里，秦芷爱才反应过来，此时自己是梁豆蔻，不能说秦嘉言是自己的弟弟。

她噤声，微停了片刻，想了一个其他的解释："只是我的一个朋友！"

朋友？朋友用得着那么亲密？当他是傻子在糊弄呢？

那话落入顾余生的耳中，更像是秦芷爱在袒护着那个男人。他胸腔里被拼命压着的怒火顿时又蹿起了几分。

他心里很清楚，现在的他到底有多火大，他怕自己一旦发了怒，就会丧失理智，只能拼命压着。他从没这般压抑过自己的脾气，压到最后，他觉得心里泛起了生疼。最后他干脆避开了她的身影，转头看向其他地方。过了好一会儿，他才勉强稳住波动起伏的情绪，走到了长桌前，伸出手，一一拿起那些项链打量起来。

秦芷爱猜不透顾余生此时的举动究竟是什么意思。

就像她想不通，他看到自己和秦嘉言在一起的画面后为什么要做这些？

他明明是不喜欢"梁豆蔻"的，可他的种种反应又有点像是在吃醋……从他刚刚的话语里，她可以确定他没有监视他，所以有两种可能，一种是别人告诉他，她和其他的男人在一起，另一种就是他恰巧自己撞见了。

他很少独来独往去吃饭，所以也有可能不是他在吃醋，而是当时有朋友在场，她和嘉言在一起的画面让他觉得丢了面子，他在跟她算账……

秦芷爱突然有些后悔自己为了图省事，又为了可以尽快见到秦嘉言，没有换成自己的模样再出来。

原本对于秦芷爱来说很光明磊落的一件事，可放在了梁豆蔻的身上，似乎好像真的很难解释得清楚。

可是再难，她也要解释。

"他是我一个很重要的朋友，只是朋友，我和他之间没有任何见不得人的关系……"

顾余生听到这里，拿着珍珠项链的指尖微僵了一下，然后就仿佛什么都没听见一样，放下珍珠项链，换了一条钻石项链拿起来。

“我和他见面，就是单纯的朋友聚会。恰巧前几天是我的生日，他就送了我一份生日礼物……我和他真的……”

我和他，我和他……简简单单的一句话里，她到底说了多少次“我和他”？

他不过只是想给她挑选一条项链，只要她肯换着戴上，这件事也就过去了，他可以不计较，可她为什么就“我和他”说个不停呢？

顾余生握着钻石项链的手指轻轻地颤抖起来，他在她第三次提起“我和他”的时候，终究没忍住，将手中拿着的钻石项链冲着地上狠狠地一砸，转头就冲着秦芷爱吼了一句：“够了！你和他究竟怎样，我一点都不想听！”

秦芷爱被顾余生吼得身体一颤，嗓子里顿时再也不敢发出任何声音。

顾余生缓缓地转头，眼睛有些发红地看向秦芷爱脖子上戴着的项链。

他的神情有些骇人，眼底翻滚着层层怒火，像是随时都会扑上来，将那条项链摧毁一般！

秦芷爱心里有些发怵，她想到曾经他发火时对自己做的那些事情，本能地就抬起手，捂住了脖子上的项链。

她这样的举动，简直就像是响亮的一巴掌，狠狠地甩在了顾余生的脸上。

她这是怕他伤害了那条项链，所以他还只是侧头看了一眼，什么都没做，她就那么宝贝地赶紧护住？

一瞬间，今晚他在S大附近的游乐场看到她和那个男人发生过的一幕幕画面，在他的大脑里像是快放的电影一般，一帧一帧掠过。

她对那个男人的亲近，她对那个男人的笑靥如花……他给她打气球换来了那么多的毛绒玩具，却换不来她抱着那个男人给她的兔子那般的笑容和欢喜……他连夜砸重金换来这么多项链，却留不住她一个眼神，也抵不过她脖子上戴的那条不值钱的便宜项链……这些鲜明的对比，在顾余生的心底掀起了无数危险的火光，也彻底击碎了他的理智和清醒，更耗尽了他全部的耐性和包容。

他目不转睛地盯着她用手护着的项链，缓缓地朝她走了过去。

他清楚地从她的眼底看到了惊恐和防备，甚至在他快要走到她面前的时候，她开始慌张地往后退。她越是这般反应，他就越是愤怒。于是他狠狠地抬起手，抓住她的肩膀，将她硬生生地揪到了自己面前。然后他粗暴地扯开了她护着颈部的手，冲着那条项链大力地一扯，直接硬生生扯断，再连眼皮子都没带眨一下地扬手丢了出去。

项链划过半空，落入了不远处的喷泉池里，飞溅起一片水花。

一旁站着的所有人，被顾余生这般举动吓得大气都不敢出一口。

就连坐在不远处的管家和陆半城都站起了身。

画面在这一刹那仿若定格了一般，安静了好一会儿后，秦芷爱才抬起头，对上顾余生的眼睛。

她的眼底有些红，带着一抹类似于愤怒或是恨意的光芒，顾余生都还没看清楚，就被雾气所笼罩。

她全身抖得厉害，连带着开口的声音都有些发颤:“ 我再说一遍，我和他只是朋友，不是你想的那样！”

她说完，一个用力，狠狠地挣开他握着自己的手腕，转身冲着喷泉池跑去。

喷泉池里的水有些脏，池底布满了绿色的水藻。

她像是浑然不觉，连鞋子都没脱，直接就跳了进去，然后弯腰在水里摸了起来。

那是她今年生日，除了那天在巴黎，她骗了他那句“生日快乐”以外，她收到的唯一祝福和礼物。

这条项链是不值钱，对顾余生来说，可以用不起眼来形容，可对于秦嘉言来说，那是他家教两个月的成果。

她忘不掉晚上嘉言送自己礼物时故作的神秘感和按捺不住的激

动，以及她戴上项链后，听她说喜欢，他眼中掩饰不住的兴奋。

若是让他知道，他送的项链在她身上戴了没几个小时就弄丢了，他怕是会很失落吧……

秦芷爱越想眼中的雾气就越浓，喷泉池底都是泥巴，她摸了一把又一把，瓶盖、筷子、塑料袋……各式各样的垃圾都被她摸出来了，却唯独没有那条项链。

顾余生僵站在原地，宛如一座雕像一般，一动也不动地垂着头盯着刚刚扯掉秦芷爱项链的手看。

他身旁的那群人似是被他刚刚的怒气震到一般，迟迟没人有反应。

过了好一阵子，陆半城才踢开了身后的椅子，迈着步子朝他走过来："生哥。"

顾余生浑身打了个寒战，这才从那种僵持的状态中清醒过来，他先是缓缓地转头看了一眼陆半城，然后才将视线慢慢地挪到仍在喷泉池里弯着腰，一寸一寸在水里寻找项链的秦芷爱身上。

他的脑海里突然就闪现出他丢掉她的项链后，她垂着脑袋安静了好一会儿，再抬起头看自己的那个眼神。

那里面藏着的是怨恨吗？

顾余生一下子变得有些惊慌，眼中浮现一抹失措，他清楚地感觉到了害怕。

原来，比起怕看到她和别的男人在一起，他更怕看到她对自己表现出怨恨……他慌乱地眨了眨眼睛，没等走到身前的陆半城再开口说话，突然就冲着喷泉大步流星地走去。

他连皮鞋都没脱，直接跳进喷泉池里，伸出手抓住她的胳膊，将她拉了起来。

"你别碰我！"她想都没想就伸出手，冲着他狠狠地一推。

她的手上都是泥巴，弄他的白色衬衣上一片脏污。

许是她很气，力道也很大，喷泉池里的泥土又很湿滑，顾余生被她推得狼狈地往后退了两步，然后她就快速弯腰，继续寻找项链。

喷泉池里的水不深，只到她的腿弯处，可她下半身的衣服已经全被湿透。初秋的深夜有些凉，她这么找下去，迟早会着凉的……顾余生皱了皱眉，直截了当地伸出手，一把搂了她的腰，将她从喷泉池抱了出来。

他刚把她放到干燥的地面上，她就转身又朝着喷泉池扑去，他眼疾手快地抓住她的手腕。

“你放开我！放开我！”她极力挣扎，可哪里会是他的对手，轻而易举就被他控制得死死的。她心心念念着那条项链，越挣扎不了就越恼火，最后不管不顾地低头，冲着他抓着自己手腕的胳膊就咬上去。

她咬得格外用力，把心底的委屈、气愤和恼火全放在了牙齿上发泄出来。

尖锐的疼痛只让顾余生的眉心轻蹙了一下，就没了其他反应。

他没挣脱，只是静静地站着，任由她咬。

咬到她口腔里弥漫了血腥的味道，她的牙齿终于使不出力气，才慢慢地松了口。

顾余生看都没看一眼被她咬得血淋淋的伤口，转身冲站在不远处手足无措的管家语气出奇轻缓地开口说：“带小姐回家！”

管家听到这话，立刻跑了过来：“小姐，时间已经很晚了，我们先回去吧。”

秦芷爱不动，也不吭声。

管家不知该怎么办，转头看了一眼顾余生。

顾余生盯着秦芷爱的侧脸又开了口，这次的语气比刚刚稍重了一些：“回家！”

秦芷爱还是那副无动于衷的模样。

陆半城怕顾余生和秦芷爱待会儿又要闹起来，快步走过来，在秦芷爱耳边低声说了句“我帮你找，你先回去”，说着，他就将秦芷爱往管家身边一推，然后朝管家使了个眼色。管家立刻懂了陆半城的意思，拉着秦芷爱的胳膊，朝着游乐场门外走去。

没一会儿，秦芷爱停放在游乐场门口的车灯就亮起，然后驶离。

游乐场里一下子更安静了。

陆半城在顾余生的身边站了片刻，侧头看向男子手臂上被咬的伤口，还真是下了大力道啊，有些地方现在还在往外冒着血。

陆半城光看着都觉得胳膊疼，他抬起手，搓了搓手臂，带着几分商量的语气开口说："我给小王打个电话，让他带你去处理一下伤口？"

顾余生直视喷泉池，没说话。就在陆半城以为他不会回应自己的时候，他却突然出了声，声音很低沉，显得有些飘忽："让他们都撤了吧。"

陆半城知道顾余生指的是那些工作人员，他"哦"了一声，转身照办去了。

等他处理完一切，再回过头来看顾余生的时候，男子已经不在原地了。他蹙了蹙眉，刚想喊声"生哥"，然后就看到喷泉池里的逆光处有一道黑影，正弯着腰在水里摸索。

那身影，陆半城很熟悉，就是顾余生。

陆半城先是一愣，随即大脑里闪过今晚发生的种种，只是一瞬，他就什么都懂了。

第四章

情不知所起

陆半城也不是没提出要帮忙一起找，只是被顾余生拒绝了。

工作人员都已经被遣散了，偌大的游乐场里一时间只有他们两个人。

陆半城起先还在旁边看，到了最后，实在抵不过困意，就靠坐在公共休息椅上打起了盹儿。

一直到东方的天空泛白，一夜没合眼的顾余生才带着满身污泥从喷泉池里走了出来。

陆半城睡得并不太熟，听到动静就掀开了眼皮，睡眼惺忪地冲顾余生问："找到了吗？"

顾余生没说话，只是从裤兜里摸了车钥匙，就朝着游乐场门外走去。

陆半城赶紧起身跟上，他刚想再问一遍"到底找到了没"，余光就扫到了顾余生手中握着的一条脏兮兮的细链子。在他手指的缝隙里，隐约有折射出的亮光。

是陆半城开的车，在从东城驶入西城的交界处时，陆半城透过后视镜看了一眼顾余生一身的脏污，想了想，出声打破车里的宁静："先去四季酒店吧？洗个澡，换身干净的衣服。"

从上车起就闭眼沉默一路到现在的顾余生听到这句话，微微抬了一下眼皮，音量很轻地"嗯"了一声。

车内再次陷入一片诡异的寂静之中，陆半城控制着方向盘，直视正前方开着车。偶尔他眼角的余光扫到一旁的顾余生时，总会看到他的手在不断地摩挲着那条从喷泉池里找出来的项链。

陆半城招呼酒店的前台送了两身衣服过来，他拿了自己尺寸的那一套去了套房客厅的浴室。

因为一夜没休息好，陆半城泡了个热水澡，耗时有些久。出来后，他拿着毛巾，一边擦头发，一边敲了敲套房卧室的房门："生哥？"

回应他的是一片寂静。

陆半城继续敲门，门没锁，他的力道稍微大了一些，竟将门给推开了。

卧室里空荡荡的，根本就没有顾余生的身影。而他的脏衣服随意地丢在垃圾桶里，床上扔着浴巾和毛巾。

很显然，顾余生洗完澡换了衣服已经离开了。

车钥匙仍在床头柜上，说明他没有把车开走，那么他去的地方，只会是……

陆半城胡乱擦了两下头发，就拿了房卡出了屋。他和顾余生开的这间房在顶层，他没搭电梯，而是直接去往安全通道，沿着楼梯往上走，是酒店的天台。

如陆半城所猜想的那样，顶楼的门开着，顾余生真的在天台上。

在部队待过的他此时站得笔直，手里夹着一支烟，面对着东方刚刚升起的朝阳，一动不动。

他的周身仿佛被阳光镀上一层金色一般，格外灼眼。而他的脚边，落满了长短不一的烟蒂。

那样的画面很美，也很惊艳，像是出自大师手笔的油墨画。

可陆半城却觉得顾余生这副无情无欲的安静的姿态，怎么看怎么落寞。

陆半城本是想喊顾余生去酒店的餐厅吃早餐的，此时看到他这般模样，一时半会儿有些不敢打扰他。

天台上很安静，偶有阵阵晨风徐徐地吹来。

过了不知多久，顾余生微微仰头，对着天空吐了一个漂亮的烟圈，然后掐灭指间的烟，转过头来。

他看到陆半城时，微怔了一下，似是没想到自己身后一直站着人。

陆半城笑了笑，先开了口："下楼吃点早餐吧，吃完后休息一会儿，晚上不是还有个饭局吗？"

顾余生轻点了一下头，没说话。

酒店的餐厅里，只有稀稀拉拉几桌人。

顾余生和陆半城挑选了一个靠窗的位子，面对面地坐下。

陆半城点完餐后，看到顾余生姿态慵懒地靠着椅子，垂着头又在盯着那条断掉的项链看。

陆半城饶有兴趣地盯着顾余生看了一会儿，忍不住“扑哧”笑出声。他端起桌上的杯子喝了小半口水，终究没忍住，开口说出自昨晚看懂了他以后就想要说的话:“生哥,你知道现在的你就像什么吗？”

顾余生没搭理陆半城。

陆半城习以为常，又继续说：“现在的你，就像是后宫争宠的妃子。”

妃子？他一大老爷们儿，陆半城竟然说他是妃子？

顾余生的视线仍停留在项链上，心里虽然对陆半城的话语有些不满，但眉眼之间倒也没什么不悦流淌出来，只当陆半城是眼瞎，没搭理他。

陆半城和顾余生在一起久了，知道他什么时候能招惹，什么时候不能招惹，接着刚刚的话说：“而小蔻，就是坐拥后宫佳丽三千的皇帝。”

就她？弱不禁风，软软甜甜的小麻烦，还坐拥后宫佳丽三千的皇帝？！陪睡小丫鬟还差不多！

顾余生不屑地嗤笑了一声，仍没理会陆半城，而是抽出一张纸巾，将刚刚他清洗了半天，有些地方还有污垢的项链又仔细地擦了擦。

陆半城越看越觉得自己的比喻十分贴切，忍不住在心底为自己点了个赞，然后就收起玩笑的模样，盯着顾余生，变得一本正经起来:“生哥，你心里现在到底是怎么想小蔻的？”

顾余生擦拭项链的动作微微一顿。

陆半城看着顾余生顿住的模样，又抛出一个问题：“你有没有认真想过你和小蔻的现在或是将来？”

顾余生蹙了蹙眉，扔下手中的纸巾，头也没抬，从嘴里说出来的话显得格外漫不经心：“想那么多干吗？”

顿了顿，他又说了句：“嫂子。”

陆半城被他莫名其妙扔出来的两个字说得一愣，然后就又听到顾余生冷淡的声音传来：“喊她嫂子。”

“你让我喊小蔻……”陆半城的“蔻”字音还没完全发出，一直低着头看项链的顾余生忽地掀起眼皮，冲着他扫了过来。

顾余生眼底蕴藏着隐隐的警告之意，吓得陆半城立刻识趣地改口：“嫂子，嫂子。”

顾余生这才满意地垂下眼帘，继续打量起那条项链来。

他连个称呼的醋都吃，还真是没见过这么斤斤计较又小气的男人！

看来他比自己昨晚想象中的陷得还要深，只是，似乎他好像还没有察觉，在悄无声息中，他的心已经被人给夺走了。

他和小蔻，看似一直以来是他占了上风，小蔻受尽了委屈，可若是把男女之间的感情看成一场赌博，其实输得真正惨烈的不是小蔻，而是他啊……

陆半城目不转睛地盯着顾余生看了许久，直到服务员将早餐上全，他拿着勺子搅了几下豆浆，最后又停下来，脸色要多严肃有多严肃地喊了一声：“生哥。”

陆半城很少用这种语气跟人讲话，顾余生略微有些诧异，抬起头对上陆半城的眼睛。

陆半城微抿了一下唇，又喊了一声顾余生，然后才开口说重点，还显得格外认真：“生哥，你喜欢上……嫂子了吧？”

因为习惯，陆半城险些又脱口而出 “小蔻”，好在他及时更正了过来。

这样轻飘飘的一句问话，像是一道雷在顾余生的耳边忽地炸开，炸得他的大脑一片空白，丧失了所有思绪。

喜欢？他喜欢上了家里那个女人？

顾余生都还没从这个问题中转过弯来，坐在他对面的陆半城就把刚刚的话原封不动地又重复了一遍。而这次他用的不是疑问句，而是肯定句：“生哥，你喜欢上嫂子了。”

顾余生感觉自己的心蓦地就停止了跳动，整个人仿佛被定格了一般，目不转睛地盯着陆半城面无表情地僵持了好一阵子，然后忽地“扑哧”一笑，语调轻佻：“陆半城，你开什么玩笑，我怎么可能会喜欢上她？”

说着，顾余生就放下那条项链，整个人懒洋洋地往皮质座椅上靠了靠，抽出一支烟，拿着打火机似点非点之前，又补了一句：“她就一个麻烦！”

“你碰过她了吧？或者说，很早之前你就碰过她了？最起码会比下大雨那天你接她回来安置在四季酒店那次要早吧？”

那晚最先是顾余生发火，后来就把她扯进屋里，那时他们都怕会闹出来什么人命来，于是就都过来看。结果才刚到屋门口，“梁豆蔻”就打开了门，他一眼就看到了她脖颈上的吻痕。他是一个成年人，心里很清楚他们做了些什么。

想到这里，陆半城嘴里的问题就变得尖锐了许多：“既然你不喜欢她，为什么还要碰她？”

顾余生点烟的动作明显僵了僵，不过很快他就稳住了心神，慢条斯理地将烟点燃，吸了一口，然后不紧不慢地抬起头，隔着缭绕的烟雾扫了一眼陆半城，语气淡淡地说：“你想太多了，我只是对她的身体比较感兴趣，睡起来感觉还不错。除此之外，没有其他任何想法。”

陆半城皱了皱眉：“真是你说的这样吗？”

“如果真像你说的这样，那天下大雨，我问了你好多遍要不要去接她，你嘴里把话说得那么绝，可为什么转身还是去接她了？

“如果真像你说的那样，那天在晚宴上，她被几个女人围着欺负，从不跟女人一般见识的你为什么会动那么大的怒？”

顾余生被陆半城接连的询问逼得心里冒出火来：“闭嘴！”

陆半城像是没听到一样，自顾自地继续往下说：“还有，昨晚在金碧辉煌，蒋纤纤凑到你面前，告诉你的应该就是她和一个男人在一起吃饭的事吧？你冲蒋纤纤发那么大的火，可你怎么见到她后就一直克制自己的脾气。按照你的性子，别人给了你这么大的难堪，你不应该是直接弄死她吗？你为什么找我又是弄项链又是弄游乐场的？又为什么非要把那个男人给她做的事情一一重做一遍？而且还要比那个男人做得好！你已经比那个男人强多了，可你为什么还要跟他比？”

“我让你闭嘴，你听到没有！”顾余生随手抓了手边的烟盒，朝着陆半城就砸了过去。

陆半城微微偏头，烟盒擦着他的耳朵划过去，砸在玻璃窗上，然后坠落。里面的烟，散落一地。

有服务员看到这一幕，走了过来。

陆半城说了句“抱歉”，示意服务员收拾一下。等到服务员走后，他才转头看向了顾余生。

“你急什么？你是不是也想过我刚刚说的那些问题？是不是也没得出答案？我现在就告诉你答案，生哥，你这就是在吃醋，在争宠。你想让她从心底里觉得那个男人是比不过你的！你要是真不在意她，就只是想睡睡她的身体，又何必在意她心底觉得到底哪个男人好呢？

“还有，她被痞子王绑架的时候，你为什么受了伤？是因为救她吧？如果你不喜欢她，痞子王把她一刀给砍死了，不正和你的心意？就你那身手，谁能伤得了你？你不就是想要护着她，所以才把自己弄伤了吗？你为什么要护着她呢？当时你就没想过，自己会不会有个三长两短？还有那条项链，你为什么找一夜也要找出来？你不就是怕她因为这条项链从此以后恨上你吗？”

顾余生被陆半城咄咄逼人的话说得这次连怒气都发不出来了。

他盯着陆半城看了好一会儿，原本恼怒的情绪反而渐渐平静下来。他缓缓地靠回了座椅上，将烟递到嘴边，用力吸了一口，烟味瞬间完全充斥他的口腔。他微仰着头，冲着天花板缓缓地往外吐着白烟。隔着烟雾缭绕，他在心底将陆半城的话想了一遍，然后也问了自己一句，难道真是陆半城说的那样，他只是对她的身体感兴趣吗？

在那方面的事上，她从来不配合他，开始总会挣扎个不停。她到底抵不过他，总是轻而易举就被他控制得死死的，她也不会出声求他，就像认命一般，一动不动地躺在他的身下，承受着他的侵犯。

不管是他让她痛了，还是让她有了感觉，她都是一副很安静的模样，从不会发出任何声响，哪怕是最低弱的呻吟也没有过。

她跟睡起来还不错哪里沾边了，就跟一根木头一样。可就算是这样，他也总是可以从她的身上得到极致而又圆满的满足感。

其实刚刚他说这句话的时候，心里很清楚，自己压根儿就不是因为对她的身体多么感兴趣才去碰的她，他只是想找个借口去掩饰。掩饰……掩饰……顾余生握着烟的手指一颤，隐隐像是明白过来，自己刚刚装出那副满不在乎的样子，说那样轻佻的话，是为了掩饰什么。

陆半城看顾余生平静了，自己也跟着平静下来："生哥，我们来做个假设，假设你现在失去了她。"

失去了她？从此以后他的生命里就再也没有她的存在……顾余生知道这只是一个假设，可这个假设刚在他的脑海里浮现出来时，他的心还是狠狠地抽疼了一下，连带着他指间的烟都掉落到了桌上。

"你到底要自欺欺人到什么时候？"陆半城将烟拿起来，递给失态的顾余生，"你早已经喜欢上她了，不是吗？喜欢到你根本不敢去想象她离开你的样子，不是吗？"

顾余生接过烟，缓缓地转头看向窗外。金灿灿的阳光照了一地，明亮而又灿烂。

他一动不动地盯着看了许久，心里才慢慢浮出一个念头：原来，这就是喜欢啊。愤怒的时候无比愤怒，开心的时候无比欢喜。

过往的这二十六年以来，从没有人像她一样带给过他这种感受，以至于当感觉来的时候，他从未想过那就是心动。

父母感情和婚姻的悲剧，让他从很小的时候就打定主意，他这一生不会去爱任何一个女人，也不会娶任何一个女人。

年少的时候，他这一辈子想要的只有山河梦。

可山河梦破碎后，他想自己这一辈子可能就这样了，顾氏企业，孤家寡人，孤独终老。

他是真的从未想过让自己的生命里多一个女人。

直到在老宅，他望见了她的眼睛……他开始频繁地被那双眼睛干扰，他睡了她……他被自己的失控吓到，他逼着自己对她残忍，直到真把她逼得从缠着他到开始躲避他。

他又有些心有不甘。

大概就是从那个时候开始，他才一次又一次地开始为她破例吧？

冒着大雨去接她；看到她被欺负为她出头；知道她去找陆半城求助愤怒；看到痞子王伤害她奋不顾身地挡刀；知道她闷闷不乐就找很多人陪她玩；从英国赶到法国去给她送生日礼物……他一直想不通自己为什么总是去做这些本不应该做的事？

直到陆半城刚刚一句一句地分析给他听，他才不得不面对这个自己一直都在掩饰和逃避的现实——他喜欢上她了。

那是什么时候开始喜欢的呢？

他不知道。他只知道，当他终于意识到自己是真的喜欢上她时，他已经很在意她了。

或许是在爷爷生日那天，车子来了，她推开他时，又或许更早些，早到她住进爷爷家的那一天，他第一次正视她的眼睛的那一刻。

总而言之，他现在的生命里哪里都有她的影子。

许多他曾经百思不得其解的问题，此时突然全都懂了。

爱情于他来说，一直都是一个很缥缈的存在。直到此刻他才知道，其实爱情很简单，真的很简单，就是一个人，一次又一次，不受控制地，为另一个人一再破例。

烟燃烧到尾部，散发出来的灼热的温度烫得顾余生从自己的沉思里回了神。

他将烟摁灭在一旁的烟灰缸里，冲着许久都没开口的陆半城回道："你是知道的，我从未想过要喜欢一个女人，也没想过娶一个女人。"

因为这种想法太过根深蒂固，简直深深地贯穿到了他的血脉里，以至于他被她搞得心烦意乱时，想过无数种可能，却从未想过那就是爱情。

可现在想明白了，他又应该怎么做呢？

爱下去？还是放弃？

放弃？

顾余生的心忽地漏跳了一拍，内心深处莫名其妙就泛起了一种撕心裂肺的痛感。

这种感觉很熟悉，好像他曾亲身经历过一样。不知道是不是他的幻觉，随着这股疼，他脑海里竟浮现出他不断哭着说“对不起”的画面。

那画面很真实，真实得就像曾经发生过一样……顾余生的眉心蓦地就蹙起来：“我是不是忘了什么东西？”

他的声音有些低，说话很含糊，低着头吃早餐的陆半城没听清楚，抬起头看向顾余生，囫囵吞枣般地将嘴里的东西咽了下去：“啥？你说啥？”

顾余生没出声，蹙着眉，仍沉浸在自己的思绪中。

他几乎将自己所有的记忆都掏空了，却没找到任何蛛丝马迹是和自己刚刚说的“对不起”有关的。

难不成，刚刚真的只是他的幻觉？

顾余生抬起手，按了按一夜没睡有些发疼的太阳穴，这才意识到陆半城在看自己，语气淡淡地回了一句：“没什么。”

稍停了片刻，顾余生又说：“先吃早餐吧，吃完早点上楼休息。”

“哦。”陆半城应了一声，举起筷子。

或许真的是他产生幻觉了吧……顾余生晃了晃脑袋，将心底刚刚的疑虑甩开，也拿起了筷子。

顾余生和陆半城吃过早餐后是一同离开的。

两个人谁都没有注意到，在他们身后的位置坐了一个人，而那个人打开手机在录音。

一直等到他们消失在餐厅门口，那人才关了录音，然后把刚刚录的对话听了一遍，这才满意地收起手机，招呼服务员结账，也离开了餐厅。

从法国回来的第二天，秦芷爱有部大电影要客串。

就在北京的郊区，因为是客串，戏份并不多，时间充裕得大可以每天让保姆车来回接送。

秦芷爱心里清楚，游乐场那晚的事也不能全怪顾余生，抛开感情不谈，梁豆蔻顶的是顾余生太太的身份，和其他人男人那般亲密，换了谁都会生气。

那件事是她的疏忽，她也应该负上一半的责任。可一想到秦嘉言的项链，秦芷爱还是有些不愿意面对顾余生，索性就和周婧商量了一下，干脆拍戏的这几天直接住在京郊影视城的酒店里。

不过拍戏这几天就和在巴黎时一样，管家依旧每天准点给她来个电话。

秦芷爱从剧组出来，已是一周以后了。

因为头一天晚上拍了夜戏，睡眠不足，一回到家，秦芷爱就直接上楼补眠了。

睡醒后已是傍晚时分，秦芷爱拿起手机看时间，发现有一个未接来电。她只看了一眼，就知道是谁，然后就披上衣服下了楼，跟管家说自己去散步，换了鞋走出别墅，在小区里找了一个没人的角落回拨了过去。

电话响了好一阵子才有人接听，里面传来梁豆蔻本人的声音，很动听，就跟缎子似的："怎么这么久才回电话？"

"睡着了，手机调了静音。"尽管秦芷爱曾经被刻意培训学习过梁豆蔻的声音，是和本人的声音对比起来，还是略有不同的。只不过掩人耳目倒也够了。

"哦。"梁豆蔻随意地应了一声，就问出自己关心的问题，"目前你那边没什么问题吧？"

"都还好。"

"那就好，辛苦你了。"顿了顿，梁豆蔻又说，"对了，这个月的钱我已经打给周婧了，她明后天会取现给你，没什么事，我就先挂了。”

“稍等一下……”秦芷爱出声阻止。

“嗯？还有什么事吗？”

秦芷爱握着手机停顿了片刻，问：“你什么时候回来？”

“嗯？”电话里的梁豆蔻似是还没想过这个问题，被秦芷爱问得磕绊了一下，许久才开口说，“哦，你稍等一下……”

隔着手机，秦芷爱听见梁豆蔻用英文跟人低声交谈的声音。因为音量比较小，她听得不是特别确切，但她依稀可以从一些英文字母里猜出，梁豆蔻大概是在问医生情况。

过了约莫五分钟的样子，电话里才传来梁豆蔻字句清晰的话："我刚问了一下主治医生，如果顺利的话，我下个月十号就可以回国了。”

下个月十号……今天是这个月的二十五号，也就是说只剩下十五天的时间，真的梁豆蔻就要回来了。而她……就要离开了……秦芷爱举着手机的手指微微有些发僵。

她本以为梁豆蔻还要过一阵子才能回来，没想到竟比预想中要早很多。

“还有别的问题吗？”电话里的梁豆蔻说完后，看没人回应，又出声问。

“没，”秦芷爱回神，“没了。”

“虽然我回来的时间比预期的要早了很多天，但是你放心，即使这个月你只需要替我半个月，下个月的那笔钱我依旧会分文不少地打给你。”梁豆蔻以为秦芷爱刚刚问她什么时候回来担心的是钱，便将当初她们的约定又重新说了一遍，“那笔钱给你以后，恰好够你偿还你父亲的赌债了。”

“谢谢。”顿了顿，秦芷爱又说，“那再见？”

“再见。”

挂断电话后，秦芷爱握着手机站在原地一动不动，她脑海里想的全是梁豆蔻告诉自己回来的那个时间。

当初她以为自己抓着这样的机会靠近他，能像灰姑娘一样，有一场午夜的美梦。她还想着自己可以顶着梁豆蔻的身份，为他做自己曾经无数次幻想过可以为他做的事情，为他做饭，等他回家，和他好好相处……

直到她住进他的别墅，如愿以偿地来到他身边后，她才知道，是自己想得太简单，也太天真了。

梁豆蔻和他的关系糟糕透了，她能做的只有想尽办法避开他，尽量不要招惹他。

可事情的发展总是不受人控制，不管她做得多好，总是可以惹恼他……虽然他和她是有过那么几次的美好时刻……但她发现，他对她好的时候，比对她坏的时候更让她难受，因为她不是梁豆蔻。

现在梁豆蔻终于要回来了，而她也要回到原本属于自己的世界去了。

她是觉得有点轻松，却也有些难过。

难过她原本的那个世界里再也不会有他的存在。

十五天，还有十五天，她和他就再也没有任何关联了。

秦芷爰的神情有些恍惚，过了好一会儿才收起所有的胡思乱想，慢吞吞地迈着步子返回了顾余生的别墅。

她一路上都在想着自己的事情，没留意到院门口停放的车就进了院里。等她走到一半的时候，屋门被推开，传来管家的声音："顾先生，再见。"

秦芷爰下意识地抬起头，就看到顾余生正踩着屋门前的台阶往下走。

他面对管家的道别没有任何回应，低着头，正在烟盒里摸烟。

他将烟递到嘴边咬住，准备拿打火机去点燃的时候，才发现了院子里的她。

他点烟的举动微微停了一瞬，下一秒，就把打火机和烟一并收起来塞回烟盒里，神色如常地迈着步子，从容地继续往前走。

秦芷爱看他没停下的迹象，脚步稍缓了缓，也若无其事地重新迈开步子往前走。

两个人越走越近，在他和她快要碰上面的时候，他停下脚步，盯着她身上单薄的短裙蹙了蹙眉，蓦地出声："现在入秋了，一早一晚凉，怎么穿这么少就出去散步了？"

秦芷爱在听到顾余生的话后，脚步才停下来。她先抬头看了一眼管家，心里想着应该是她告诉顾余生自己去散步了吧，然后才对顾余生不温不火地回了一句："还好。"

他和她前阵子在游乐场闹得那么难堪，此时再见面，他能做到像是什么事都没发生过一样和她讲话，可她一想到被他扯断的那条项链，就做不到像是没事人一样。

所以，她回完顾余生的话，在原地稍停了片刻，就又开口说："我先进屋了。"

然后，她也不等顾余生有所回应，就径自迈步走过他的身边，往屋门口走去。

她很快就走到了屋门口，管家欲言又止地望着顾余生还僵站在原地的背影，小声地开口："小姐？"

秦芷爱知道管家肯定是想劝自己别这样对顾余生，可她没等管家把后面的话说出来，只匆匆回了句"我有点想上厕所，先进去了"，就绕过管家，快速地换鞋上了楼。

秦芷爱和管家的对话顾余生听得清清楚楚。

他知道，她这是在找借口避开自己。那一晚的事，她终究还是怨上了他……他在原地站了好一阵子才转头，看向早已没了她身影的屋门口。

他像是在犹豫着什么，过了片刻，出声喊了管家。

管家立刻踩着台阶，一路小跑到他面前："顾先生，请问您有什么事吗？"

顾余生从兜里摸出一个盒子，垂着眼帘看了一小会儿，然后递给管家："等会儿你把这个交给她。"

管家诧异地抬起头看了一眼顾余生，虽没说话，但顾余生却知道她是在纳闷为什么自己不亲自给秦芷爱送过去。

他没有过多解释，直接将盒子放到管家的手里，就转过身，迈着步子走到院门口，上车后对着小王吩咐了一句"开车"，然后就离开了。

她这几天的动向，他其实一直都有关注。

他知道她前几天的戏份并不重，也猜得出她之所以要住在剧组里，其实是想躲着他。

他想着只要她高兴就好，就由着她去。直到她今天从剧组回来，他才特意抽出时间回了家。

他其实是想亲手把那个盒子交给她的，但她看到自己似乎并不怎么开心……他这一生从没哄过女孩，也不知道该怎么哄，平时嘴巴挺溜的，可在看到她的那一刻，嗓子就像是被人给掐住了一样，什么话都说不出来。

所以他想了想，最后觉得还是算了，就让管家交给她吧，省得他跟着她上了楼，没哄得她开心，却说出什么惹她更难过的话。

希望她看到盒子里的东西后，心情可以好一些……

秦芷爱再从楼上下来，已是吃晚饭的时间。

顾余生很少在家，秦芷爱早就习惯了一个人在空荡荡的餐厅里用餐，也没觉得有多不舒服。吃完饭后，她跟管家打了声招呼，就准备回楼上。

结果秦芷爱刚从餐椅上站起身，管家就急急忙忙放下自己吃饭的碗筷，从厨房里跑了出来："小姐，您等一下。"

说着，管家就跑去了客厅。没一会儿，她就拿着一个盒子折回来，递到秦芷爱面前："这是顾先生让我转交给您的。"

这又是他送给梁豆蔻的礼物吗？

秦芷爱盯着盒子看了一小会儿，然后才接过来。她没当着管家的面打开，只面色淡淡地轻“嗯”了一声，就踩着步子离开了。

回到卧室后，秦芷爱拆都没拆那个盒子，直接打开上次她放“梁豆蔻”生日礼物的那个抽屉把盒子放了进去。

时间还早，秦芷爱没什么事可做，想到自己去巴黎之前去过一趟A中，收到了S君的信，到现在都一直没回，于是就找了信纸和笔，坐在地毯上，趴在茶几上写起了回信。

她和S君长年累月都在以信件来往，并不是每次写信都会聊跟自己有关的事情，所以很多时候，他们聊的东西五花八门，音乐、电影、书籍……没准会聊到什么。

S君这次给她的回信里推荐了一部电影，她已经看过了，便围绕着电影写了一些话，然后又扯了一些自己前不久在微博上看到的稀罕事。直到最后，她才写了一点关于自己的事情。

她说：S君，告诉你一个好消息，我爸爸的赌债下个月就可以全部还清了。

写完这句话后，秦芷爱本来是想收尾的，但在署名“小A”之前，她又补了一句：S君，我喜欢的那个人最近做了很多让我难过的事情，不过他也做了一件让我很开心的事，他跟我说生日快乐了，虽然那是我骗来的，不过我还是很开心。

……

许是下午睡得有点久，写完信后，秦芷爱就关了灯，在床上翻来覆去躺了很久都没什么困意。

夜里十二点的时候，窗外打起了雷。

初秋的北京总是这样，夜里总喜欢下雷阵雨，秦芷爱想到自己下午的时候随手扔在阳台上的剧本，连灯都没顾得上开，掀开被子，跳下床就跑了出去。

已经有少量的雨滴在坠落，她只穿了睡衣，拿了剧本就急匆匆地想回卧室。谁知刚转身，眼角的余光不经意地扫到院门外的路灯下站着一个熟悉的身影。

秦芷爱皱了皱眉，进了卧室后，隔着玻璃，有些不可思议地抬头看向那个身影。

原来，她刚刚一扫而过的余光并没有看错，真的是他……是下午回过家，却又离开了的顾余生。

他都回来了，怎么不进来呢？他在路边站着干什么？

因为卧室没有开灯，秦芷爱所处的地方漆黑一片，她无须担心顾余生会发现自己，所以就大着胆子打量起了他。

他像是感觉不到在下雨一般，站在路灯下，静静地抽着烟。

车子没熄火，打着双闪停在他面前的道路上。

他似是在纠结什么一样，不断地往别墅的院门口看。好几次秦芷爱以为他是要进来，可最后他还是站在原地没动。

雨越下越大，他的头发很快就被完全打湿，身上的衣服也变得湿漉漉的。白色的衬衣变得有些透明，贴在他的身上，画面性感而又惊艳。

他和她明明隔了很远的距离，伴随着雨越下越密集，秦芷爱只能模模糊糊看到他的身影轮廓。可不知道为什么，秦芷爱却从他站在雨中抽烟的姿态上，感觉到一种哀怨缠绵的味道。

过了不知道多久，雨终于停了。

透过窗户上不断下滑的水珠，秦芷爱能看到滴滴答答的水珠顺着他的头发在往下坠，他指尖原本燃着的烟已经被雨水浇灭了。

他没再点另一支烟，一身湿漉漉地又静静地站了一会儿，才将烟头往旁边的垃圾桶里一丢，再拉开车门坐了进去。

随着车头的灯光大亮，车子缓缓驶离，不见踪迹。

秦芷爱抱着剧本，盯着顾余生刚刚站过的那盏路灯又看了良久，才爬回了床上。

原本就没有什么困意的她，此时越发精神了。

第五章

心心相印

因为昨晚睡得过晚，导致第二天秦芷爱醒来时，已近中午。

她洗漱收拾妥当后才出了卧室。刚走到楼梯口，还没下楼，她就听到楼下传来对话声。

“顾先生，请问您打电话过来是有什么吩咐吗？”

管家应该是在忙着什么，座机开了免提。她的话音落定后没几秒，伴随着电话信号的沙沙声，响起了顾余生清淡的声调：“家里都还好吧？”

“家里很好，小姐还没睡醒。”

“还没睡醒？这都要到中午了，等会儿你去叫醒她，让她吃点东西再睡。”

“是，顾先生。”

电话那端没了声音，过了大概一分钟，管家的声音又响起：“顾先生？”

“嗯。”顾余生应了一声，又停顿下来。过了好一会儿，他才接着说，“东西给她了吗？”

“给了，昨晚就给了。”

“那她……看到东西后，有没有什么反应？”

“小姐没打开，直接拿着盒子上了楼。”

“哦。”顾余生的声音里带了一丝失落，他似是要接着开口再说点什么，结果还没出声，就在电话那端重重地打了个喷嚏，然后秦芷爱就模模糊糊听见他吸鼻子的声音。过了一会儿，他的声音再度传来，“没什么事了，挂了吧。”

“是……”管家的话还没说完，顾余生的声音又响起：“哦，对了，你多陪陪她，别让她一个人总闷在屋里……实在不行，你就打电话找几个她的朋友来家里玩……有什么事，记得第一时间给我打电话……”

兴许是昨晚看到顾余生在雨里站了那么久，今天又恰巧听见了他和管家打电话，秦芷爱一下午都显得有些心不在焉。

今天恰巧又是管家休息的日子，晚上七点钟，管家给她准备好晚餐就离开了。

也不知是受了顾余生的影响，还是偌大的别墅里只剩她一个人，她吃晚饭时胃口不大好，没吃多少就放下筷子，收拾好餐桌回到楼上。

她本想看一会儿电视就睡的，可怎么也看不进去，索性就靠在床头发起了呆。然后，她脑海里就又晃过中午起床时，听到顾余生和管家的那些对话。

他特意问管家自己看到东西后有没有什么反应？难道他给的是一份很特殊的礼物？

秦芷爱的视线不由自主就落到了放那个盒子的抽屉处，她犹豫了一会儿，最后还是走过去拉开抽屉，拿出那个盒子，拆了外面绑着的红绳，再缓缓地打开。

只一眼，她整个人就仿佛被点了穴道一般，定格在那里，动也不动了。

原来里面放的根本不是什么他送给梁豆蔻的礼物，而是那天他在愤怒之下扯断的那条秦嘉言送给自己的项链……断裂处已经被修好了，可能是因为有补修的痕迹，显得不怎么好看，所以在断裂处加了一颗很小的珍珠，看起来越发精致漂亮了。

顾余生他不是一直都很讨厌梁豆蔻的吗？为什么他还会做这些？

随着这个疑惑，秦芷爱的脑海里瞬间闪现顾余生当初给她银行卡，从英国跑去巴黎给她送礼物……那时她觉得，可能是因为爷爷的缘故他才会去做这些的……可昨晚他在雨里站了那么久，很明显是在挂念着什么，还有早上他嘱咐管家的那些话，明明是在关心她……难不成现在的他对梁豆蔻的感情有所改变？若是他真的有所改变，那会不会是自己扮演梁豆蔻的这段时间让他改变的？

如果真如她猜的这样，那说明……秦芷爱想到这里，突然就止住了念头。

八年前，她不也是这般猜测，以为他对自己有心，可最后呢？那不过是她自欺欺人的想象，所以这次……说不定又是她异想天开呢？

所以，还是不要胡思乱想了……兴许他只是对那天的事情感到愧疚，才做了这些……

想到这里，秦芷爱深吸了一口气，把自己脑海里的想法全部打消，然后拿着项链朝床边走去。她刚在床沿坐下，楼下的门铃就响了起来。

这都快要十一点钟了，是谁大半夜过来了？

秦芷爱放下项链，急急忙忙下了楼打开屋门，就朝着院门口跑去。

院子里没开灯，漆黑一片，等她快要走到大门处时，借着门外昏黄的路灯灯光，秦芷爱才看清了按门铃的人。

陆半城？

他怎么突然过来了？是来找顾余生的吧？

秦芷爱一边开门，一边开口：“顾余生他没……”

剩下的“在家”两个字还没说出来，陆半城就推开大门，急急地走了进来：“小蔻，生哥回家没？”

秦芷爱摇了摇头，开口说：“没，他最近一直都没回过家。”

秦芷爱看得出陆半城有些焦急，过了一会儿终是没忍住，问：“发生了什么事吗？”

陆半城回答：“生哥昨晚也不知是怎么回事，今天就发起了烧，让他在医院打吊针他偏不打，非要去参加晚上的商会。应该是心情不好吧，他喝了很多酒，我本来想让小王接他的，谁知一出酒店的大门，他就拿着钥匙自己先上了车。我还没反应过来，他的车就不见影子了……”

发烧？他是昨晚在雨里站了那么久生病了吗？

秦芷爱不经意地皱了一下眉：“没给他打电话吗？”

陆半城答：“打了，电话关机了，不然我干吗跑到这里来找他。”

秦芷爱想了想，又问：“那其他地方呢？没去找找看吗？”

“都找过了，他名下的房子和老宅那边我都让人去看过了，他平常喜欢待的那几家酒店我也打电话问过了，都不在……”陆半城顿了一下，又说，“这样吧，我再去别的地方找找看，说不定在什么酒吧里待着呢。你早点休息，如果他要是回来了，就给我打个电话。”

“好。”秦芷爱点头应了下来。

陆半城拿着车钥匙走出大门，在他拉开车门上车之前，秦芷爱想到秦嘉言送的那条项链。那晚她被管家带走的时候，陆半城说过要帮她找项链，她不确定项链到底是陆半城找到的，还是顾余生找到的……

顺着这个想法，秦芷爱原本锁门的动作缓缓地停下来，冲着陆半城的背影叫了一声："半城？"

"嗯？"陆半城扶着门，转过头来。

"那个……"秦芷爱停顿了一下，选了一个比较保守的方式接着问，"项链是你帮我找到的吗？"

"项链？什么项链？"陆半城似乎是忘了，诧异地反问了两声，然后才恍然大悟地"哦"了一声，回道，"那是生哥找到的，他根本就不让我插手帮忙，一个人在喷泉池里找了整整一晚上才找出来的！"

原来，竟是他找到的……秦芷爱心底像是被什么东西击中了一般轻颤起来，望着陆半城没再出声。

"怎么了？项链修好了？他拿给你了？"陆半城似是明白了什么一样，连问了好几句。

秦芷爱按捺着心底的波动，冲着陆半城轻轻点了点头。

陆半城急着找顾余生，问完后就弯腰钻进了车里。他本想直接踩油门离开的，可想了想，觉得有些话还是要说一说，便降了车窗冲着还站在铁艺门后的秦芷爱又开了口："那链子扯断了，材质也不是特别好，很难修，他找了好些首饰店，花了不少精力才修好的。"

秦芷爱好不容易平缓下来的情绪，因为陆半城的这句话再次涌动起来。

她费了很大力气才让自己对陆半城挤出了一个笑容，然后"嗯"了一声，表示自己听到了。

然后陆半城这次真的没再说什么，就踩着油门离开了。

秦芷爱在门后稍站了片刻，才将大门落了锁，转身回了屋。

经过了陆半城这一出，秦芷爱彻底没了睡意。

她回到卧室，刚坐到床沿边上，手就碰到了刚下楼给陆半城开门前随手放在枕边的项链。

陆半城说，顾余生找了一夜，才找出这条项链。

陆半城还说，顾余生找了很多首饰店，花了很多精力才修好的。

顾余生做这些，是不是表示他在对她示好？那他那天在游乐场，把嘉言做的事情都做了一遍，会不会真的是她当初想的那样……吃醋？

在听完陆半城说的那些话后，秦芷爱好不容易平复的心情又被自己脑海里闪现的这个念头搅动得再次波澜四起。

过了好一阵子，她才恢复平静，然后拿起手机看了一眼时间。已经过去大概半个小时了，也不知道陆半城找没找到他？

秦芷爱也不知道自己到底拿起手机看了多少次时间，在快接近午夜十二点的时候，她看陆半城那边始终都没反应，就主动给陆半城发了一条消息过去：找到他了吗？

过了将近十分钟，陆半城才给了秦芷爱回复：还没。

秦芷爱刚看完，屏幕上就又出现一条新的消息：他现在回家了吗？

——也还没。

秦芷爱刚将这三个字发出去，门外就响起了滚滚雷声。她转头看了一眼窗外，和昨晚一样，又是一场雷阵雨即将到来。

雨天开车本就危险，他现在发着烧，还喝了酒……若是他在什么地方待着还好，怕就怕他心情不好，开着车乱逛。

秦芷爱越想心里越担忧，忍不住下了床，光着脚丫在卧室的地板上溜达起来。过了没多久，她拿起手机刚准备再给陆半城发条消息，问问他顾余生有没有找到时，视线不经意地就扫到了手机日历的农历日期。

八月十九……好熟悉的日期……秦芷爱蹙着眉仔细想了好一会儿，突然想起，这不就是顾余生……父母的忌日吗？

难不成现在的他……秦芷爱的脑海里顿时就闪现出四年前，她知道他父母去世的消息后就去了老宅。她进不去，只能在门外待着。一直到第七天，她才等到了他单独开着车从老宅里出来。

她拦下一辆车跟在他的车后。

看到他去了墓园，在他父母的墓碑前喝了很多酒。

起先她没出现，只是偷偷地躲在角落里看着他。

后来下起了大雨，可他丝毫都没有要走的迹象。她又担心又心疼，然后才拿着伞走了过去。

他知道自己身边坐了人，但没说话，她也没说话。因为她知道，他那时的心情很沉重，即使她说再多的安慰的话语，也不会让他的心底舒坦半分，倒不如安静地陪伴。

后来他的酒劲上来了，和他上次顶替秦阳开完枪后喝醉的那晚一样，说了很多胡话。

从他的话里，她知道，他父母去世的那天，也正是他退伍的日子。

八月十九是他失去双亲，也是他失去梦想的日子。

她永远也不会忘记，年少时她亲眼所见他的父亲到底是怎样打他的画面。

她也永远都忘不掉，年少的他被父亲打得遍体鳞伤，却满不在乎的神情。

她更永远也忘不掉，他躺在草坪上给她讲他的山河梦时眉眼间流露出来的笃定。

就算他的父亲有千万般不好，可终究还是他爱的父亲。

就算他的梦想有多缥缈，可他还是义无反顾地去追逐了。

可是那一晚，他什么都没了，她怎能不心疼？

她努力想了很多话，想要去安慰他，可她的嗓子眼堵得厉害，最后只就给了他一个拥抱。

他没推开他，她就那么静静地抱着他，后来他睡着了。

其实她是想要等他醒来再走的，可是她接了个电话，是秦嘉言打来的。那时她那个还没死的父亲欠了钱的债主来家里逼债，下手十分狠，把母亲推得撞了墙，脑袋出了血，在医院里。

她看他没什么事，就急匆匆地走了。

那一别，再见，就是两年前她跟老师去参加宴会时和他的不期而遇了。

那一别，再见，他已不记得她是谁了。

她不清楚他还记不记得四年前，在他最难过的时候，她陪过他。或许他记得，可那晚那么黑，他和她又没有交谈，他未必知道她是谁吧？

秦芷爱想，陆半城找了那么久都没找到顾余生，或许那个男人根本就不在城里，而是在父母的墓碑前呢？

秦芷爱转头望了一眼窗外越下越大的雨，没有丝毫犹豫地放下手机，找了一身衣服穿上，然后又拿了伞，急匆匆地下了楼。在出门前，她想到他发着烧，又去找医药箱，拿了一些药和矿泉水后才去车库开了车，直接奔向了墓园。

秦芷爱抵达墓园的时候，雷阵雨已停了。

四面八方都是湿漉漉的，就连吹来的风都带着一股潮气。

她将车子停好，拿着药和水往墓园里走时，就看到了顾余生的车子。

果然跟她想的一样，他在这里……

顾余生父母的墓碑在半山上，刚下过雨，地面湿滑，秦芷爱走了大概半个小时才走到。

墓园重修过，比起四年前，多了夜里长亮的地灯。

虽然光亮很暗沉，但秦芷爱还是一眼就找到了靠着墓碑蹲坐在湿漉漉的地面上的顾余生。

他的脚边扔满了烟头和空烟盒。

他眉心蹙得很厉害，不知是难受还是酒劲上来了，脸显得格外苍白。

秦芷爱只是停顿了片刻，就迈着步子走到他的面前。

他好像没察觉到有人靠近，始终保持着闭眼的姿态。

秦芷爱蹲下身，伸出手探了探他的脑袋，发现烫得厉害。她刚想叫醒他吃点药去医院，他却忽得抓住她的手腕，然后睁开了眼睛。

顾余生把秦芷爱当成了靠近自己的某种危险生物，下手有些重，秦芷爱疼得低呼了一声，然后他才彻底看清她是谁。

他整个人明显一愣，原本有些凌厉的视线顿时变为诧异。过了片刻，他才反应过来自己手劲过大，然后稍稍放松了一些力道。

疼痛缓解后的秦芷爱看顾余生没有开口的意思，便出声解释自己为什么会出现在这里:“半城去过家里找你，说你发着烧，还喝了酒，一个人开着车走了，我想到今天是你父母的忌日，你可能会在这里，就……”

秦芷爱嘴里的话还没说完，眼睛一眨不眨得盯着她瞧的顾余生猛地扯了她一下，将她扯到了自己的怀里。

秦芷爱后面的话一顿，然后就感觉整个人被顾余生紧紧地抱住。她下意识得侧头想去看他，他以为她是要挣脱自己的拥抱，便加重了手臂的力道，将她圈地更紧一些，低低地说了两个字，声音显得格外沙哑：“别动。”

秦芷爱像是被点了穴道一样，立刻静止不动了。

顾余生没再继续说什么，只是将脑袋埋在了她的脖颈处。

虽然他们俩没有任何交谈，可是这些年来，一直都关注着顾余生的秦芷爱知道他此刻的心情，绝对很糟糕。

心疼万分的秦芷爱在他怀里静静地窝了一会儿，因为想给他安慰，在心底犹豫了一会儿后，还是选择伸出手环住他的腰，回抱住他。

顾余生的身子一僵，然后又加重了一点手臂上的力道，把她往怀里抱得更紧了一些。

深夜的墓园格外安静，偶尔有风吹过，会传来树叶上的雨滴落地的滴答声。

时光仿佛静止了一般，他和她就这么抱着，谁都没动，也没说话。

过了不知多久，顾余生低落了一整夜的心才平静了下来。

他没松开怀抱，而是继续这般深拥着她，然后他才慢慢发觉，她给自己的拥抱，好熟悉……和他前阵子醉酒时梦里的那个拥抱一模一样……和四年前那个漆黑的夜晚给他温暖的那个女孩的拥抱也一模一样……那个拥抱他太熟悉了，所以不可能会记错的……他记得前阵子他醉酒那天，本是要带她去吃饭的。最后因为心情不好，就让秦阳把她送上车，让她自己回家了。

到现在，他都纳闷那一晚喝得醉醺醺的自己到底是怎么回的家？难道她没有回来，而是在跟着自己？而那晚自己也不是喝醉酒出现了幻觉，根本就是她在照顾着？

“小麻烦？”顾余生突然出声喊了她的名字。

趴在他怀里的秦芷爱有点没从刚刚那般静谧美好的画面中走出来，声音略带茫然地“嗯”了一声。

“我替秦阳开枪那晚，你是不是跟我一起去了酒吧？”

他怎么突然问起那件事了？难道他那晚不是醉得特别糊涂，知道她把他带回家，还照顾他的事情了？

秦芷爱刚想完，顾余生的声音又传来：“是你带我回的家吧？”

果然他都知道了……秦芷爱没否定，轻声 “嗯”了一声。

顾余生的心忽地就跳快起来，连带着声音都带着一丝轻微的颤抖：“那一晚，我说了很多胡话，你像现在这样抱过我，对不对？”

连她抱他他都知道了啊？看来……他那晚真的没怎么喝醉啊？

不知道是顾余生推测出来的秦芷爱没敢撒谎，老老实实得点头，又“嗯”了一声，然后开口说：“我看你很难过，就想……想……让你好受些。”

顾余生又沉默下来，把秦芷爱抱得更紧了一些。

原来那晚醉酒不是梦，是她在照顾他……那个他以为是在梦中回想起四年前的那个拥抱，原来是真的。

所以，所以……顾余生忍不住又收了收手臂道：“原来就是你啊……”

他莫名其妙抛出的这几个人听得秦芷爱一头雾水，于是她忍不住蹙了蹙眉，问出声：“什么就是我？”

“原来就是你啊……”顾余生像是没听到秦芷爱的话一般，将这几个字又念了一遍，然后就低下头，将脸重新埋入她的脖颈，轻轻地蹭了蹭，嘴角不由自主地勾起一抹弧度。

小麻烦，原来四年前那个漆黑的夜里给过我温暖的那个女孩就是你啊……好巧啊，是不是？我喜欢的人，竟然是温暖过我的人……

秦芷爱看顾余生没回答自己的问题，也就没再问。

他很用力地抱了她很久，一直抱到胳膊发酸，才终于肯放开她。

从他怀里出来的秦芷爱这才又看到了他的脸，发现他的脸色苍白，额头上还有细密的汗珠冒出来。她的神情微变了变，抬起手碰了碰他的额头，感觉比刚刚烫多了，这才急急忙忙转身拿了刚刚被她随手放在地上的矿泉水和药递过去："怎么烧得这么厉害？快点把药吃了，然后去医院看看。"

"不用去医院，我没什么事，吃点药就好了。"顾余生看了退烧药的说明书，取了药丸吞下后，看到秦芷爱蹲在一旁，就将自己身上的外套脱下来，铺在了身边潮湿的台阶上，"再坐一会儿再走吧。"

秦芷爱没拒绝，大大方方地坐在了他湿漉漉的衣服上。

顾余生身子倚着墓碑，手里握着矿泉水瓶，望着黑漆漆的天没说话。

秦芷爱乖巧地坐在他身边，也没吭声。

虽然气氛很安静，却带着一丝说不出的安逸和美好。

不过这样的静谧并未维持多久，秦芷爱包里的手机铃声响了，她急忙掏出来，原来是陆半城发来的短信，问她顾余生回没回家。

秦芷爱这才想起，自己找到顾余生后竟忘了告诉陆半城，她连忙低头给陆半城回了短信。

顾余生是在秦芷爱手机响的时候转头看向她的，他没去留意她到底在跟谁发消息，而是盯着她垂着脑袋的侧脸看了片刻。等到她收起手机后，他才收回了视线，盯着不远处的地灯，出声又喊了她的名字："小麻烦？"

秦芷爱还没拉完包的拉链，就转头看向了顾余生。

男子定定地盯着正前方的光亮，没有侧头往她这边看。过了好一阵子，有风吹来，连带着他轻缓的声调一同吹进她的耳朵里："对不起。"

秦芷爱是真没想到顾余生会开口说这样的三个字，瞬间就呆在那里，望着顾余生迟迟没出声。

顾余生虽没看她，却知道她在看自己。他以为她是没反应过来自己为什么会说这三个字，静默了几秒钟后，才侧头对上她的眼睛："管家交给你的东西，有看到吧？"

秦芷爱并不是因为不知道顾余生的"对不起"指的是什么才愣住的，她是被他竟然开口道歉给惊呆了。她一听到他的解释，立刻就收回了神，轻轻点了点头，说："看到了。"

"如果觉得项链哪里没修好，可以告诉我……"顾余生顿了顿，想到她可能不愿意来找自己，就收回了落在她脸上的视线，又补了一句，"也可以告诉小王。"

"没有，挺好的。"秦芷爱被顾余生突然变得很温和的模样弄得有些不适应，她想到陆半城说顾余生找了一夜，还费了很大的心思才把项链修好，想了想后又轻声加了一句，"谢谢你啊。"

"谢我做什么？"顾余生轻笑了一下，"这本来就应该是我做的。"

东西是他那天没控制好脾气，一怒之下扯断的……

顾余生微动了动唇，接着又开口说了一遍："对不起。"

那天他扯断项链后，秦芷爱是真的很生气。

可昨晚她看到他在雨里站了那么久，还把项链找出来还给她，她心里的那股气早就消散得七七八八了。

现在他又连续说了两遍"对不起"，倒让她变得有些不好意思起来："没关系。"

其实那天的事她也有错，她不该因为嘉言知道自己扮演梁豆蔻，就贪图省事顶着梁豆蔻的模样去赴约……现如今梁豆蔻本人马上就要回来了，算下来，她来他身边这么久，都没能和他好好相处过。

他都已经道歉了，那她也该退一步吧。毕竟只剩下十四天，她就要离开他的身边了……

秦芷爱稍稍抓了抓手中的包，眼底闪现一抹黯淡，然后才勾着唇，侧头对着顾余生继续说："再说了，那天的事情我也有不对的地方，那个男生是我一个朋友的弟弟，我也一直都把他当弟弟看。因为平常闹习惯了，所以也没注意，没想到被你知道了……”顿了一下，秦芷爱又扯出一个笑容，“那天肯定很丢你的面子吧？也难怪你会那么生气。”

“不是面子……”顾余生在她的话说完后，就脱口而出四个字。然后在他意识到自己说了什么话后，又猛地停下来。

不是面子？那是什么？

秦芷爱冲着顾余生一脸纳闷地“嗯”了一声。

不是面子，是嫉妒……那天，不是因为她和别的男人在一起，让他丢了面子他才生气的，他是因为发了疯的嫉妒。

从没想过去喜欢一个人，也从没喜欢过一个人的顾余生，面对这突如其来的情感，此时此刻竟有些不知该如何处理。

他心里明明有着千言万语想要跟她说，可是张张嘴，却什么也说不出来。最后他就懊恼地抬起头，看着黑漆漆的天空，沉默了好一会儿，问了一个他最在意的问题“那个男生，你只是把他当弟弟看？”

“嗯。”秦芷爱几乎没有丝毫迟疑地点点头，应了一声。

不是把，而是他本就是她的弟弟，只是她却无法说出口……秦芷爱怕秦嘉言的事会给顾余生和梁豆蔻的婚姻带来困扰，下一秒，她就竭尽全力地解释起来“我认识他很多年了，一直都当成我的弟弟看，就跟亲生弟弟没什么区别。因为从没想过会和他有什么，所以很多时候总会忘了和他男女有别。”

秦芷爱像是怕顾余生不相信一般，解释完那么长一段话后，又说了一句：“而且我根本就接受不了姐弟恋，看到比自己小的男生，根本就没有半点非分之想……”

从没想着会和他有什么，根本就没有半点非分之想……秦芷爱这般绝对笃定的话，明明很残忍无情，可落入顾余生的耳中，却显得格外动听。

他没忍住，转过头看着她认真严肃的神情，不知怎么的突然就笑了。

在秦芷爱的记忆里，顾余生大多数的笑是轻笑、嘲笑，或者嗤笑，几乎从没像现在这般认真地笑过。

眉眼舒展，眼神柔和，连带着全身散发的气息都弥漫着一股温柔的味道。

这样的笑，来得猝不及防，令人反应不及，秦芷爱望着顾余生眉眼带笑的惊艳容颜，嘴里的话蓦地就消了声。

气氛一瞬间变得有些安静。

面带微笑的他和目光看呆的她静静地对视许久，直到风吹得一旁树叶上的水滴砸落到顾余生的额头上，他才回过神来，然后稍稍收敛了一下脸上的笑容，转头又看向不远处的地灯。

不知是不是刚刚她那么认真地跟自己强调和那个男生没有任何关系的缘故，顾余生本来有些低沉的心情突然变得格外轻松愉悦，连带着他开口的声音都透着一抹舒缓："那，那天的事情，我们翻页了？"

翻页？是说当成什么也没有发生过，彼此不再计较了？正合心意的秦芷爱立刻点点头，眉眼弯弯地回答："好啊。"

她的反应太爽快，爽快得顾余生的眉眼间又染上一层笑意。只是笑着笑着，他的神情突然又变得黯淡下来。过了两秒，他出声，没来由地问了一句："你是不是觉得我特浑蛋？"

他这句话说得前言不搭后语，秦芷爱一时半会儿想不透他指的是什么，先不解地"嗯"了一声，看他良久都没有出声解释的意思，就又轻轻地摇了摇头。

她一定觉得自己很浑蛋吧，曾经对她做了那么多残忍的事……顾余生盯着那盏地灯看了好一阵子，才眨了眨眼睛，歪头看向秦芷爱："不过，我并不后悔，即使重来一次，我还是会这么做。"

纵使他曾经的做法很浑蛋，可那是他喜欢上她的痕迹。

虽不美好，但是唯一。

顾余生的话，前后转变太快，而且说得莫名其妙的。

秦芷爱根本不懂他到底在说些什么，索性就没再出声。

两个人静静地在墓碑前坐着，秦芷爱出门时有些着急，只穿了一条单薄的裙子，下过雨的半山腰显得格外冷，伴随着阵阵凉风吹来，秦芷爱忍不住打了个寒战。

刚刚一直沉默着在心底想着自她住进别墅后，这段时间发生的事情的顾余生这才回了神，然后站起身，将手伸到秦芷爱的面前：“走吧，回家了。”

秦芷爱盯着顾余生的手看了两眼，这才抬手抓住他的手，借着他的力道站起身。

她本以为自己站起身后，他就会松开手。谁知在她松开握着的他的手后，他反将她的手握得更紧了一些，然后再弯腰捡起地上的西装外套，牵着她往山下走去。

因为发烧的缘故，他的掌心比平日要烫一些。

那种灼人的温度，顺着他和她交握的手，一路传到她的心底，惹得她的心脏按捺不住地“怦怦怦”加快了跳动的速度。

细想想，这应该算是他和她第一次正式的牵手吧。原来，竟是这种感觉……

顾余生和秦芷爱是分别开车过来的，所以回去时也只能分别开车回去。

顾余生拉开秦芷爱的车门，看她坐上车，系好安全带后，才帮她关上车门。

他等她发动车子，缓缓地开出去后，才上了自己的车，保持着安全距离，跟在她的车后。

回到家时，已四点钟了。

发着高烧的顾余生早已精疲力竭，洗完澡躺上床就沉沉地入了眠。

秦芷爱同样很疲惫，但她洗完澡后，还是硬撑着化了妆才爬上床。

她很担心顾余生，一直都睡得不踏实，时不时地伸手摸一摸他的额头。直到窗外的天亮了，顾余生也退了烧，秦芷爱这才放心地睡去。

这一觉，两个人睡得都很沉。

秦芷爱中午一点的时候醒来过一次，看顾余生还躺在身边沉睡着，她盯着他的容颜仔细凝望了好一会儿，最后跟着闭上眼沉沉地睡去。

再醒来的时候，窗外已是夕阳西下，身边空荡荡的，早不见了顾余生的身影。

睡过头的秦芷爱浑身瘫软，她赖了好一阵子床，才懒洋洋地去了洗手间。出来后，她坐在梳妆台前又重新画了一次妆，才摸着有些空的肚子出了卧室。

还没下楼，她就听见抽油烟机“嗡嗡嗡”的响声，厨房的门大概没关，有阵阵饭菜香飘来。

应该是休息的管家回来了吧？

秦芷爱越发觉得饿，扶着楼梯扶手“噔噔噔”地跑下楼。

平常顾余生不在家的时候，秦芷爱没那么拘谨，和管家混熟后，也就渐渐有些随性，所以她下了楼梯的最后一个台阶后，一边冲着厨房蹦蹦跳跳地跑去，一边顺嘴对着厨房提高嗓音喊了一句：“管家，你做了什么好吃的呀？宝宝饿了……”

她的“了”字音刚发完，就发现客厅的沙发上坐了两个人，沙发旁边还站着一个人。

秦芷爱猛地就停下了脚步，慢慢地转头看向客厅。

站着的人是小王，坐着的其中一个人是顾余生，而另一个她不认识。

三个人此时全都在看她。

只是他们的眼神，好像有些怪异。

秦芷爱以为是自己刚刚不顾形象的举动惹来他们这般反应，脸顿时一红，就有些不好意思地将站姿变得淑女了一些，然后才冲着那位不认识的人，尴尬而又礼貌地微笑了一下。

还没等不认识的那位有所反应，顾余生就放下手中拿着的文件，低声说了句“抱歉”，然后起身，朝着她大步流星地走过来。

她刚刚的那些反应，他是不是都看到了？还有她说的话……

秦芷爱忍不住垂下眼帘，有些不敢去看顾余生。

顾余生站在她的面前，先将双手放在她的肩上，才语气很轻地开口问：“醒了？”

秦芷爱点了点头，刚想抬起头看着他“嗯”一声，男子的声音又轻飘飘地落下来：“宝宝。”

秦芷爱抬到一半的头猛地一僵，脸变得更红了。

这么多年过去了，他怎么还和当年一样，嘴巴那么坏呢？

明知道她在因为刚刚的话而不好意思，他偏偏还要把“宝宝”重复一遍。

秦芷爱下意识地后退了一步，想不理顾余生直接去餐厅。

谁知他握着她肩膀的力道猛地加大，将她按在原地，不让她动弹。

她蹙了一下眉，还没抬起头去看他到底是什么意思，他就伸出手，将她的肩带往后拉了拉。

随着他的举动，秦芷爱抬头的动作变成低头，然后她才反应过来。自己刚刚醒来后，看顾余生不在床上，以为他去上班了，家里只有她自己，就只穿着一件小吊带跑了下来。

所以，刚刚三个人之所以那么怪异地看着她，是因为她的衣服？

伴随着她的猜测，顾余生凑到她的耳边又开了口：“走光了。”

顿了一下，顾余生刻意加重了语气，又说了两个字：“宝宝。”

秦芷爱感觉耳根都烧了起来，她耷拉着脑袋，连抬头看一眼顾余生都不敢了，小声地哼唧了一句：“我上楼去换件衣服。”

“去吧。”顾余生松开放在她肩膀上的手，一副很好说话的模样。

秦芷爱往后退了一步，刚转身准备上楼，顾余生忽地又伸出手抓住她的胳膊，将她往自己面前一拉。她本能地抬起头看向他，他盯着她的眼睛看了片刻，就缓缓低头，凑到她的右脸颊旁。他的气息让她的心忍不住跳快，就在她羞怯地垂下眼帘时，他又开了口：“宝宝。”

秦芷爱被他接二连三的“宝宝”喊得脖子都变成了粉红色，她气鼓鼓地抬起头狠狠地瞪了顾余生一眼，然后就甩开他的手，转过身，踩着楼梯，“咚咚咚”地冲着楼上跑去。

在顾余生的印象里，她除了平日里在他面前温温柔柔的安静模样，就是小心翼翼的胆怯模样，从没像刚刚那样神情丰富地怒瞪过他。

他是真的被她那道毫无攻击力的小眼神给取悦了，盯着她上楼的背影，忍不住勾起嘴角。

一直等到卧室的门“砰”的一下被秦芷爱用力关上，顾余生才冲着厨房喊了声“管家”。等管家急匆匆地跑过来后，他将手中的拖鞋往管家面前一递：“给她送上去。”

管家一脸古怪地接过拖鞋，说了声“是”，就朝着楼上走去。

等到管家的身影消失在楼梯的拐角处，顾余生才转身，慢悠悠地晃到沙发前，冲着坐在沙发上的市场部总监没有丝毫歉意地说了一句：“不好意思，让你久等了。”然后就慢条斯理地坐了下来。

顾余生拿起刚刚随手放在茶几上的文件，还没翻开，市场部总监就开了口：“刚刚那位是顾太太？”

站在顾余生身旁的小王听到这句话，立刻为市场部总监悄悄捏了一把汗。

顾先生可是从不让人称梁小姐为顾太太的啊……小王本能地屏住呼吸，本以为会等来顾余生的怒气，谁知男子一边翻着文件，一边淡淡地“嗯”了一声。

没搞错吧？顾先生竟然没生气？

小王险些跌破眼镜。

市场部总监看得出顾余生的心情很好，就又多嘴了一句：“顾太太还挺可爱的。”

顾余生又“嗯”了一声，还客套地说了一句“谢谢”。

站在一旁的小王彻底傻眼了。

被夸赞的明明不是顾先生，可看顾先生的表情却好像是自己被夸赞了一样？

小王还没从这样的震撼中回过神来，翻看文件还不到一页的顾余生忽地又开口，来了一句：“是挺可爱的。”

是、挺、可、爱、的？这是在形容梁小姐吗？

小王觉得自己的眼珠子已经掉出来了！

十分钟后，顾余生结束了和市场部总监的交谈。

是小王送市场部总监离开的，回来后，小王交给顾余生一份文件和几份账单，还有一个信封。

“顾先生，文件是明天开会要用的，账单是银行寄来的您名下所有的卡这个月的开支明细，还有这封信。”

顾余生先扫了一眼信封，是从他以前所在的部队那边转寄过来的信，他立刻就知道那是小 A 的回信。

他先将信接了过来，夹在文件夹里，然后才将银行的账单拿过来，坐在沙发上，草草地扫了一遍。

他本是没多在意那些账单的，只是在扫到倒数第二张账单的时候，发现上面的支出竟然是：0。

0？他竟然还会有银行卡支出为 0 的情况？

顾余生有些意外地留意了一下卡号，然后才想起，这是他给小麻烦的那张银行卡！

他记得很清楚，在她去巴黎以前，他还特意提醒过她好几遍，到了法国看到什么想买的尽管买。

她当时答应得好好的，可结果却是，她根本分文未动他给的那张银行卡？

顾余生的心里顿时变得有些不是滋味，他握着账单的指尖忍不住加大了力道。

其实一直以来，他都很不齿男人给女人大把大把地砸钱，打心眼里觉得这种行为很不够格调。直到现在他才明白，如果一个男人真的喜欢上一个女人，他心底浮现出的第一个念头绝对是花钱养她。

不知是从什么时候开始的，这似乎就是一种习惯了，男人给心爱的女人花钱，是他们关系亲密的象征。

可小麻烦收了他的卡，却一分钱也没花他的，这又是什么意思呢？

“顾先生，请问账单有什么问题吗？”小王站在一旁，看顾余生面无表情地盯着一张支出为零的账单许久都没有反应，忍不住出声询问。

顾余生稍稍收了收飘远的神思，将账单夹入文件夹里，神情寡淡地回答："没什么问题。"

然后他就想到秦芷爱刚刚急匆匆地下楼来冲着管家喊"宝宝饿了"的画面，便将文件随手扔在茶几上，问道："还有别的事情吗？"

"没有了。"小王答完，就识趣地提出告辞，"顾先生，如果您这边没什么事的话，我就先离开了。"

顾余生没出声，只是轻轻点了一下头。

小王离开了大概半分钟后，顾余生才拿起茶几上的文件夹起身上了楼。他先去了一趟书房，将文件夹扔在书桌上，然后去了主卧。他没进屋，只是站在门口敲了几下门。

秦芷爱回了一声"来了"，就"噌噌噌"地朝着门口跑。她以为来敲门的人是管家，隔着门先嚷了一句"是要吃饭了吗"，然后才打开了门。

结果入眼却是倚着墙壁站着的顾余生。

秦芷爱顿时就想起他刚刚在楼下连喊自己三声"宝宝"，小脸上爬上了一抹浅红。

顾余生一看她这副可爱的小模样，没来由地就想逗她，于是都没多想就顺着她的问话，舒展着嗓音回道："是要吃饭了，宝宝。"

秦芷爱被噎得不知该怎么反应，干脆当他不存在，直接擦过他的身子往楼下跑去。

顾余生不急不缓地站起身，神情闲适地跟在她的身后，慢悠悠地也往楼下走。

估计是秦芷爱跑得有些急，在下完楼梯后，朝着餐厅走时，脚不小心滑了一下。

"小心！"顾余生接连往下踏了两级台阶，看到她稳住身体后，又恢复了悠闲的状态，似是玩上瘾了一般，又叫了一声，"宝宝。"

本来没事的秦芷爱被他多嘴添上的两个字搞得脚底又是一个踉跄，拖鞋就掉了一只。

"慢点，宝……"

秦芷爱刚弯腰捡起拖鞋，本想往脚上穿的，结果又听到了"宝"字。

她手一抖，拖鞋就套了个空，然后整个人有些崩溃地抬起头，想都没想就将手中的拖鞋朝着顾余生的俊脸砸过去。

拖鞋脱手后，秦芷爱才意识到自己在一时情急之下做了些什么，吓得全身的汗毛都竖了起来。

相对于她的紧张，顾余生压根儿没把迎面飞来的拖鞋当回事。他仍保持着闲适的状态，手插在兜里，一边往前走，一边在鞋子飞到自己眼前的时候微微侧了一下头，眼皮子都不带眨动一下就抬起手，轻而易举准确无误地接住了她砸过来的拖鞋。

秦芷爱似是不敢相信自己看到的一般，望着气定神闲的顾余生眨了眨眼睛，又望着他手中拿着的拖鞋眨了眨眼睛，然后才意识到他已经走到了自己面前。

她刚刚拿拖鞋砸他啊……他会不会是来跟自己算账的？

秦芷爱立马往后跳了一步，撒腿就跑进了餐厅。

顾余生本来是想弯腰将拖鞋给她穿上的，谁知却看到她如同小兔子一般的反应，整个人惊喜又惊奇地定在了原地。

他从没想过，原来他无意中喜欢上的女孩除了在他面前怯弱、小心翼翼，和旁人看到的优雅漂亮之外，竟然还有这般灵动可爱的一面。

坦白来说，父母的婚姻实在是让他没什么勇气和胆量去深入一场不知结局的感情和婚姻。

所以在陆半城一语点醒他后，他本想把项链还给她以后从此再不回家，就和她那么到此为止的。

可昨晚她竟找去了墓园，她是那个曾经温暖过他的女孩，她给过他太多的美好，他心里就像是连下了好几场春雨一般，那些名叫喜欢的野草开始肆意疯狂地滋长。

感情这种东西真的很奇妙，大概就是这么一天一夜，那些野草的长势他已无法控制。

他想待在她的身边，所以让人来家里谈公事。他看到她蹦蹦跳跳嚷着宝宝的稀奇模样，就格外想逗她……他想要看到她更多更不同的一面……

管家看顾余生很长时间都没进餐厅，忍不住出来找人。结果就看到顾余生拿着拖鞋，站在楼梯旁边。

管家一愣，到嘴边的“顾先生”就失了声。

顾余生回过神，面色如常地迈步走到管家面前，将秦芷爱的拖鞋递过去，留了一句“给她穿上”，就拐进了一旁的洗手间。

洗手的时候，顾余生接着自己刚刚的神思继续往下想起来。

他不确定自己此时对她的感情到底有多深，是喜欢，还是爱？又或者是介于喜欢和爱之间？

但他可以确定的一点是，现在的他已经做不到和她到此为止了，他想让她留在他的生命里。

顾余生一进餐厅，秦芷爱就变得拘谨了起来，她虽然目不转睛地盯着饭碗，可眼角的余光一直都在偷偷地打量顾余生。

再三确定男子并没有因为她砸出的拖鞋而有任何不悦后，这才暗暗松了一口气，随后心底就泛起一股吃惊和疑惑。

顾余生竟然没生气？好像是从昨晚的墓园开始，他和之前就变得有些不一样了？

秦芷爱咬着筷子，停下了吃饭的举动。

不，好像还要更早一些。早到她去巴黎前，甚至要早到她被痞子王绑架时……

“想什么呢？”坐在一旁的主桌上，浑身透着优雅气息吃着饭的顾余生看秦芷爱突然咬着筷子愣了半晌都没动静，就侧头冲着她出了声。

秦芷爱急忙收起脑海里的神游，闻声看向顾余生。她咬着筷子冲他晃了晃脑袋，然后松了口，刚准备收回视线去夹菜，就看到他动了动唇，一副要开口说话的迹象。

秦芷爱条件反射地以为顾余生又要说“宝宝”来取笑自己，眼珠子绕着一桌子的菜转了转，举着筷子就夹了一颗从顾余生上桌到现在都没碰过的鹌鹑蛋，朝着他刚刚张开的嘴毫不留情地塞了进去。

顾余生最讨厌的就是鹌鹑蛋，入口的第一反应就是想要吐出去。

可他随后想到是她喂的，就硬生生止住了这个念头，慢条斯理地嚼了几下，再咽下去，然后优哉游哉地端起汤碗，抿了一口汤，这才抬起眼帘，又看向秦芷爱。

和刚刚一样，他还没发出声音，一块鸡肉就落入了他的嘴里。

这次他吃完，没给秦芷爱任何反应的时间就开了口："去法国的时候，怎么没用我给你的那张银行卡？"

秦芷爱夹了一块土豆，本想去堵顾余生的嘴的，结果听到的不是"宝宝"，而是一句询问。她怔了一下，将土豆放到自己碗里，在心底把他的问题仔细想了想，才开口回答："那几天的行程安排得很满，根本就没时间去逛街。"

"哦。"顾余生信以为真，应了一声，拿筷子夹了一点青菜，又忽地想起明天是周末，于是又开口，"明天是周末，我恰好没什么事，你呢？如果没事的话，我们出去逛逛？"

逛逛？逛街吗？可她根本没有资格花他的钱啊……

秦芷爱握着筷子的手指微微僵硬了一下，垂着眼帘盯着碗里的饭看了一会儿，才稳住心底的波动，抬起头，面容平静地对顾余生说："明天我有事，周婧约我去和编剧谈剧本。"

顾余生没再说话，脸上也没有任何表情的变化起伏，让人搞不懂他这副模样到底是信了她的话还是没信。

秦芷爱刚刚本就撒了谎，有时候说多了话漏洞就会多，更何况对面还是顾余生这样聪明的人。此时选择沉默无疑是最好的方式，她索性也沉默着吃饭，没吭声。

饭桌上安静了不知道多久，顾余生吃完饭放下碗筷后，没像往常一样直接踢开椅子起身走人，而是很有姿态地靠着椅背坐了一会儿，然后才转头看向一直低着头扒饭的秦芷爱。

她或许并不是特别想和他一起去逛街吧？

毕竟……他曾那般浑蛋地对待过她，一时半会儿她也不会完全亲近他……也罢，慢慢来吧。

顾余生停顿了片刻，才开口说："那行，明天你忙你的，如果忙完了没什么事，可以约经纪人陪你逛一逛，总窝在家里也不好。”

他这是相信了她的意思？

秦芷爱悄悄松了一口气，很乖地点头应了一声：“嗯。”

稍微过了一会儿，顾余生推开身后的椅子站起身，他没急着从餐桌旁离开，而是居高临下地看了看秦芷爱，终是没忍住，又开了口：“最近正好换季，不少大牌都上了新款，看到喜欢的就买回来。”

顾余生知道秦芷爱的片酬不低，自己手中的钱也不少，但那些大牌每样商品的价格也不容小觑，若是看到喜欢的就买回来，怕是真的要一大笔钱，她会舍不得。

他之所以让她去逛街，其实是想让她刷自己给她的那张卡。他稍稍停顿片刻，才想到一个很好的说辞：“我那张卡没上限额度的。”

秦芷爱不笨，哪会听不出他后面的这些话是让她去商场刷他的卡买东西的意思。

只是他又何曾知道，现在的她连刷梁豆蔻的卡的资格都没有，又哪里来的可以刷他的卡的权利？

尽管秦芷爱心里有些苦涩，可面上却绽放出浅浅的笑容，顺从柔和地顺着他的意思回道：“我知道了，明天我会和周婧去逛一逛的。”

顾余生显然很满意秦芷爱的回答，他没再说话，看了她片刻，就神情舒展地迈着步子离开了餐厅。

一直等听不到顾余生的脚步声，秦芷爱才停下了吃饭的举动。她盯着桌上的饭菜，眉头缓缓地皱了起来。

顾余生，好像很在意她花不花他的钱。

刚刚她还在疑惑他怎么变了，可现在她才发现，他好像不只是变了，还变了很多……

第 六 章

假如爱有天意

因为顾余生问起秦芷爱周末有没有事的时候，她撒谎说自己和周婧有约，所以她吃过早餐就离开了顾余生的别墅。

秦芷爱顶着梁豆蔻的模样也没什么地方可去，最后就选了梁豆蔻所签约的影视公司，在梁豆蔻的办公室里拿电脑玩起了游戏。

秦芷爱不在家，顾余生一人在家也觉得没什么意思。

可能是前几天连下了好几场阵雨的缘故，今天的天气格外好。

阳光明灿灿地照着整座城市，天蓝得仿佛染了色，一眼望去，没有一片云彩。

吃过早餐后，顾余生先处理了一些邮件，然后就换上一身休闲装，随便去车库开了一辆车，熟练地驾着车去了城郊的露天高尔夫球场。

等顾余生到的时候，陆半城早已拿着特制的高尔夫球杆开玩了。

前不久说要回来创业的吴昊结束了上海那边的业务，这周正式回来了，所以也在。

两个人看他来了，一前一后先打了招呼，然后就递给他一支杆，陆半城问道："来一局？"

顾余生好久没打高尔夫球了，也有些手痒，便没拒绝，接了杆就瞄准前方的洞，挥杆出去。

球打着漂亮的旋儿绕着洞口转了三圈，然后落了进去。

吴昊咬着喝果汁的吸管，大呼了一声"好"，然后陆半城就举起杆左瞄右瞄，折腾了许久才挥杆出去，球也进了洞。

顾余生只玩了小半个小时，就将球杆递给了候在一旁的球童。然后他接过球童手里的毛巾和冰水，走到太阳伞下，姿态闲适地靠着躺椅，看吴昊和陆半城两个人在绿油油的草坪上打球。

许是昨晚拖着那个女人折腾了太久的缘故，经过刚刚那么一运动，现在倒显得有些困乏。顾余生抬起手遮挡住光，闭着眼睛养起了神。

再次睁开眼睛时，吴昊和陆半城也没玩了，正坐在他旁边的躺椅上商量着中午要去哪里吃饭。

顾余生没发表意见，只是掏出手机看了一眼时间。已是中午十一点多，真接近饭点了，不知道小麻烦忙完了没有？

顾余生举着手机迟疑了片刻，在自己都还没反应过来的时候，就已经找到她的号码，编写了一条短信，然后发了出去：忙完了吗？

很快，顾余生就收到了“梁豆蔻”的回复短信：刚忙完，准备去吃饭。

顾余生手指飞快地在屏幕上敲打：和周婧吗？

嗯。

顾余生本想直接收起手机的，最后想了想，又发了一条消息过去：今天天气不错，吃完逛逛吧。

“梁豆蔻”回复：和周婧说好了，下午就去逛。

顾余生看到这句话才定下心来，不过他在收起手机之前，将通讯录里的“梁豆蔻”改成了“小麻烦。”

午饭的地点最后是陆半城定的。

那是位于四环附近的一家俄罗斯菜馆，服务员全是俄罗斯女孩。并且距离高尔夫球场不远，只十分钟的路程。停好车后，顾余生没先进入餐厅，而是直接去了洗手间。

顾余生洗完手，抽了纸巾，一边擦手，一边抬头看了一眼面前的镜子，然后就透过镜子，扫到了一张略感熟悉的面孔。

顾余生擦手的动作微缓了一些，盯着那张脸看了片刻，才记起那是梁豆蔻的经纪人周婧。

小麻烦说中午和她一起吃饭的，难不成这么巧，她们也在这里？

顾余生的想法刚落定，周婧也发现了他。身为梁豆蔻的经纪人，周婧见过顾余生很多次，此时见他正盯着自己看，便朝顾余生勾起嘴角，打了个招呼：“顾总。”

顾余生轻点了一下头：“你们也选了这里吃？”

这么多年来，这还是顾余生第一次跟周婧讲话。她心底狠狠地惊讶了一下，然后才面带微笑地对顾余生如实说：“嗯，今天是我父亲的生日，来这里给他过生日。”

顾余生在问完那句话后本想问周婧在哪桌，然后去找小麻烦，让她带着周婧来自己这边吃的。结果他话都还没问出口，周婧的话就传入了他的耳中。

父亲生日？不是和小麻烦一起？

顾余生微蹙了一下眉，若有所思片刻后，歪头眉眼清明地对周婧不走心地“哦”了一声，然后就将手中的纸巾扔入一旁的垃圾桶里，转身准备往洗手间外走。突然，他想到“梁豆蔻”昨晚说的话，就收了收动作，跟闲聊一般，很是漫不经心地随口问了周婧一句：“剧本那边的事情都忙完了？”

梁豆蔻目前仅剩下最后一部剧《盛唐遗风》还未开拍，所以周婧本能地就反问出声：“《盛唐遗风》吗？”

“梁豆蔻”昨晚吃饭的时候未曾告诉他剧本的名字，所以顾余生也不确定，就含糊地点着头“嗯”了一声。

“那个剧本在去巴黎之前就跟编剧那边谈妥了，再过十几天就要正式开机了呢！”

所以小麻烦今天上午根本就没有去找周婧？也就是说昨晚小麻烦只是找了个借口，为的就是避开他说陪她去逛逛的提议？

顾余生闭了一下眼，没出声，俊美的容颜上没有流露出任何不悦，只是微微紧绷的唇还是泄漏了他此时心底的不舒坦。

周婧答完顾余生的话后，才想起前不久梁豆蔻险些被人抢了《盛唐遗风》的女主重头戏。后来还是最大的投资商放了话，梁豆蔻的戏份才又重新被重视起来，想必应该是秦芷爱找了顾老爷子，顾老爷子又找了顾余生起的作用，于是勾着唇又笑着开了口：“顾总，说起《盛唐遗风》还要谢谢您，多亏了您，小蔻的戏份才没有因为林忆那边动手脚而被删减得那么厉害。”

前一秒还停留在小麻烦骗了自己的沉思中的顾余生在听到周婧后面说的话后，立刻掀起眼帘，目光中透着几分凌厉射向了周婧：“动手脚？什么手脚？林忆又是谁？”

周婧被顾余生这般强烈的反应震得愣怔了好一会儿，才将事情原封不动地讲给顾余生听。

顾余生自始至终都没开口，只是听到最后，他的眉目间弥漫出一层戾气。

当初他根本没细问她究竟发生了什么事，她给陆半城发的短信上也没提，只是说戏份被砍了。他也知道他们那个圈子这种事再正常不过，也就没想太多，而是直接提醒陆半城，让他去盯一下她戏份的事。没想到，她当初的戏份被砍，原来是有人拉了投资，想着要踩她上位啊……开什么玩笑？想踩着她上位，那也得看看他顾余生让不让啊？！

周婧虽不知顾余生心里在想些什么，但看他的神色透着几分低沉，所以最后多留了个心眼，保守地补了一句话，用以表现梁豆蔻不计较懂进退的形象："不过这事都已经过去了，小蔻的戏份也没少，大家又都是一个圈子里的，抬头不见低头见的，没必要闹得太难堪，有时候面上还是要过得去的。"

面上过得去？他顾余生的女人，什么时候需要看别人的脸色过日子了？

顾余生强压着心底翻滚的怒火，冲着周婧没太大表情地点了点头，只说了一句"我知道了"，然后就离开了洗手间。

顾余生离开了许久，周婧还站在洗手台前，没走开。

她若有所思地盯着镜子看了许久，才眨了眨眼睛，关上一直在"哗哗"流水的水龙头，然后抽了纸巾，一边擦手一边想：顾余生对梁豆蔻的改观，简直就是天壤之别啊……以前，即使梁豆蔻站在顾余生面前，他都没有拿正眼瞧过梁豆蔻，连带着自己都跟空气一般，直接无视。

可是现在呢？顾余生不但理会她，还关心起梁豆蔻的剧本进度来，甚至在听到林忆针对梁豆蔻的事情时，他脸上还透出了不悦的神情……这种种迹象全都表明，顾余生在乎梁豆蔻了。

不，确切地说，他应该是在意秦芷爱版的"梁豆蔻"了。

难不成，顾余生真对那个毫不起眼的替身演员动了心？

当初就是因为顾余生对梁豆蔻太不屑一顾，她们才敢找替身的。

可现在，事情的发展简直太出乎意料了。

若是顾余生对秦芷爱表白了心事，那这样飞上枝头当凤凰的好机会秦芷爱怕是绝对不会放弃的。到那时，梁豆蔻岂不等于为别人做了嫁妆？

她当初之所以会力捧梁豆蔻，就是因为她和顾余生这样有身份的人有牵连，若是梁豆蔻失去了顾余生这棵大树，谁又能保证她可以在娱乐圈里混得如鱼得水呢？

现如今的梁豆蔻正是捞金的好时机，身为经纪人的自己和她的利益是捆绑在一起的，所以从现在开始，看来她得盯紧了秦芷爱，让她别闹出什么乱子，搅黄了梁豆蔻和顾余生的好事！

因为偶遇周婧的缘故，顾余生原本轻松愉悦的心情变得有些低沉。

回到包间，他提不起半点说话的兴趣，只是点了一支烟，望着窗外明晃晃的阳光，慢吞吞地吸着。

陆半城和吴昊闲扯个没完没了，最后是吴昊提起了《盛唐遗风》的男主，说许温暖喜欢他，问陆半城可以不可以带着去探个班。

陆半城答应了吴昊的要求后，顾余生将视线从窗外收回来，冲着陆半城开口的声音有些紧绷："林忆？知道吗？"

"知道啊，华影力捧的小花旦……"

陆半城刚想给顾余生做个详细的介绍，就见顾余生将烟头摁灭在烟灰缸里，淡淡地开了口："把她在《盛唐遗风》里的戏份砍到不能再砍。"

"啊？好端端的为什么要砍她的戏份？而且她背后的投资挺大的，再说……"

"让你砍就砍。"

"小蔻的戏份不是已经保证了吗？没必要……"

"再多说一个字，我就直接把她踢出剧组去！"

陆半城闭了嘴，拿起手机乖乖照办去了。

顾余生没再说话，重新点了一支烟，夹在指间，又望向了窗外。

在他举起一只手递烟到嘴边的同时，另一只手已摸出了手机，一边咬着烟吐烟雾，一边解锁了屏幕，点开刚刚和“梁豆蔻”发过短信的对话框，继续敲打起来：吃完饭了吗？

这次短信发出了很长一段时间才收到回复：吃完了。

顾余生刚看完这三个字，屏幕上又显示了一条新的短信：不好意思，刚刚没看手机。

没关系——顾余生打完这三个字顺手就想点发送键的手指顿了顿，然后又加了几个字：在做什么？

逛街啊。

正坐在办公室里吃泡面的秦芷爱看到顾余生发来的消息，想到他昨晚和刚刚一直提醒她去逛街，于是就回了这样三个字。

回完后，她怕顾余生不信，于是就打开相册，在里面找了一张上个月去逛街时顺手拍的香奈儿店铺的照片，编成彩信发给了顾余生。

看到“逛街啊”这三个字的顾余生，刚打了个“在”字，手机屏幕上又显示了一张照片。

真的在逛街？没有周婧陪，难不成是一个人？

顾余生蹙了蹙眉，将图片顺手保存，发给了坐在对面的陆半城，含着烟问：“这是哪里？”

陆半城听到这四个字，略微有些蒙，还没来得及问顾余生什么意思，手机就“叮咚”响了一声。看到是顾余生发来的彩信，陆半城这才反应过来，然后举着手机看了一会儿，认出来后说：“SPK啊。”

放下手机后，陆半城又好事地问：“生哥，你问这个做什么？”

顾余生没再理会陆半城，将嘴里的烟掐灭，然后就起身招呼服务员，一边说“结账”，一边拎起外套对着陆半城和吴昊说：“我有事先走了，你们慢慢吃，单我埋了。”

因为是周末，SPK里的人格外多。

一楼化妆品区请了某代言女星过来，正在给法国的一个牌子做活动，特别喧哗。

顾余生耐着性子绕了一圈才上了楼。

SPK 总共五层楼高，顾余生里里外外转了好几圈，都没看到“梁豆蔻”的身影。

重回一楼的他半倚着墙壁，然后拿出手机，装成刚看到“梁豆蔻”消息的样子，给她回了短信：SPK？

“梁豆蔻”大概正拿着手机在玩，不过几秒钟就给了他回复：是。

是？他在这里绕了这么多圈都没有碰到她，她哪里来的“是”？

顾余生抿着唇吞咽了一口唾沫，没再回“梁豆蔻”的短信，而是倚着墙壁抽了半支烟，然后起身去了地下停车场，驱车回了家。

管家这时正在做甜点，听到门响，穿着围裙从厨房里跑出来。她本以为是“梁豆蔻”回来了，没想到却是顾余生，有些意外地僵了一下表情，才笑容可掬地喊：“顾先生。”

顾余生停车时特意看了车库，知道“梁豆蔻”还没回来，所以面对管家的招呼，他连一个眼神都没甩，直接将车钥匙往置物架上一丢，就上了楼。

秦芷爱在办公室里一直磨蹭到三点半，才慢吞吞地开着车回了顾余生的别墅。

秦芷爱进屋弯腰换拖鞋的时候，留意到顾余生的拖鞋不在，她有些意外地皱了皱眉，站直身，往屋里走去。

刚走出玄关，她就看到管家正端着咖啡，似是准备上楼。

管家听到动静，停了脚步：“小姐，您回来了？”

秦芷爱回了个笑，顺口问出自己刚刚换鞋时浮出的疑惑：“顾余生，他今天没出门？”

“顾先生出去了，不过刚刚又回来了。”

秦芷爱“哦”了一声，也准备上楼。刚迈了一级台阶，她就扫到管家手中端着的咖啡，于是停下脚步，又问：“咖啡是给顾余生的？”

“是。”管家停了一下，然后就像是想起什么一样，冲着秦芷爱喋喋不休起来，“顾先生工作的时候喜欢咖啡，口味是半块糖、一小袋奶精。不过如果是上午的话，顾先生习惯喝茶，普洱、白茶、绿茶都可以，不过顾先生最爱的是红茶……”

管家怎么好端端地给她讲起了顾余生的饮食习惯？是想让她记住，好以后讨顾余生的欢心吗？

只可惜她来了他的别墅这么久，知道得太晚了，即使她现在记住，也没什么用了……若是换了从前，秦芷爱肯定会暗暗地铭记于心，然后因为知道他的喜好而欢喜。可现在她越听心里就越难过，索性就打断管家的话：“把咖啡给我吧。”

管家巴不得秦芷爱能多接近顾余生，听到这话，立刻笑着将托盘递过去。

秦芷爱怕咖啡等会儿凉了不好喝，也没回主卧换衣服，就直接去了书房。

门虚掩着，随着她敲门的举动，缓缓地开了一条缝。

过了片刻，里面传出一道沙哑的声音：“进来。”

秦芷爱这才推开书房的门，往里望去。

书桌前空荡荡的，没有顾余生的身影。

她端着托盘往里走了两步，才看见站在阳台上的顾余生。

他似乎对进来的人毫不关心，背对着门，望着窗外西斜的阳光，不停地抽着烟。

只是走到书桌前放下咖啡的短暂工夫，秦芷爱就看到顾余生已经抽完了一支烟，又摸了一支出来。

怎么抽烟抽得这么狠？是发生了什么事，他的心情很糟糕吗？

秦芷爱蹙了蹙眉，犹豫了片刻，还是对着顾余生的背影开了口：“烟吸多了对身体不好。”

顾余生点烟的动作蓦地就顿了下来。过了片刻，他才转过身，诧异地看向秦芷爱：“怎么是你？”

“我恰好上楼，就顺便帮管家把咖啡带上来。”秦芷爱说完，指了指顾余生指间的烟，又轻声重复了一遍，“别抽了。”

顾余生没说话，静静地看了秦芷爱几秒钟，就把打火机和烟收了起来。他迈步冲着秦芷爱走过来时，想到她不喜欢烟味，又半转了个身，将窗户给打开。

走到书桌前，顾余生端起咖啡，微抿了一口，然后就掀开眼皮，问：“怎么这么早就回来了？”

“逛得累了。”因为本就是在撒谎，所以秦芷爱回得很简单。

“买了什么吗？”顾余生垂着眼帘，神情平淡地喝了一口咖啡，问她。

“没。”秦芷爱意识到这样的回答太过敷衍，又接着说，“逛了一圈，没看到喜欢的，所以就没买。”

顾余生依旧保持着垂目的模样，只是没有人知道，他握着咖啡杯的手指力道大得有些惊人。

他心里比谁都清楚，她根本就没去逛街，可是他从 SPK 回家后，还是不断地翻看手机，心里期待着收到银行发来的消费提醒。

然而时间一分一秒地过去，他抽了一支又一支烟，眼见着一盒烟都见了底，却始终都没等来她刷卡的消费信息。

那种等待的滋味真的很难受，难受得他的胸口都隐隐有些疼。

现在她回来了，站在他的面前，面容平静地回答着他的问题，仿佛嘴里说出的每一句话都是实话。

顾余生正在发疼的胸口一瞬间仿佛被人用手狠狠地撕扯着一般，变得更疼了。

他用力抿了一下唇，然后耳边就传来“咔嚓”一声，随后咖啡杯就坠落在地上，摔成了碎片。

随着秦芷爱的一声低呼，顾余生之前端咖啡杯的那只手就被她狠狠地抓住：“没事吧？”

几乎是在她的指尖触碰上他的指尖的一刹那，顾余生想都没想就猛地挥了手，将她的手从自己的手上狠狠地甩开。

因为力道过猛，她被甩得撞到了一旁的书桌上，腰恰好磕到了桌角，发出一道很轻的痛呼声。

尽管声音很不易察觉，却还是清楚地钻入了顾余生的耳中。

他的身子轻轻地颤抖了一下，然后就侧头看向了秦芷爱。

伴随着女孩忍痛的苍白脸色撞入他的眼底，他的神志忽地就被拉了回来。然后他才低头看向自己的掌心，发现自己刚刚竟然硬生生地将咖啡杯的把手捏碎了，瓷片扎入了掌心，有血珠正在往外冒。

所以，她刚刚是看他受了伤，才来抓他的手的？

怒气和烦闷顿时被心疼和懊恼所取代，他想都没想就往前踏了一步，伸出另一只完好的手拉住她的胳膊："没事吧？"

秦芷爱垂着眼，摇了摇头。

她这副疏离的模样仿佛往顾余生的心里狠刺了一刀，让他越发懊悔。他绷紧了唇，想都没想就又开口说了一句："刚刚是我的问题，我是怕手上的碎瓷片扎伤了你的手。"

本以为顾余生又要发怒的秦芷爱听到这句话后，悄悄松了一口气，抬起眼皮偷偷地看向顾余生。

顾余生生怕秦芷爱又用那般胆怯的模样面对自己，看到她看过来，急忙又说："刚刚磕到哪里了？还疼不疼？要不要我叫夏医生过来瞧瞧？"

"不用，不用……"秦芷爱急忙摇了摇头，知道他没生气，胆子也大了一些，就又握住他受伤的手，"我没事，倒是你，得赶紧处理一下伤口。"

顾余生没出声，任由秦芷爱牵着自己坐到沙发上。

他盯着她低头认真处理伤口的模样看了一会儿，就转头望向了窗外。

他知道自己的脾气一向不好，尤其是面对她时，总是会失控。可她不知道她就是自己失控的理由，也是自己好脾气的理由。

不知从什么时候开始，他开始有些怕，怕自己失控的坏脾气会将她从自己身边推得越来越远。

所以在游乐场的那晚，尽管最后他还是失控了，可没人知道，那晚的他到底有多极力在压抑着自己。

再到刚刚，他是真的险些失控。但看到她惊慌无辜的小模样时，那些坏脾气一瞬间就消散得一干二净。

以前他想不通，这般不受控制的改变到底是为什么？

直到现在他才懂得，这是在意，是喜欢。

因为害怕失去，所以开始变得迁就，变得珍惜。

“好了。”秦芷爱用蘸了酒精的棉签将顾余生掌心里最后一道小伤口消毒后，轻声开口说。

顾余生敛了一下神思，将视线从窗外拉回到身旁的她身上。

她正往刚刚消完毒的小伤口上贴创可贴，只是很简单的一个动作，可她做起来却格外养眼。

秦芷爱将废棉签扔到垃圾桶里后才仰头看向顾余生：“这只手今天还是不要沾水了，伤口都不深，明天估计就没什么大问题了。”

也许这只是她习惯性脱口而出的客套话，可落入顾余生的耳中，更像是关心。他望着她的眼神，在自己毫无察觉的情况下变得有些柔软。他情不自禁地伸出手，将刚刚被他挥手甩出去时弄乱的几缕头发轻轻地塞到她的耳后，才冲她很轻地“嗯”了一声。

他的手掌停在她的耳边，没有离开，散发出的温度带着一种若有似无的挑逗，让秦芷爱的心蓦地漏跳了一拍。

几秒后，他的手掌还是没有离开的迹象，秦芷爱的后背却开始发僵。她原本望着顾余生的眼帘颤了颤，有些害羞又有些小紧张地垂了下来，不敢再看他。

两个人谁都没有再开口说话，书房里越来越安静。

秦芷爱隐约可以听见男人呼吸的声音，她下意识地抓紧了裙摆，耳根处开始发烫。

气氛变得越来越暧昧，一种说不出来的情愫萦绕着整个室内。

秦芷爱开始有些沉不住气，心跳的速度快得超出了她所能承受的范围。若是再待下去，怕是她连命都要丢在这里了吧？

想到这里，秦芷爱慌忙站起身，急匆匆地说：“我，我先回卧室，换个衣服……”

她一边说，一边拎起旁边的包。

结果她还没转身，耳边就传来一连串的响声。她下意识地顺着声音想要转头望过去，结果腰被顾余生一圈，整个人还没反应过来，就被他猛地放倒了。

因为后背腾空，她低呼了一声，然后身体就感受到冰凉的触感。

她怔了怔，这才发现自己竟然躺在了茶几上。而茶几上原本摆放着的东西，早已散落一地。

所以，刚刚她听到的那阵声响，是他扫掉茶几上的东西时发出的？

秦芷爱脑海里的想法还没落定，顾余生突然就弯下腰，双手撑在她脑袋两旁的茶几上，低头对上她的眼。

她的周身瞬间弥漫着他身上独有的清淡的香气，夹杂着很淡的烟草气息，好闻而又迷魂。

她的大脑顿时一片空白，感觉心也跟着停止了跳动。

他把她困在自己和大理石桌面之间，除了保持那种一言不发的模样，居高临下地凝视她以外，没有其他任何举动。

他是她很多年前就喜欢的男子啊……哪里经得住他这般无声无息的凝视？

她本来在他刚把自己放倒在茶几上时想要说的那句“你要干什么”，忽地因为舌头打结，一丁点声音都发不出来，面颊慢慢浮上一抹红。

他像是故意的，在她脸红的那一秒，微微压低了一些身体，将自己坚硬结实的胸膛往她的身前罩得更紧密了一些。

他的气息密密麻麻地往她的鼻子里钻，她的肌肤都感受到了他身体散发出的热度。

她的脸越发红了，手指发颤地想要去抓些什么，以稳住自己的心神，可最后碰触到的只是光滑冰凉的大理石桌面。

他似乎发现了她这般无措的举动，撑在她脑袋两旁的胳膊压得更低，她感觉他的呼吸若有似无地喷洒在她的脸上，有些微微的热和酥酥的麻，让她的呼吸渐渐变得力不从心。

他的唇在落到距离她的唇一厘米处，她不由自主地屏住了呼吸，颤抖着睫毛闭上眼睛，而他忽地就停下了动作。

他这般要吻又不吻的举动，最撩人，也最急人。

好几次，秦芷爱心猿意马地险些微微向前凑凑唇，触碰上他的唇。

就在她真的快要控制不住，主动抬起头去亲他时，他的唇才缓缓地触上了她的唇。

随后，她就感觉男子力道很轻地以自己的唇摩挲着她的唇。

一股强烈的电流瞬间传遍秦芷爱的全身，她的身体控制不住地颤抖了一下。

她这般细微的反应似是刺激到了他，他撑在茶几上的手缓缓地滑进了她的长发里，固定住她的后脑勺，疯狂而又炙热地亲吻了起来。

在秦芷爱的记忆里，顾余生好像从没这般亲吻过她……带着一种恨不得要把她拆骨入腹的决绝。

这种激烈的情绪让她浑身开始发烫，随后颤动。

直到他停止了这般翻天覆地的吻。

然后她才发现，她竟然被他这样的一个吻撩得脚尖点着地面的双腿软趴趴的，使不出半点力气。

过了两秒钟，他又低下头吻上她的唇，然后顺着她的嘴角一路下滑，脖颈、锁骨……随着他时重时轻、好不磨人的亲吻，她和他的衣衫，一件又一件飘落在地。

室内的气温越来越高。

有着旖旎而又缠绵的声音，从她的嘴里细而浅得流淌而出。

事后。

顾余生压在秦芷爱的身上，迟迟没有离开。他的指尖在她的肌肤上贪恋地流连着，在滑到她左腰间的时候，她的眉心蹙了一下，发出一个很不正常的轻哼声。他愣了愣，明白过来，然后就撑起身，看向了她的左腰处。

那儿有一小片瘀青，在她雪白的肌肤上显得格外醒目。

顾余生盯着秦芷爱腰间的瘀青看了片刻，才抬起头望向她：“是刚刚我甩开你时碰伤的吗？”

秦芷爱听完顾余生的话，缓缓地睁开眼睛，对上他的视线，冲着他不解而又茫然地“嗯”了一声。

她还没从刚刚那种激情中完全清醒过来，眼底残留着丝丝缕缕的情欲，衬得整个人格外妖冶。

顾余生喉咙一紧，指尖摩挲着她的腰间，再次解释的声音显得有些沙哑：“这里。”

“哦。”秦芷爱顿时懂了他话里的意思，小幅度地点了点头，然后她刚想跟他说句“没事，已经不疼了”，她就从他的眼底捕捉到了一抹抱歉和心疼。

她似是被点了穴道一般，整个人瞬间僵住，要说的话也跟着停留在唇齿之间。

顾余生在懊恼和心疼？

她会不会是看错了？

秦芷爱眨了眨眼睛，刚准备仔细去打量顾余生的眼神，男子已经低下头，重新看向了她的腰间。

因为只能看到他线条完美的下巴，秦芷爱无法辨析他脸上的神情，所以越发不确定刚刚是不是自己出现了幻觉。

或许是……最后一个“吧”字的疑问还没在心底浮现出来，顾余生的唇突然很轻柔地贴上她的腰，似乎是在疼惜着最珍贵的宝贝一般，力道很轻很缓地啄吻了起来。

他这样的举动，算不算是在安抚她？

若是算，他又为什么要安抚她？

他对她好像变得好了很多……今天还跟她发了好几条短信，脾气也有好转，还有耐性了……和她最早住进他的别墅时简直有着天壤之别……他的这些改变，会不会是……曾经在秦芷爱的脑海里闪现过，却又被她狠狠压制下的念头再次浮现出来。

不过和那晚她看到项链时一样，一想到这里，她就停了下来。过了好一会儿，她才鼓起勇气，把最后的念头全都在心底摊牌而出……他的这些改变，会不会是……因为她？

秦芷爱的身体狠狠地颤抖了一下，心底彻底纷杂混乱。

顾余生心疼地在她的腰间瘀青处辗转反侧轻啄了好一会儿，才缓缓地将唇挪开。

刚刚那样亲昵的举动，惹得他的欲望再次翻滚起来。他抬起眼，又看到她身上布满的他刚刚留下的痕迹，呼吸一顿，就忍不住将唇移向了她的脖颈处……

战火一点就燃。

两个人的呼吸都重了，也乱了。

秦芷爱被顾余生撩拨得体内泛起一阵又一阵的酥麻，她再也顾不上去想顾余生最近的改变到底是不是因为自己……

两个人刚结束酣战没多久，顾余生又变得蠢蠢欲动起来。

他不会还要来吧？

秦芷爱一想到刚刚那样磨人又撩人的过程，腿就开始发抖。她刚想开口阻止顾余生，书房的门就被敲响，传来管家的声音："顾先生、小姐，该吃晚饭了。"

秦芷爱仿佛看到了救命稻草一般，想都没想就推开顾余生，支支吾吾说了句"吃饭了"，再捡起地上的衣服飞快地套在身上，拿了包冲出了书房。

顾余生望着她落荒而逃的背影，嘴角忍不住勾起一抹笑。

他一直等到隔壁主卧的门被重重地关上，才不紧不慢地弯腰捡起自己的衣服去了书房的洗手间。

等顾余生下楼时，秦芷爱已经坐在餐桌前，正跟管家聊天。也不知她们说了什么开心的事，眉眼都笑弯了。

不过在听到管家规矩地叫出“顾先生”后，她飞快地转头望了他一眼，然后就红着脸垂下了头。

她这是在害羞吗？

顾余生顿时心情大好，还格外开恩地对管家刚打的招呼回了一个“嗯”字。

吃完饭，秦芷爱在管家的陪同下去院里散了一会儿步，然后就回了卧室。

大概是在书房那会儿真的累坏了，不过才九点钟，她就躺上床入了眠。

顾余生没什么困意，想着还有文件没处理，就让管家泡了一杯咖啡，去了书房。

等他处理完工作，已是晚上十一点。

顾余生背靠着椅背，揉了揉眉心，刚准备起身回房休息，就瞄见一旁被文件夹压住，只露出半个角的粉色信封。

哦，对了，他险些忘了，小A的信他还没回。

顾余生想着反正下午该做的都已经做了，这会儿回房也不会再扯着那个女人继续了，索性就找了个懒散的姿势，靠着椅子撕开了信封，浏览起小A的信来——

“S君，告诉你一个好消息，我爸爸的赌债，下个月我就可以全部还清了。”

“S君，我喜欢的那个人，他最近做了很多让我难过的事情，不过他也做了一件让我很开心的事，他跟我说生日快乐了，虽然是我骗来的，不过我还是很开心。”

在读到小A写的最后两句话时，顾余生从抽屉里抽出信纸，拿着笔就写起了回信。

小A父亲赌博欠钱的事情，很早以前就听她提过，不过后来她跟他说，她找到了一份很好的工作，可以赚很多钱还债。

他没问过她找的具体是什么工作，她也没说。不过现在看她要还清债务了，顾余生在写信的最开始还是先恭喜了她一下。

和往常一样，顺着她信里提到的话题，他洋洋洒洒写了大半张纸。在最后收笔的时候，他想到她最后一句话写的是关于她喜欢的那个男人，于是停顿了一会儿，最后跟她的来信一样，也落笔写了几句——

“小 A，你还记得我曾经跟你说过‘我这一生绝对不会触碰爱情’这句话吗？”

“那时你回信对我说，爱情不是人可以掌控的，当它来了，谁也逃不掉。”

“我现在好像要陷入这种逃不掉的世界里了。”

写到这里，顾余生顿时就想起“梁豆蔻”对自己撒谎的事情。

他不傻，他很清楚地知道，她的谎言和她的借口，不过就是因为她不想花他的钱。

顾余生原本准备在信纸上落笔“S 君”的动作蓦地停了下来。

小 A 也是女孩，女孩应该比较了解女孩吧？

心念一动，顾余生又在信纸上飞速地写了一句：“小 A，如果一个女人死活不肯花一个男人的钱，你知道这是为什么吗？”

署好“S 君”的名后，顾余生将信纸缓缓折叠好，又从抽屉里拿了一个信封塞进去，填写好 A 中的地址，再贴好邮票夹进文件夹里，准备明天去公司后派小王去寄。

主卧里很安静，秦芷爱背对着空出来的大半张床睡得正沉。

顾余生轻手轻脚地掀开被子，然后躺下。不知是不是因为给小 A 回了信，又想到她不花自己钱的缘故，整个人没太大的困意。

他将下午发生的点点滴滴从头到尾细想了一遍，然后侧头，看向她背对着自己沉睡的身影。

小麻烦……你知道吗？

我不是因为你才变得坏脾气的，可我却是因为你才有了好脾气的。

我从不知道，会有这么一天，会有一个你，让我有这么大的变化。

接下来的五天里，秦芷爱总能收到顾余生送的各式各样的礼物。

包包、衣服、鞋子……她虽疑惑，却没有询问，就跟当初在巴黎收下他给梁豆蔻的生日礼物一样，她一样都没动，全都完好无损地摆放在更衣室的展示柜里。

在这五天的第三天里，秦芷爱出门的时候，因为顺路拐去了A中一趟，没想到竟然收到了S君的回信。

她坐在车里看完了他的回信。

原来S君有了心动的人啊……身为朋友，秦芷爱真的很开心。她在给S君的回信里表示了衷心的祝福，然后看到他最后留下的问题“如果一个女人死活不肯花一个男人的钱，你知道这是为什么吗”时，因为联想到自己没资格花顾余生的钱，所以心情低落了一会儿，之后才给S君说了自己的个人想法。

第 七 章

独家记忆

时间如流水，转眼就到了新的一月，距离梁豆蔻回来只剩下九天。

不知是因为月事将来的缘故，还是早上看记事本时手机提醒她距离离去只有几天的缘故，秦芷爱一早起来心情就不是特别好。当她看到窗外阴沉的天时，心情越发糟糕了。

与此同时，和秦芷爱一样，坐在顾氏企业总裁办公室里的顾余生一大早的心情也格外低沉。

他已经连续好几天送她礼物，不管他送什么，她都会微笑着说很喜欢，可别说是用，她就是连试戴都没试戴，就放在更衣室里没再碰过了。

顾余生越想就越没有工作的心思，索性坐在办公椅上，盯着电脑屏幕发起了呆。

以至于小王敲门抱着文件进来，顾余生都没察觉到。

小王走到办公桌前，准备将文件递过去的时候，才发觉顾余生在走神。当他看到顾余生眉宇之间流露出的淡淡失落和伤痛时，“顾总”这两个字一下子就卡在了他的喉咙处。

顾先生这几天也不知是怎么了，以前晚上恨不得能有多少安排就有多少安排，可现在却开始变得恨不得把晚上的应酬全都推了。

每天六点不到，他总会让自己载着他拐去商场一趟，然后带一件不同品牌的昂贵奢侈品回家。

这几天的顾先生，怎么看怎么像是一个顾家而又恋家的好男人。

可除了他，没人知道顾先生早上离开家时，脸上噙着的笑容一到车上就立刻变了脸，然后一直到晚上拎着礼物回家时，才又会变成早上出门时那副清风儒雅的模样。

他跟在顾先生身边很久，太了解顾先生的性格了，他能看得出来，顾先生这几天过得一点也不开心。可他不明白的是，他为什么一回家就要伪装得很开心呢？

“有事？”盯了许久的电脑屏幕，把眼睛都盯得酸疼的顾余生抬起手揉眼角的时候，瞥见了站在办公桌前的小王，提不起半点精神地问道。

小王立刻收起了神游，将文件规规矩矩地递过去："这些是需要签字的，这些是下午开会要用的，还有这些财务报表……"

小王说了很多话，顾余生全都听进去了，却一个字也没记住。在他最后说完的时候，连个声都懒得出了，直接挥了挥手，示意他赶紧走 。

小王放下文件，没和以往一样麻溜地离开。

换了以往，顾余生定是要发火的。可是今天，他连发火的心情都没了，耷拉着眼皮，揉着太阳穴，又挥了挥手。

"顾先生，还有信……"

小王的话还没说完，顾余生忽得就站起身，从他的手中夺走了信封。

小王一愣，还没从刚刚顾余生激烈的反应中回过神来，就见顾余生已经撕开了信封，从里面抽出信，摊开看了起来。

顾余生一目十行，直到看到小 A 回给自己上封信最后的问题时，浏览的速度瞬间就慢下来，变成一字一字地读，像是生怕错过了什么重要的信息似的。

"一个女人死活不肯花一个男人一分钱，情况只会有两种，要么很爱，要么不爱。"

"如果是很爱，那说明女人是怕花了男人的钱会被当成爱慕虚荣的女孩，当然，也有可能是女人想和男人过一辈子，她在为男人省钱。"

"如果是不爱，那说明女人把男人当成了外人，没想着以后再有什么交集，所以不想欠人情，避免麻烦。"

所以，小麻烦不花他的钱，是因为很爱他，还是因为不爱他呢？

当初是她死缠烂打哄着爷爷要嫁给自己的，那她就应该是有些喜欢自己的吧？

可若是她真的喜欢自己……那自己送她的礼物，她除了第一次时碰过以外，之后几乎连看都不看一眼……难不成……真像小 A 说的那样，她心里把自己当成了外人，想着以后互不相干？

顾余生本以为小 A 的回信可以帮自己解决掉这几天的困扰，没想到反而更加重了困扰，以至于他一整天做什么事情都浑浑噩噩，有些心不在焉。

甚至于下午开会，从进会议室到会议即将结束，他只开口说了三字："开始吧"。

整个会议两个多小时，他一动不动地坐在椅子上，看似在全神贯注地听，实际上早已神游太空去了。

最后会议结束，整个会议室在一片诡异的寂静中维持了好一阵子，他才在小王的提醒下 "嗯"了一声，回过神来。然后他看了一圈坐在会议桌前的众人，有些魂不守舍地开口说："小麻烦……"

小麻烦？什么小麻烦？难道刚刚开会的时候，有什么小纰漏引起了什么小麻烦吗？

整个会议室里的人听到这三个字，都将视线齐刷刷地对准了顾余生，等着听他接下来的话。

顾余生接触到众人投来的认真的目光，这才惊觉自己竟然险些脱口而出——"小麻烦，她到底是爱我，还是不爱我？"

他急忙闭上嘴，将后面的话吞咽回腹中，然后轻咳了一声，简单地扔了句"没事，散会"，就起身拿了桌上的电脑，率先离开了会议室。

回到办公室已近五点半，按照前几天的惯性，他要离开公司，去商场买礼物回家了。

可是今天，他一点提前下班回家的心思都没有。

他手指夹着签字笔转来转去，视线虽在看桌上摊开的文件，却一个字都没看进去。一不留神，指间的笔落在了桌上，他拿起来，继续转。转着转着，就在文件上写写画画了起来。

直到秘书敲门进来，顾余生才发现自己竟然在神不知鬼不觉的情况下，在需要他签字的财务报表上密密麻麻地写满了"小麻烦”“爱”“不爱”。

我去……顾余生暗骂了一句，然后就将文件拿起来撕成碎片，扔进一旁的垃圾桶后，冲着秘书就来了一句：“告诉财务总监，重新搞份报表送来。”

“是，顾总。”秘书应答完，将一沓厚厚的整理资料放在桌上，“顾总，这是您要的MTK香水发展史。MTK的负责人说，希望您尽快看完后给他要不要注资的答复。”

顾余生点了点头，没吭声。

没其他事的秘书随后快速离开了。

办公室里又陷入一片寂静，顾余生盯着正前方的壁画看了一会儿，然后就拿起秘书刚刚放在桌上的资料。

最先跳入眼帘的是“香水”两个字，然后他的眉就蓦地一蹙，纠结了整整一天的大脑突然灵光一闪有了想法。他拿起桌上的座机，拨了秘书的内线。

电话很快被接通，秘书刚喊出“顾总”两个字，顾余生就迫不及待地开了口：“你现在去一趟商场，把所有能买的香水都买一瓶回来。”

秘书明显被他没来由的吩咐弄得有些错愕，以为是自己听错了，愣了几秒后，才出声寻求肯定：“香水吗？”

“对，香水。”

一个小时后，秘书拎着大包小包走进顾余生的办公室。

她按照顾余生的吩咐，将所有香水都拆除了包装，各式各样精致的瓶子足足摆了满满一办公桌。

顾余生等到秘书离开办公室后，拿起桌上的座机给家里打了个电话。

接电话的是管家，顾余生简单地交代了自己的行程：“今晚有点事，可能回去得要晚些……嗯，不用等我吃晚餐，你记得转达给小姐。”

挂断电话，顾余生盯着一桌子的香水看了一会儿，然后慢吞吞地从办公椅上站起身，拿起那些香水瓶，逐一拧开盖子闻了起来。

顾余生专门拣香味浓郁的香水往外挑，对着一桌子的香水，折腾了足足大半个小时才挑选出将近三十瓶香水，然后抬起手腕看了一眼时间。才不过晚上八点钟，现在回家似乎有点早……顿了片刻，顾余生索性拿起桌子上的文件看了起来。

十点二十分，顾余生总算将今天该处理却一直无心处理的公务完成了。他揉了揉长久地看文件有些泛酸的脖子，然后在心底盘算了一下时间，差不多是时候可以准备下班回家了。

这么想着，顾余生就合上文件，随手拿了几瓶刚刚专程挑选出来的浓郁的香水走进了洗手间。

他对着镜子，先把有型的头发抓得乱了一些，然后就将那几瓶香水打开，冲着衣服上喷去。

他怕不够呛人，每一种香水都特意多喷了几下，等到自己都被呛得重重地打了个喷嚏以后，他才收起那些香水走出洗手间。随后他又去休息室的储物柜里拿了一瓶酒出来，倒出一些洒在了身上。

各种香水味混杂着酒味，十足的风月场合归来的气息……顾余生揪着自己的衬衣反反复复闻了好几遍，一边在心底暗骂真难闻，一边脸上挂着满意的神色，拿了车钥匙去到地下停车场，驱车回家。

在车子快要开到别墅门口的时候，顾余生觉得自己身上的味道似乎还欠缺了一样，于是他将车速减缓了一些，歪着头想了想，又点了一支烟。

这么一折腾，抵达别墅时，已经十一点多了。

除了门口亮着的灯光以外，整栋别墅黑漆漆的，管家和秦芷爱显然都已经上床睡觉了。

顾余生停好车，走到屋门口，抬起手按完密码后，又低下头闻了闻自己身上的气息，确定没什么问题后才拉开门，换鞋，上了楼。

推开主卧的门，顾余生借着楼道昏黄的灯光，一眼就望见了躺在床上的秦芷爱。

屋里没开灯，她面前有着一团昏黄的光亮，那是手机屏幕散发出来的。

她察觉到有人进来，转头看向门口，然后就冲着他勾了勾唇，浅浅地一笑："你回来了？"

顾余生轻点了一下头，没说话，直接迈步走进卧室。

他来到床边，并没急着去洗澡，而是站了片刻。看秦芷爱的神色没什么变化，就佯装找东西的模样，绕着床走了一圈。

还是没反应？她是没闻到自己身上弥漫的香水味吗？

顾余生暗暗地蹙了蹙眉，一边悄无声息地观察秦芷爱，一边绕着床又走了一圈。然后他还特意在秦芷爱躺的那边的床头柜前停下脚步，弯下腰，对着桌面上摆放的一个水杯和台灯拿起来又放下去好几次。

秦芷爱靠在床头，一脸平静地望着手机，就仿佛顾余生根本不存在一般。

他都离她这么近了，她怎么还是没反应？

顾余生转了转眼珠子，一边又碰了碰水杯，一边故意倾斜了一下身体，往秦芷爱那边靠近了一些。

秦芷爱像是没察觉到顾余生的靠近一般，眉眼都未闪动一下，甚至她的指尖在顾余生靠过来时，还轻轻地滑动了一下屏幕。

都快靠在她身上了，她怎么还是这副无动于衷的样子？难不成是被手机吸引了注意力？

想到这里，顾余生就将脑袋往秦芷爱的手机屏幕前凑了凑，问："在看什么？"

秦芷爱盯着手机屏幕的视线没有移开半分，语调毫无波澜地回答："在看小说。"

小说？什么小说的吸引力大到能让她无视掉自己的存在？

他费了那么大的工夫才在自己身上搞出这么逼真的风月场合的气息……若是就这么罢休，好像有点亏……他得想个办法，把她的注意力从小说拉到他的身上，这样她才能注意到他身上弥漫的味道啊！

顾余生冲着秦芷爱的手机屏幕眨巴了两下眼睛，突然就似想到什么一样，对着秦芷爱漫不经心地来了一句：“我去洗澡。”

他一边说，一边站直身子，然后在准备转身去洗手间时，他的身子往前一倾，装出不小心被自己绊到的样子，重重地扑倒在秦芷爱的身上。

为了避免自己压在她身上后她会继续看手机，顾余生趁着倒下的瞬间，眼疾手快地将她手中的手机挥打到另半边床上。

为了使戏演得更逼真，他还故意压在她的身上停留了片刻，然后才摆出一副后知后觉地反应过来刚刚发生了什么事情的模样，抬起头，满怀歉意地望着秦芷爱开口说“不好意思，我刚刚不小心绊倒了。”

尽管顾余生假装摔倒的样子，扑倒在秦芷爱身上的时候控制了下压的力道，可他的重量忽地压在她的身上时，还是沉重得让她呼吸一窒，过了好一会儿才适应过来，回了他的话：“没事。”

没事？这就完了？就没其他话要说了？

他都压在她的身上了，她总该闻见他满身的香水味了吧？

怎么她还是一脸平静，没什么反应？难不成是自己刚刚错过了什么她重要的表情？

顾余生不甘心，想要仔细再观察一会儿秦芷爱，于是又问：“我刚刚没伤到你吧？”

说着，他就伸出手，在她身上上上下下得检查起来。

她的胳膊明明没有被他压到，他却拉着她的胳膊看个没完没了。

秦芷爱轻轻地抽回自己的胳膊，出声阻止了顾余生的检查：“我没伤到，你不是要去洗澡吗？快去吧。”

再也找不到在秦芷爱身上磨蹭借口的顾余生尽管心里很不情愿，可脸上还是摆出一副很淡然的模样，轻轻“嗯”了一声，慢吞吞地从她的身上翻下床。然后在转身去洗手间时，还没完全死心的顾余生又故意在秦芷爱的身边晃了一下，摸到刚刚被他刻意打到一旁的手机，递给了秦芷爱。

秦芷爱接过手机，眉眼宁静地柔声说了一句：“谢谢。”

从回家到现在，反反复复围在秦芷爱身边折腾了这么久的顾余生，在听完这两个字后，心情瞬间沉到了谷底。

她应该是真的不在乎自己吧？

顾余生站在床边静静地看了秦芷爱片刻，转身进了浴室。

浴室门前一秒关上，后一秒秦芷爱的眼里就闪过一抹受伤的神色。

早在顾余生推门而入的那一刻，她就闻见了混杂在他身上的各种呛人的香水味。

她想，那应该是他今晚出去应酬时，有女人围绕在身边沾染上的吧，而且不止一个女人……

她的心底当时就浮现出不舒服的滋味，可她只是一个替身，过了今晚的零点，就只剩下八天时间，她就要离开了。他在外面做了些什么，她根本没有吃醋和介意的资格，所以不管她的心里有多难受，她能做的都只是保持着平静的表面，佯装什么都没闻见，什么都不去询问的模样。

接下来的几天，顾余生每天晚上都有应酬，回来的时候总和月初那晚一样，他的身上总是有着各种香水味。

秦芷爱不喜欢他身上沾染那样的味道，为了躲避他，就开始早睡。

可顾余生回来后，要么是躺上床的动静很大，要么就是手机铃声响起，总会把她从沉睡中惊醒。

她虽然背对着他，没什么太大反应，继续装出睡着的样子。可他在房间里走动时带起的一阵阵刺鼻的香气，她却闻得清清楚楚。

秦芷爱本以为顾余生每天携带的香水味是对自己最大的折磨，可第四天的早上，当她醒来时，看到顾余生竟然还在家。他把一件衬衣递给她，说是让她拿给管家去干洗，第二天要参加一个活动要穿。

那件衬衣是白色的，除了散发着呛人的香水味外，还残留着几个颜色深浅不一的唇印。

没人知道当时她的心在颤抖，可她却只能装成什么都没看见，一脸平和地冲他点点头，拿着衬衣下楼去找管家。

她刚跟管家转述好顾余生的交代，楼上就传来“砰”的一声响。她和管家一怔，纷纷侧过头去看向楼梯，然后就看到他从楼上西装革履地走下来。

他经过她的身边时，她望了他一眼，也不知是不是她的错觉，感觉他脸上的神情明明和平日里没什么区别，可她总觉得他的心情似乎很糟糕。

当天晚上，他很晚才回来，她都已经陷入沉睡了，却被他扯着胳膊给喊醒了。

他喝了酒，身上依旧带着各种呛鼻的香水味。

他连澡都没去洗，叫醒她后，一个字也没说，就像疯了似的压在她的身上，胡乱地撕扯开她的睡衣，连抚摸和亲吻都没有，就那么恣意妄为地占有了她……

他已经很久都没这般对待过她了，虽然这段时间以来他和她有过很多次亲密接触，可他这般强势时，那种曾经熟悉的撕心裂肺的疼痛再次席卷了她。

可他像是就想让她疼一般，她的身体越是因为疼痛而瑟缩，他的力道就越大，俨然就是那种最初他碰她时，恨不得往死里弄她的架势。

那晚，顾余生变着各种花样折腾了秦芷爱半条命。

结束后的他借着酒劲，连澡都没洗，倒在床上就昏昏入睡了。

他和她亲密的时候，身上交杂的香水味都沾染在了她的身上，还有床上……甚至蔓延到了整个卧室……秦芷爱明明已经累得精疲力竭，浑身瘫软，却被那些香水味搅得没有丝毫困意。她躺了许久身体才缓过劲来，悄悄掀开被子下床后，因为腿发软，险些栽倒在地。她扶着床站了片刻，才勉强迈开步子，然后就在地上看到了他疯狂脱衣服时丢出去的他的衬衣。

依旧是雪白的颜色，和早上他给自己的那件一样，好几处残留着淡红色的唇印。

那晚秦芷爱彻夜未眠，在顾余生醒来前，她借机去了后花园，一直待到小王开车接走了顾余生以后，她才重新回了房间。

这天恰好是管家休息的日子，“梁豆蔻”这天也没通告，一夜没睡的秦芷爱索性就一个人待在家里一整天都没出门。

上午她补了个觉，中午给自己下了一碗面条，填饱肚子后，就回到楼上的主卧，拿出行李箱，开始整理自己的东西。

当初她扮演梁豆蔻时，为了避免露出破绽，梁豆蔻的一些衣服和鞋子都给了她穿，所以她带来顾余生别墅的东西并不多，两条牛仔裤、三件上衣、一双小白鞋、几封S君给她的信，还有秦嘉言的项链……剩下的就是她的贴身内衣了。

这些东西整理起来真的很省事，也就十几分钟的工夫，可秦芷爱却有些吃不消。她只不过刚把衣服收拾好，胸口就难受发闷得让她无法呼吸。

早晚都要离开的，顾余生对她又不好，其实也没什么可难过的……但当她把最后一双鞋子放进行李箱，再拉上拉链后，眼眶还是忍不住红了。

要知道，她这一走，他和她的这一生就算完了。

秦芷爱努力勾了勾嘴角，将眼底的泪压下，将箱子藏在更衣室柜子的角落里。她去洗手间洗了一把手出来后，拿起手机看时间时，就看到了手机屏幕上发来的提醒：还剩五天。

时间过得可真快啊，她问梁豆蔻什么时候回来明明就像是昨天刚发生的事情，可转眼就只剩下短短五天时间。

秦芷爱放下手机，绕着空荡荡的别墅转了一圈，她不知道该做点什么，也没心情去做点什么，所以最后又回了主卧，打开电视，走马观花地看电视节目。

傍晚时分，她接到了顾余生往家里座机上打来的电话，他也没问是谁接的，只薄凉地丢了一句“今晚有事，可能不回去了”，就直接将电话挂断。

好像就是月初那天，他突然变得很忙，晚上开始应酬后，他和她本来稍微亲密一点的关系又重新变得冰冷了。

她本以为在自己离开之前可以和他和平相处，留下一些很美好的回忆呢。

不过这样也好……若他对自己真的像是前几天那般好，那她离开时心只会更痛吧？

秦芷爱微垂了垂眼帘，将听筒放回座机上，看着电视剧的神思越发飘忽不定了。

一直到晚上十二点，秦芷爱才感觉肚子饿，和中午一样，她简单地煮了点东西，胡乱填饱了肚子。

回到楼上洗完澡后，秦芷爱想到顾余生说今晚不回来，而管家也不在，干脆就贴了个面膜，没再化妆，直接拉上窗帘，关了灯，上了床。

顾余生这几天的心情真的是一天比一天糟糕，这一点最有体会的是小王。

顾总在公司里的那些反应，对比他这几天出去见的客户，那简直是就是小巫见大巫，根本不值一提。

前两天和一个投资商约好了在茶馆见面，就因为那个投资商因为堵车迟到了半分钟的样子，顾余生等投资商一到，直接将合同当着人家的面给撕成碎片，再往投资商的面前一撒，一点商量的余地都没有就转身带着他走人了。

还有就是今天早上，出门的时候交通格外拥堵，前面的人急刹车，导致他也急刹车，结果还是稍稍碰上了。其实情况一点也不严重，可前面那辆车的车主却不依不饶地索赔并且提出的价格很不合理，原本坐在后车座上对这件事毫不关心的顾余生也不知道怎么了，突然就下了车，拉开驾驶座的门坐进去，将车子往后稍微退了一些，再二话不说一脚油门狠踩到底，将前面那辆性能一般的车子撞得后备箱全陷了进去。

本以为撞了别人车后的顾余生进了公司脾气能好些，谁知他更变本加厉，简直就跟吃了枪药一样，看哪哪不顺眼，逮谁挑谁的刺。

整个公司，一大早气氛就被他搞得低沉压抑到极点，所有人只要一看到他，全都退避三舍，能躲多远就躲多远。

不过相对于前几天顾余生佯装出来的应酬，今晚他是真的有个大应酬。地点选得也挺暧昧，一家对外看似中规中矩的KTV，实际上夜场里不单单是养了成百上千个漂亮的小姑娘，同样也提供年轻卖力的小鲜肉。

在给家里打电话时，顾余生是真的想着今晚不回家了。

从最初满怀忐忑的试探，到后来渐渐心灰意冷地明白她的心里是真的没自己，再到昨天终于开始控制不住脾气……他很清楚地知道，再回家，他们俩之间的关系只会更糟糕。

其实他很不喜欢这种夜场，以往推不掉的时候，也只是做做样子待一会儿就找个借口抽身离开。

可今晚他一直耗到了深夜一点，整个屋里几乎每个人都领着一个年轻漂亮的小姑娘上了楼，他才从KTV里走出来。

他上车后，小王问他去哪儿时，他本想回“去公司”的。可不知怎么的，话到嘴边就变成了“回家”。

小王回了声“是”，就发动车子往别墅的方向开。

顾余生没再说话，靠着车后背，盯着车窗外不断掠过的夜色，眼神变得有些恍惚。

回家？这才短短几天啊……每天晚上忙完，“回家”这两个字竟已成为他根深蒂固的习惯。

顾余生没让小王把车开进院子里，而是等到小王把车开走后，才输入密码进了院子里。

他在屋檐下杵了很久，然后才伸手输入了密码进屋。

别墅里一盏灯都没开，一片漆黑，他抬手在墙壁上摸了一会儿，才打开了玄关处的一盏壁灯，换了鞋，就直接朝着楼上走去。

二楼比一楼显得更寂静，随着他的脚步，二楼的声控灯一盏一盏在眼前亮起，再在他的身后熄灭。

主卧里没开灯，窗帘紧闭着，黑得伸手不见五指。

顾余生怕开大灯会吵醒床上沉睡的女子，就关上门，凭着记忆走到床边，然后伸出手，朝床头柜上的夜灯开关摸去。

他的指尖还没碰到台灯，床上忽地就传来窸窸窣窣的声响。他下意识地侧头，往旁边看了一眼，然后就看到一团黑影从床上爬起来。

顾余生微蹙了一下眉，刚准备询问一句“还没睡”，就有一只柔软的小手碰上自己的腰，一路往上飞快地摸着。在找到他的胳膊后，急忙抓住，猛地一用力，就将毫无准备的他扯得身体前倾，倒在了床上。

那只小手的反应速度特别惊人，顾余生都还没弄明白这究竟是在闹哪一出，人就已经躺在了柔软的大床上。

他蒙了两秒钟，伸出手就朝着床头柜上摸去，想要弄明白家里这个小女人到底要做些什么。结果他刚不过动了一下胳膊，躺在他旁边的秦芷爱就像是装了弹簧一样，猛地就跳了起来，不管不顾地扑坐在他身上，两条纤细的胳膊将他的手狠狠地按在了他的脑袋两旁。

这是他平常扑倒她时会做出的举动，怎么今天她竟然学了起来？

难不成她在那方面事上想主动一回？

身上的女孩香甜的气息不断地往顾余生的鼻孔里钻，他越想，身体就越是冲动。

昨晚他会带着满身香水味去睡她，那是因为回家前他就洗过澡了，那些香水味是他自己喷上的。可今天不一样，他身上弥漫的是货真价实的风月场合的气味……呛得他自己都受不住，觉得脏，又哪会愿意这般脏了她。他努力压了压体内蹿动的欲火，想跟她说“我先去洗个澡”，结果他不过边挣脱了一条胳膊，边说了一个 “我”字，身上的女孩就像是触电一般，反应激烈地将他的两只手放在了他的腰间，用双腿拼命圈住，然后手就搂住了他的脖子，跟八爪鱼似的紧紧缠绕上了他的身体。

秦芷爱生怕顾余生会开灯，手臂的力道出乎意料的大，勒得他呼吸不畅。他怕自己出手把她弄下去时会伤到她，开口对她说："你小点劲。"

女孩一听这话，不但力道没减小，反而加大了。

顾余生被勒得咳嗽了一声："你是要勒死我啊？放手！放手！"

女孩还是没出声，胳膊的力道越发大了。

顾余生的呼吸都变得困难起来，嘴里说出的话也难免带上一些怒气："你放不放开？我揍你了啊！"

"不放不放！"女孩一边顶嘴，一边将已经收紧到极致的胳膊又收紧了一些。

顾余生的脸都被她这么勒红了，再这么下去，保不准他就真的要被她给活生生勒死了。于是他费力地将胳膊从她的腿下抽出一只，抬起手就去掰她搂紧自己脖颈的手。

他这样的举动让她更慌了，尽管她拼了命地想加大胳膊上的力道，可她搂紧他脖颈的手还是被他一点一点掰开。

她原以为他今晚不会回来，所以才没化妆的，谁能想到他竟然变了卦。只差四天她的替身生涯就要圆满结束了，现在可不能出什么破绽……秦芷爱顿时心慌到了极点，眼看着男人就要从她的怀抱里挣脱开，她紧张得眼珠子乱转，最后干脆一闭眼，将脑袋埋在他的脖颈处，小声地撒起了娇："你不要动，就这样让我抱一会儿，好不好？"

顾余生的心因为她这般娇滴滴的一句话，瞬间柔软成一团，全身仿佛被点了穴道一般，再使不出半点力气。

过了一小会儿，顾余生才出声："我不动，但你能不能稍微放开我一些？"

秦芷爱刚想松开搂着顾余生脖颈的手，可才松到一半又狠狠地抱住，然后晃了晃埋在他脖颈上的小脑袋，嗲声嗲气地说："那我放开你，你会不会打我？"

他刚刚被她勒得难受至极时，的确是带着火气说要揍她，但他也只是说说，没想到她却当了真。

前一秒还柔软的心，忽地变得有些难受起来，他想都没想就回了两个字："不会。"

他回得太简练，让她有些不敢相信，搂着他脖子的力道迟迟都没有减轻的迹象。

顾余生也不急，抬起手，轻轻地摸了摸她的头发，又开口说："我说不会，就是不会。"

"真的吗？"她像是被他说动了，却又不敢确定，就闷声闷气地又低声问了一句。

"真的。"顾余生回得笃定，像是在跟她保证。

她心里虽还是有些惴惴不安，可手臂上的力道却一点一点减缓了。

呼吸终于顺畅的顾余生搂了秦芷爱的腰，将她往下稍微拉了拉，让她的脑袋枕在他的胸膛上，又柔声开口说："小麻烦，你不用怕我，你看我脾气这么差劲，可什么时候打过你？"

"我以前不会打你，现在也不会，将来更不会，这一辈子都不会。"

他说得很虔诚，像是在说誓言。

可秦芷爱却听得很心酸。

一辈子……他和她只剩下四天时间了，哪里来的一辈子？

下午收拾东西时，那种铺天盖地的难过再次席卷了秦芷爱。她的眼眶一红，没忍住，一滴眼泪就顺着眼角滑落下来，砸在了他胸前的衬衣上，蔓延出一片湿痕。

顾余生身体一僵，随后伸出手摸向她的脸。在触碰到她眼角的湿润时，他的手指狠狠地颤抖了一下，嗓子像是被什么堵住了一般，费了好大的力气才问出声："怎么好端端的哭了？"

秦芷爱没说话，只是轻轻地摇了摇头，将脸从他的指尖移开，往他胸前埋得更深了一些。

顾余生的手指在她的脸庞上稍微停了一会儿，就落在了她的长发上，带着几分疼惜和安慰地抚摸起来，嘴里的声音也和缓无比："是不是发生了什么事情？被人欺负了？还是剧组那边出现了问题？那是身体不舒服？"

他一连问了她好几种可能，问得她贴着他的胸口无缘无故又落了泪。

这一落，也不知怎么回事，就止不住了，一颗接着一颗，从眼角不断地往下滑落，没一会儿就将他胸前的衣服打湿了一大片。

他虽不知她到底是怎么了，但他知道她难过，于是没出声，只是轻轻地抬起手，拍起她的后背来。

在她的印象里，他从没这般耐心而又温柔地待过她。

八年前的两次爽约，八年里的傻傻等待，八年后的替身无奈，还有他故意给她的假电话号码，他忘了她的存在……过往种种，宛如一座大山重重地压在了她的心头，让她的情绪彻底崩溃。她抓着他的衣服，从无声落泪的哽咽抽泣，变成了痛哭出声。

顾余生抱着她，任由她哭到嗓音沙哑。

随着她的哭泣，他的心宛如被人拿着刀划了一道又一道鲜血淋漓的伤口。

他忍受不住地抱紧了她，直到她哭够了，声音渐渐转小，他才开口，像是哄孩子一般哄起了她："好了，不哭了，心情不好可以讲给我听，被人欺负了我可以帮你加倍欺负回去，哭又解决不了问题，所以，不哭了，嗯？"

秦芷爱没说话，却渐渐止住了哽咽的哭泣。因为哭了很久，她伏在他胸前的身子一抽一抽的。

哭完后的秦芷爱，心情比之前要好很多，她将脸上的泪水往顾余生的衬衣上蹭了蹭，然后才发现，他今天回来身上还是夹杂着各种各样的香水味。

她想起这几天他这副归家的模样以及对自己的折磨，眼眶蓦地又泛了红，眼泪又出来了。

"不是不哭了吗？怎么又哭了？"

顾余生有些慌张地抬起手，擦起了秦芷爱脸上的泪水。只是他还没擦几下，女孩就一边抽噎着，一边小声地开了口："你能不能先去洗个澡？"

顾余生听到被秦芷爱突然开口说话一时没反应过来，只冲着她有些纳闷地“嗯”了一声。

秦芷爱知道自己没资格吃醋，可再没多少时间自己就要走了。

她就抓住仅有的一点时间，随着自己的性子任性一次吧。

因为她真的不想和昨晚一样，闻着他身上的这种气息，辗转反侧，心痛难忍。

想到这里，秦芷爱又轻声细语地开口，给他解释刚刚那话的意思：“你身上的味道太难闻了。”

顾余生的大脑瞬间当机，似是不敢相信自己亲耳听到的话一般。他在一片漆黑中怔怔地冲她眨了好一会儿眼睛，才不可思议地颤抖着声音问：“你是在嫌弃我身上的味道？”

她要说她嫌弃，他会不会不开心？

秦芷爱在心底小小地纠结了一会儿，最后还是选择顺着心底的想法，轻轻地点了点头，“嗯”了一声。

顾余生如闻天籁，恍如做梦，悄悄地掐了一把自己的大腿，刺痛感让他倒吸了一口凉气。他这才咧着唇，冲着一团漆黑，无声无息地笑了。

她嫌弃他身上的味道，是不是说，她不喜欢别的女人亲近他？

所以……她心里还是有他的，对不对？不像前几天他试探的那样，没有他的存在……顾余生越想越心花怒放，嘴角咧得越大，最后没忍住，竟然低笑出声。

他笑了，这是说他没有不开心吗？

秦芷爱的胆子顿时大了起来，她推了推躺在床上还不去洗澡的顾余生，催促了起来：“快去洗吧，身上的味道臭死了！”

被嫌弃的顾余生二话不说就翻身下了床。

房间里黑漆漆的，他下意识地想开灯，秦芷爱却突然惊呼出声：“别！”

顾余生的手一顿，闻言转头看向只能看到一团黑影的秦芷爱。

秦芷爱意识到自己刚刚太着急了，怕是顾余生起了怀疑，抓了被子，想到刚刚自己撒娇让他不要动他就真的不动了，于是又细声细气地开口说：“你别开灯，我哭的样子好丑，不要让你看。”

他又不嫌弃她……顾余生虽然这般想着，但随后想到她刚刚哭了那么久，现在好不容易心情好了，便干脆顺着她的意思，收回手，摸黑进了浴室。

洗完澡的顾余生回到床上，二话不说就扑到了秦芷爱身上，吻得缠绵又认真。

结束后的顾余生和秦芷爱都没着急入睡。

顾余生搂着秦芷爱，等到呼吸平息下来后，突然出声打破室内的宁静：“小麻烦。”

秦芷爱轻轻“嗯”了一声，问：“怎么了？”

这大概是秦芷爱住在顾余生家后，她唯一觉得最欣慰的地方吧。

他从不像其他人一样，喊她“梁小姐”“梁豆蔻”“小蔻”。

他喊的永远都是“小麻烦”。

顾余生的手摩挲着她的肩膀，语气轻缓地出声：“我只是去参加应酬，我什么都没做，也没碰那些女人一根手指。”

原来他和那些女人没发生什么啊……秦芷爱没说话，心情却没来由地好了许多。

“你是知道的，有些应酬不能不参加，而那些女人，都喜欢喷各种各样的香水，我就算是离得她们远远的，也还是会沾染到身上……还有……”

顾余生顿了顿，想起自己前两天看到秦芷爱太过无动于衷，于是又让秘书买了很多口红，再在自己的衬衣上印下颜色深浅不一的唇印。

不过他这也算是搬起石头砸了自己的脚吗？香水味是真的很好解释，可唇印……他总不可能告诉她那都是他自己亲上去的吧。那也太丢人了！

顾余生费了很大的心思才找到了曾经真实存在过的情况，解释给秦芷爱听：“偶尔有些女人胆子大，她会扑到你身前缠着你，所以就会有那些唇印的存在了……”

无论怎么解释，总觉得还是有些牵强……他脑抽啊？为什么当时想到用口红这一招的？

顾余生闭着眼睛，懊恼地吞咽了一口唾沫，又说：“你要是不喜欢，以后那种应酬我少去就是了。”

起先秦芷爱听着顾余生的话还没想太多，可听到最后，她突然有了一种丈夫怕心爱的妻子误会自己，然后对着心爱的妻子做出解释和保证的感觉。

她的心，仿佛被什么东西狠狠地击中了，变得有些波澜起伏。

顾余生从没把梁豆蔻当过妻子啊……若她的感觉是对的，那顾余生怕的是不是秦芷爱版本的梁豆蔻误会？所以，这算不算是顾余生……有一点在乎秦芷爱呢？

这段时间以来，她的心底时常会出现这样的念想，可她却不敢问。

他和梁豆蔻都已经结婚了，自己的那份爱注定与他无缘了。

她做不到昧着良心去介入他的婚姻，即使他和梁豆蔻根本没有感情，她也做不到。

秦芷爱面对顾余生长长的解释，轻轻地“嗯”了一声，然后就伸出手圈住了他的腰。

她这般亲密依赖的小动作让顾余生十分受用，他按捺不住地又吻上了她的唇。

秦芷爱犹豫了片刻，最后将放在他腰上的手挪到了他的脖颈上，将他的脑袋稍稍压低了一些，主动回吻了他。

即使他以为她是梁豆蔻，即使他永远也不会知道她是秦芷爱，那也没关系，在她即将离开之前，她好好地投入进去，和他把最后的戏画上完美的句点吧。

就当是，给自己留下一点点美好的回忆。

第八章

第三人称

因为秦芷爱没化妆，所以第二天醒得格外早。她躲在浴室里化好妆后又过了一个多小时，顾余生才醒来。

九点钟，顾余生都离开别墅往公司走了一半的路程了，突然想起有份文件没带，于是让小王又折返回来。

管家此时还没回来，一楼的客厅里空无一人。

顾余生上楼先去书房拿了文件，然后在离开之前，拐去了一趟主卧。

屋里没人。

顾余生蹙了蹙眉，小麻烦出去了，还是在别的房间？

顾余生下意识地想去其他地方找找，结果还没转身，就听见浴室传来一个呕吐声。

顾余生想都没想就奔向洗手间，推开门，一眼就看到了站在洗手台前的秦芷爱。

顾余生开门的动作有些大，惊到了秦芷爱。她侧过头，想要看一眼是谁。结果脑袋刚转了一半，还没看清楚来人，胃里又是一阵翻滚，然后她急忙转身趴回洗手盆前又呕吐了起来。

顾余生在浴室门口稍停了片刻，猛地走到秦芷爱身边，扶了她的肩膀，急切而又关心地开口问道："怎么了？是哪里不舒服吗？"

秦芷爱听到顾余生的声音，身体轻颤了一下，想要开口跟他说声"没事"，才刚动了动唇，又是一口酸水吐出来。

顾余生轻轻拍了拍秦芷爱的后背，从兜里摸出手机，快速找起夏医生的电话来。

秦芷爱听见他按手机键盘发出的声音，抬起头透过面前明亮宽大的镜子看了他一眼，猜出他大概是打算叫医生，一边忍着反胃，一边抬起手，勉强使出力气握住顾余生手里的手机："不用叫夏……"

后面的"医生过来"都没能发出声音，秦芷爱又再一次低下头，干呕了起来。

"都吐成这样了，不找医生过来看看怎么行？"顾余生轻轻用了一点力，就将手机从秦芷爱的手中夺了回来。他正准备拨夏医生的电话号码，眼角的余光却扫到她撑在洗手台前的另一只手中握着的一个透明的小药瓶。

“你去看过医生了？”顾余生拨电话号码的动作一顿，就出声问了一句，然后伸出手，抽走了秦芷爱掌心里的药瓶。

“这是医生给你开的药？医生有没有告诉你，到底是什么情况？怎么不舒服，也没告诉我……”顾余生嘴里的话忽地消失，他十分清楚地从自己手中举起的药瓶瓶身上看到了几个字：紧急避孕药。

顾余生像是不认识这五个字一般，盯着药瓶看了好一会儿都没什么反应。

终于不那么恶心反胃的秦芷爱闭着眼睛深吸了好几口气，打开水龙头接了一杯水。

哗哗的流水声吵醒了站在一旁的顾余生，他眼珠子很缓慢地绕着“紧急避孕药”这几个字转了好几圈，然后透过玻璃瓶，看到里面的药丸没剩下几颗，他这才像是想到什么一样，将目光对准了正在漱口的秦芷爱：“你，这么长时间以来，一直都在吃这药？”

秦芷爱举起漱口杯的动作微顿了顿，侧对着顾余生，没去看他。过了片刻，她才像是没事人一般，将漱口杯放在一旁，轻轻点了点头，“嗯”了一声。

她抽出两张纸巾，将嘴边的水滴沾了，然后将纸巾揉成一团扔进一旁的垃圾桶里。然后她转过身，看顾余生仍拿着药瓶站在原地，想了想，又开口说：“我知道你可能不是特别想要孩子，而你又都没有做措施，所以我就一直都吃药。”

若是他想要，那第一晚后，他也不会让管家给她吃避孕药了吧。

更何况她又不是真的梁豆蔻，本就没资格给他生孩子。

她吃这种药，是不想要他的孩子吗？

随着秦芷爱的解释，顾余生的胸膛里莫名其妙就升起一股火：“你怎么……”

他想说的是——“你是怎么知道我不想要孩子的？”

可他只说了三个字就突然停了下来，因为他想到她为什么会说那样的话了。

曾经，他第一次睡了她后，醒来的第二天，特意吩咐管家去买一盒事后药，再盯着她服下。

他承认，那时候的他是真的不想和她有过多的牵连，他睡她都觉得是自己犯了糊涂，哪还会允许她再生个孩子出来搅和？

可他未曾想到，那时自己的一句话竟让她到现在都有吃事后药的习惯。

所以，此时此刻，最没有资格生气的人是他，不是吗？

这是他当初种下的因，无论此时结的果有多难以下咽，他也要吞下去。

前一秒还翻腾的怒火此时早已被一种说不出的愧疚和懊悔所掩盖。

他明明一颗药丸都没吃，却觉得此时喉咙里像是卡了一颗药丸一般，苦涩极了。

他盯着她看了好一会儿，才勉强开口发出声音："你……"

开口后，他才发觉自己的声音到底有多沙哑，他用力吞咽了一口唾沫，润了润发苦的嗓子，才将要说的话问完整："刚刚那么吐，是因为这药刺激的吗？"

他刚刚盯着药瓶看的时候，有看到上面的小字写着会导致的不良反应：恶心，呕吐，腹痛。

大概是长期服用避孕药的缘故，刚开始她也只是有些恶心的迹象，并不会像现在这般呕吐。

随着他和她那方面的事情越来越频繁，她几乎每天都要吃，然后副作用也就越来越严重。

以至于现在，不单单会感到恶心然后呕吐，腹部偶尔也会隐隐作痛。

不过秦芷爱并没有把这些告诉顾余生，只是在他问完话后，垂着眼帘"嗯"了一声，算是回答了他的问题。

这般简单的一声"嗯"，却像是一把尖锐的刀，狠狠地刺进了顾余生的胸膛，让他的心底泛起张牙舞爪的尖锐的疼痛。

他从不知，原来在自己毫无察觉的情况下，居然伤了她这么多……心疼压迫得他仿佛丧失了语言功能一般，只是呆呆地望着她，却怎么也开不了口。最后他索性将那个药瓶拧开，将药丸一股脑地倒进马桶里，狠狠地按了抽水，然后将药瓶重重地丢进垃圾桶里。

他的举动看起来很愤怒，像是在气什么。是的，他的确是在气，气自己。

等到马桶里的药丸随着水打着旋彻底冲走后，顾余生才牵起秦芷爱的手走出洗手间。

他刚将她抱上床，门口就传来敲门声，随后小王的声音响起："顾总，会议还有十分钟就要开始了，我们必须赶紧出发了。"

顾余生似是没听到小王的话一般，扯了被子给秦芷爱仔细盖好后，就起身下了楼。没一会儿，他又端着一杯温水回了楼上。

"顾……"小王在顾余生经过自己面前的时候开口，想要再次提醒顾余生，结果刚喊了一个字，顾余生冷飕飕的眼神就冲着他射过来，吓得他立刻闭了嘴，转身面对墙壁，一动不动地站着。

顾余生坐在床边，将温水递给秦芷爱："喝点温水，胃里会舒服些。"

"谢谢。"秦芷爱接过来喝了小半杯，然后就看到顾余生坐在床边，根本没要离开的迹象。想到小王刚刚的催促，她捧着水杯开口说，"我没事，待会儿就不难受了，你不是等会儿还要开会吗？赶紧去吧。"

顾余生"嗯"了一声，目不转睛地凝视着秦芷爱，还是没有起身要走的意思。

秦芷爱被顾余生的眼神看得有些不好意思，垂着眼帘，转了转手中的水杯，过了一小会儿又催他："我真的没事，你去忙你的吧……"

顾余生突然伸出手，抽走她手里的水杯，放在一旁的床头柜上，然后就握了她的手，在掌心里轻轻地攥了又攥，最后又用指腹摩挲着她的手指，低声开口说："以后不许吃那种药了。"

"可是，万一怀孕了，怎么办？"

“怀孕了，就……”顾余生几乎没有任何犹豫就开口回答她的问题，只是才说了一半，就停顿了。

怀孕了，就生下来……他刚刚竟然想跟她说这句话。

他很清楚地知道，自己很喜欢她……是比自己想象中的好像更喜欢一些。

他可是不婚族啊，他最不想的就是结婚生子。可就在这一刻，他发现自己居然有一种想要和她有个孩子，然后过一生的冲动。

怎么办？好像他不单单只是喜欢她，很喜欢她这么简单。

很快，顾余生就收回了神思，力道很温柔地捏了捏她柔软的小手，又开口说：“总之，不许吃就不许吃了。”顿了顿，他又问，“除了那瓶被我扔掉的药以外，家里还有那些药吗？”

“没有了。”秦芷爱摇了摇头。

“真的没有了？”顾余生怕她还藏了药，问完后就松开了她的手，在卧室里翻箱倒柜地找了起来，最后将地毯都掀开找了起来。

坐在床上的秦芷爱有些无语，地毯铺得平坦无比，一眼望去就知道下面没藏东西，他干吗还要掀起来看？

秦芷爱忍不住小声说：“真的没有了，就买了那一瓶。”

顾余生嘴上“哦”了一声表示知道了，可还是弯着腰，朝地毯和床底下反复看了几遍，再三确定真没有后，才直起身子，重新坐到床边。

秦芷爱望了一眼站在楼道上明明猴急，却又不敢催促顾余生的小王，实在是不忍心，于是第三次开口：“你快去上班吧。”

“嗯，不急。”

顾余生满不在乎地回了三个字，然后就真的不急不忙地在床边守着，一直守到管家过来，他吩咐管家中午准备一些清淡的食物后，才去了公司。

开完会，已是下午一点钟，顾余生不放心秦芷爱，回到办公室后，第一个念头就是给家里打个电话。

接通后，那头传来管家的声音："顾先生？"

顾余生没理会管家的招呼，直奔主题："小姐还好吗？"

"小姐很好。"

"还有没有吐？"

"没有，按照您的吩咐，中午熬了燕麦粥，小姐胃口还挺不错的，喝了两小碗呢。"管家字里行间带着丝丝炫耀。

顾余生呼出一口气，看来是没什么大碍了，不过还是有点担忧，想了想，又说："你仔细盯着点小姐，要是她有什么问题，记得随时向我汇报。"

说完，顾余生又觉得等到发现问题后，保不准就已经很严重了，于是又改口说："算了，你现在给夏医生打个电话，让他过来一趟，给小姐做个全身检查，也好安心。"

"现在吗？"管家开口的声音带着几分迟疑。

"对，怎么了？有问题？"

"小姐刚刚出门了……"

管家的话刚说了一半，顾余生就奓毛了："出门？出门你怎么也不跟我说一声？我不是走的时候告诉了你，她身体不舒服，让你在家好好照顾她。"

管家吞吞吐吐地开口说："我有不让小姐出去，可小姐说是公司那边有点急事，她得过去一趟……"

"那你不会陪着她一起去吗？"顾余生的火气冒得更狠了，"万一她要是哪里又不舒服了怎么办？安排给你的事，就没一样能做好的！还愣着干什么？赶紧给她打电话，看看她还好不好！"

顾余生挂断电话后，还有些恼火地骂了管家一句："没脑子！"

两分钟后，管家给他回了个电话，说秦芷爱一切安好，顾余生这才打开电脑，重新忙碌起来。

三点半，是顾氏企业每个月召开股东大会的时间。

尽管顾老爷子已经好些年不再插手公司的事务，但每逢股东大会还是会过来听一听。

四点半，会议结束，顾老爷子却没急着走，而是去了顾余生的办公室。

顾余生知道爷爷肯定是有什么事要跟他说，就先让秘书给爷爷泡了茶。等他和研发部的经理聊完事情后，又按了桌上的座机拨通秘书的内线，吩咐她暂时别让人来打扰，这才起身走到顾老爷子坐的沙发旁边，找了个单人沙发坐下。

顾余生端起茶几上的茶壶，先给顾老爷子茶杯里填满茶，然后又给自己倒了一杯，端起来慢悠悠地抿了一口后，才对着顾老爷子开口问道："说吧，什么事？"

顾老爷子盯着问完话后，慢条斯理地举着茶杯品茶的顾余生看了片刻，才出声问："余生，你最近和小蔻怎么样？"

若是换了从前，顾余生肯定是当没听见，敷衍着不出声。可现在他却发现，爷爷再掺和他们俩的事，他不但没有半点厌恶的心情，甚至还轻笑着开口调侃了爷爷一句："您老找我，是不是除了她，就没什么其他可说的了？"

顾老爷子是从小看大的顾余生，对他再了解不过，此时看他这一反常态的反应，很快就猜出他和小蔻想必相处得十分融洽，于是就开口说："看来是真的还不错。"

顾余生当然知道爷爷指的是他和她相处得还不错，他晃了晃空茶杯，放下后，又给自己倒了一杯，随着茶水滚落的轻缓的流水声，顾余生毫不避讳地回道："是还不错。"

顾老爷子听到这四个字，顿时喜笑颜开。他端起面前的茶一口饮尽，然后对顾余生说了自己今天特意留下的最终目的："余生，小蔻跟你在一起这么长时间了，虽然你们已经领了证，但彩礼和婚礼什么的都还没办，你是不是也该考虑考虑了？"

领证……听到这两个字，顾余生握着茶杯的力道缓缓加大了一些。

没人知道，其实他和她还没领证。

若是真按照法律来讲，她还不算是他顾余生的人。

顾老爷子看顾余生没吭声，以为他是不愿意，就又开口劝他："你难不成还准备什么也不办，直接就这么裸婚？你梁爷爷和我这么多年交情，他不介意，什么也不说，可我们不能就真的什么也不做啊，好歹小蔻在梁家也是被宠着长大的，没道理来了我们家，就受这么大的委屈，这不是糟蹋、亏待人吗？"

顾余生垂着眼帘，望着茶杯里淡绿色的液体，仍旧没出声。

想想她也住进别墅也小半年了，算是没名没分地跟了他挺长时间。

且不说领证的事情，她自己蒙在鼓里，不知道那是假的，就连婚戒也没给她买一枚。

若不是他今天突然撞见她一直都在服用避孕药，怕是她也不会自己说出来吧。

这么想下来，她在他身边似乎还真受了不少委屈……

早上，在险些说出"怀孕了，就生下来"那句话时，他心底生出的想要和她有个孩子过一生的冲动，变得越发强烈了。

顾老爷子喝完茶，放下茶杯后，一边示意顾余生给自己倒满，一边又说："而且你年纪也不小了，也该有个孩子了。趁着小蔻还年轻，身体好，早点要。我呢，身体也一年不如一年了，你们要是要得早，说不定我还能看到重孙子的模样……"

重孙子，他和小麻烦的孩子……厌恶婚姻，同样也厌恶小孩的顾余生的脑海里顿时就浮现出一个白白嫩嫩软软绵绵的小肉团，他的心突然变得格外柔软。他没再沉默，抬起头对着爷爷说："我知道了，我会听您的，我会去处理这些事情。"

顾余生送走笑得合不拢嘴的顾老先生后，静静地站在落地窗前，望着窗外西斜的太阳，认真地思考起自己和小麻烦的事情来。

他和她的发展，似乎真的是快极了。

就在不久前，他才刚确定了自己的心，现在就有了结婚生子的念头。

不过也无所谓了，反正能让他心动的就只有她，这一辈子横竖就是跟她过了，早娶晚娶又有何妨呢？

更何况，小麻烦在他身边也受了不少委屈，他又怎么舍得让她继续委屈下去？

所以，有些事，爷爷提醒得没错，他的确是应该去做了。

例如，求婚。

例如，告白。

再例如，过一生。

设想好自己和小麻烦未来的顾余生，心情没来由地感到轻松。他望着窗外开始泛红的太阳，忍不住勾唇浅浅地笑了笑，然后颇有闲情逸致地欣赏了一会儿窗外的风景，才转身回到办公桌前。

顾余生关电脑的时候扫了一眼屏幕下方的时间，五点十分，他要下班回家了，不知道小麻烦现在是不是忙完了也要回家？

顾余生合上电脑，拿起车钥匙，在离开办公室之前，他掏出手机给“梁豆蔻”发了一条短信：忙完了吗？

秦芷爱下午去梁豆蔻的公司是真的有点事，不过更重要的事情是买药。

她只剩下三天时间，就要离开了，顾余生早上虽然说了不让她再吃避孕药，但她又不能怀孕，也不敢在家接快递，怕被管家发现了什么端倪告诉顾余生，到时候在最后三天时间里再闹一次风波。

所以她在来公司的路上，在一家同城送货上门的药店里填写了公司的地址，下单了一瓶避孕药。

顾余生的短信发来的时候，药还没送到，她还需要在公司等一会儿，于是就盯着顾余生发来的短信犹豫了片刻，回了两个字：还没。

放下手机后，秦芷爱怕顾余生找自己有什么事，又拿起手机发了一条短信过去：有什么事吗？

很快就收到了顾余生的回复：没什么事，还有没有不舒服？

顾余生从早上撞见她吃避孕药后，似乎一直就很关心她……秦芷爱的心里微微波动了一下，捧着手机，认认真真地打起了字：没，上午就没不舒服了。

隔了大概两分钟，顾余生才回了她一个“嗯”字。

嗯？她回什么？哦，还是表情？

正在秦芷爱疑惑的时候，屏幕上又显示一条短信：大概几点能忙完？

秦芷爱点开药店的送货详情，显示正在配送中，就回了顾余生一个大概时间：估计还要一个小时。

知道了。

顾余生回复完“梁豆蔻”的短信后，抬起头，往车窗外看了一眼。

此时车恰好经过一家商场，外墙的大荧屏上正播放着醒目的婚戒广告，闪耀的钻石在女模特的无名指上折射出刺眼的光芒。

他虽没谈过恋爱，也没想过步入婚姻，但他却参加过别人的婚礼，知道钻戒是两个人走在一起必不可少的东西。

反正小麻烦一时半会儿也回不了家，他自己回去也没什么意思，索性就把刚刚准备去做的事情现在就去做了吧。

想到这里，顾余生就转动方向盘，从前方的路口出去，然后右转，围着商场绕了个圈，拐进了地下停车场。

顾余生停好车后，拿出手机给陆半城打了个电话。电话挂断后他才下了车，走进电梯，上到一楼。

陆半城接到顾余生电话的时候，刚和人谈完事情，正准备散场。

他所在的地方恰好就在顾余生说的商场附近，结完账，开车没十分钟就到了。

停好车后，陆半城搭乘电梯上了一楼。他摸出手机，刚准备给顾余生打个电话，问他具体位置在哪里，就透过正前方明亮的玻璃窗，看到了坐在里面的沙发上的顾余生。

陆半城解锁手机屏幕的动作一滞，看向顾余生所在的店铺

LOGO,连眨了三次眼,才确定自己没看错,那真的是一家卖钻戒的店铺。

那个牌子他认识，钻戒中的奢侈品……顾余生着急忙慌地喊他过来，就是为了让他陪着挑选钻戒?

陆半城像是看到了多么不可思议的事情一样，站在远处稳了好一会儿神思，才迈开步子走向了顾余生所在的店铺门口。

店铺里很安静，有几对年轻的情侣正趴在柜台前挑选钻戒。

门口规规矩矩站着的服务员一看陆半城进来，立刻迎上前去，笑容可掬地开口问道：“先生，请问您有什么需要帮助的吗？”

“我找人，谢谢。”陆半城客套地回了服务员的话，然后稍指了一下坐在最里面VIP座位上的顾余生，服务员立刻明白过来，面带微笑地领着他走过去。

靠得近了,陆半城才看到顾余生所在的桌面上摆满了钻戒图册。他面前摊着一张白纸,他一边翻看图册,一边拿铅笔在上面勾勾画画。

他像是在对待多么认真的事情一般，神情专注而投入，就连自己在他的对面坐下，服务员低声询问要咖啡还是茶时，他都没什么反应。

“咖啡，谢谢。”陆半城回完服务员的话，转身看向顾余生。等了片刻,看他还是没有跟自开口说话的意思,就出声喊了一句:“生哥。”

顾余生眉眼间的神情没有丝毫变化，他手中的铅笔动得飞快，偶尔会转头冲着一旁摊开的图册瞄两眼。

陆半城看顾余生完全没有搭理自己的意思，就自娱自乐地动一动桌面上的这本图册，又碰一碰那本图册，等咖啡送上来以后，他就靠着沙发慢吞吞地喝了起来。在他的咖啡即将见底的时候，顾余生终于放下手中的铅笔，捏了捏因为长时间垂头而有些泛疼的脖子。然后他端起一旁的红茶喝了小半杯,这才抬起头,看向坐在对面的陆半城:“你最近没什么特别重要的事吧？”

“没……”陆半城喝光了咖啡杯里仅剩的最后一口咖啡，招呼一旁的服务员重新帮自己煮一杯，才对着顾余生开口问，“怎么了？”

“帮我办件事，去一趟英国，找Ken根据这张图纸，赶制一枚婚戒。”顾余生开门见山地说完，就将自己刚刚拿着铅笔勾勾画画了良久的那张纸推到陆半城的面前。

原来，他来了这么久，一直旁若无人地坐在那里谁也不理地拿着笔画的是一枚钻戒的设计图。

他不是专业学珠宝设计出身，但画出来的草图并不比专业出手的图纸逊色。

正在陆半城盯着桌面上的图纸发愣之际，一个红色锦盒顺着顾余生的指尖轻轻推入陆半城的视线里。然后顾余生低缓的声音又在陆半城的耳边响起：“这是在你来之前，我选的钻石，至于戒指的尺寸，我晚上会发短信告诉你。”

陆半城回神，打开锦盒，看到里面放的是一颗鸽子蛋大小的粉钻。在店铺的灯光照射下，流转出炫目纷乱的光华。

陆半城看了片刻，合上锦盒，抬起头看向对面的顾余生，明知故问地开口：“你打算向小蔻求婚了？”

“嗯。”顾余生直言不讳地点了点头，又说，“不过我希望你能帮我暂且保密。”

“OK.”陆半城没有丝毫犹豫地答应下来，他在折叠图纸的时候，看到设计图下面写了三个小字：小麻烦。

陆半城皱了皱眉，点着那三小字问：“这是要刻在戒指上的？”

顾余生轻轻点了点头，没说话。

陆半城的眉头皱得更狠：“别人的婚戒，要么是刻两个人的名字，要么就是刻‘相爱一生’‘一生一世’这样的词，你怎么刻这样三个字？也太煞风景了……”

陆半城的尾音还没发完，顾余生就掀起眼皮，轻飘飘地冲着他扫了过来。

陆半城立刻闭上嘴，对顾余生扯出一个灿烂的笑，立刻改口说：“你怎么突然要向小蔻求婚了？前阵子你还说你不喜欢她呢！考虑清楚了吗？是认真的吗？”

“计划赶不上变化……”顾余生想到陆半城刚刚说他要刻下的“小麻烦”三个字太煞风景，于是就闲适地靠在沙发上，慢条斯理地又说了一句，“就像是你，当初扬言十八岁要破处，到现在都二十六岁了吧？还只能靠着自己解决……”

“你……”陆半城被噎得抬起手指着顾余生，点了好几下，愣是一句反驳的话都说不出来。

他刚刚就是嘴贱，好端端的干吗说他刻的“小麻烦”三个字煞风景啊！

换了从前，他还能回一句“彼此彼此”，可是现在……简直是自讨苦吃！

报复成功的顾余生满意地收回视线，盯着干净明亮的窗静默了几秒钟，突然带着鲜有的认真淡淡地开了口：“刻这三个字是因为我不想和其他人叫一样的称呼。”

“至于求婚，我很清楚自己在做什么。从前没想要感情和婚姻的时候，我不玩；如今我想要感情和婚姻了，更不会玩。”

虽然顾余生在说这些话的时候脸上没什么太大的情感浮动，可陆半城还是感觉到了一股浓烈的情深。

是啊，有些人看起来很淡薄无情，可往往这样的人一旦认真起来，却是最情深的。

身为兄弟，陆半城是真的挺为顾余生感到开心的，或许是受他的话的感染，他下意识地想跟他说句“恭喜”。只是他还没张嘴，望着窗外的顾余生忽地转过头来，冲着他来了一句：“算了，跟你一个单身狗聊这些也是白聊，你又不懂！”

哼，不就是早恋爱了半年，这满满的优越感到底是从哪里来的啊？

陆半城再也不想跟顾余生多待一秒钟，他收好图纸，连句再见也没留，直接起身走人了。

顾余生慢悠悠地喝完杯中剩下的茶，也起身跟在陆半城的身后离开了。

一直等到两个人一前一后都进了电梯，周婧才从一旁的柱子后面走出来。

周婧是在高架桥上偶遇到顾余生的车的。

他在她的左侧车道后方，透过后视镜，她恰好可以清楚地看到驾驶座上的他。

一路上，他像是在跟人聊天，时不时地拿起手机看一眼，然后在道路拥堵不动时，就举起手机在屏幕上按两下。

也不知他是在跟谁聊天，又聊了些什么内容，他有时候在打字之前，还会眉眼温润地盯着屏幕泛起轻柔的笑。

那种笑直达眼底，有点宠溺，又有点类似于悸动的那种欣喜，衬得整个人不似平常那般高冷矜贵，是她知道顾余生这么多年以来，跟着小蔻见过他那么多次中，从未见过的模样。

是谁能带给他这么大的改变呢？

随着这个疑惑，周婧大脑里闪现出的第一个人就是现在正扮演着梁豆蔻的秦芷爱，她都能让顾余生在俄罗斯餐厅里碰到自己后，爱屋及乌地跟自己聊天，必然也能让顾余生露出这般温情如玉的神情。

只剩下没几天小蔻就要回来了，可不能在最后关头出什么岔子……正当周婧在心里掂量时，她就看到顾余生侧头望向了路边的商场，盯着大荧屏里的广告看了片刻，就往右侧并起了道。

顾余生这是要下主路的节奏？

周婧没有片刻迟疑，也将车子并道到最右侧，跟在顾余生的车子后面进了商场的地下停车场。

她本来约了朋友今晚聚餐的，在看到顾余生进了一家装潢奢华的钻戒店铺去选钻石后，她想都没想就给朋友打了个电话，告诉对方自己临时有事，过不去了。

挂断电话后，陆半城也到了，两个人在靠窗的VIP位子上待了许久才离开。

周婧其实已经隐约猜到顾余生来这里是做什么了，可她站在柱子旁盯着钻戒橱窗看了一会儿后，还是迈步走了过去。

而站在门口的服务员，恰好是刚刚接待顾余生和陆半城的那一位。

她跟在周婧身旁，礼貌而又专业地为她介绍着周婧的视线停留过的展示品。

在步入店铺无人的角落时，周婧将视线从满目琳琅的钻石上挪到了服务员的脸上，她没说话，而是先打开钱包，从里面数都没数就掏出一沓钱，飞快而又悄悄地塞到那个服务员的手里，然后才开口说："刚刚你招待的那两位男士，他们坐在靠窗的那个位子上做了些什么？又聊了些什么？"

那服务员低头看了看手里的钱，挣扎了一会儿，然后一边做出为周婧介绍产品的样子，一边凑到她的耳边，把自己刚刚看到的和零星听见的一些话毫无保留地全盘托出："坐在右边的男士买了一颗粉钻，是我们这个品牌今年最好一颗的钻石，也是世界上独一无二的一颗钻石。他刚刚坐在那里，拿着笔就是在画钻戒的设计图。"

周婧一直都在外面偷偷地看着顾余生和陆半城，当然知道服务员说的右边那个男子是顾余生。但她没出声，只是静静地听服务员说。

"之后过来的那位坐在他对面的男子应该是他的朋友，他将图纸和钻石都交给了他。因为他们交谈的时候，我并没有时刻待在旁边，所以全部内容我不清楚，只听到几句零散的，有一句是：你打算对小蔻求婚了？还有一句好像就是说什么英国，赶制一枚婚戒……不过右边那个比较帅的男子说的最后一句话，我有听清楚。"

女服务员歪着头，想了片刻，才继续开口说："从前没想要感情和婚姻的时候，我不玩；如今我想要感情和婚姻了，更不会玩。"

言下之意就是说，顾余生对待他和秦芷爱版本的梁豆蔻的感情，是认真的。

不，不但是认真的，而且他这还是打算求婚，从此以后共度一生的节奏。

去英国赶制一枚婚戒……

顾余生财大势大，若是加急，两天就可以把婚戒带回来……可小蔻还要三天才能回国，加上长途飞行的十三个小时，可以说还需要四天时间才能抵达。

若是在小蔻没有回来之前，顾余生抢先向秦芷爱求婚了……

周婧越想越觉得心惊胆战，她冲服务员道了声“谢谢”，就拎着包快速地离开了钻石专柜店，直奔地下停车场。然后她开着车出来以后，找了个没人又安静的小胡同停好车后，拿出手机，飞快地找了梁豆蔻在国外的电话拨了出去。

因为时差的缘故，梁豆蔻所在的地方大概是清晨四点钟。想必她还没醒，所以电话迟迟都没被接听。

周婧不断地打，在她第四次拨出电话，响了两声后，电话终于被接通了，里面传来梁豆蔻略带着几分起床气的声音：“周小姐，请问您有什么急事，非要赶在大早上打电话？有什么事不能等我睡醒了再……”

周婧没等梁豆蔻发完脾气，就径自开了口：“小蔻，你现在就办理出院手续，我等会儿就给你订最早的航班，你马上回国！”

“出了什么事了？那个小替身被发现了？怎么被发现的？”梁豆蔻听出周婧的焦急，顿时顾不上起床气了，立刻紧张得接连反问了好几句。

“不是被发现了……”

电话里的梁豆蔻听到这句话，立刻松了一口气，语气又变得不悦起来：“没有被发现，你搞得这么咋咋呼呼干什么？我约的是后天出院，我得做个好看的发型，买身好看的衣服，还有，给顾爷爷买好礼物后，我再回去……”

“小蔻！”周婧的语气猛地就严厉起来，“你再不回来，你顾太太的位子就稳不住了！”

电话那头的梁豆蔻瞬间沉默下来。

周婧握着手机，一字一字地开口说：“顾余生今天去选婚戒了，准备向秦芷爱扮演的你求婚了。”

“秦芷爱只是一个穷丫头，她做梦都想着飞黄腾达吧！现在有一个这么好的飞上枝头变凤凰的机会摆在她的面前，你觉得她会白白放过吗？

“如果她知道顾余生喜欢上了她，她肯定会想方设法牢牢地握住顾余生的。到那个时候，小蔻你可是赔了夫人又折兵，给别人做了嫁衣啊！

“小蔻你知不知道，前不久我偶遇了一次顾余生，我跟他提起林忆想要踩你上位后，顾余生的脸色都变了。这不，就是昨天的事，我看到林忆偷偷在哭，跟自己的经纪人说她《盛唐遗风》里的戏份现在都比不上女三号了。这事我有从公司的高层口中打探过，说是投资商的意思。能这么做的投资商只有陆半城，而陆半城又是顾余生的发小……

“还有，婚戒是顾余生亲自设计的，他已经安排陆半城去英国找什么设计师赶制了！

“顾余生还说什么‘从前没想要感情和婚姻的时候，我不玩；如今我想要感情和婚姻了，更不会玩’。

“所以小蔻，顾余生对秦芷爱比我们想象中要认真很多……”

“你不要再说了！”电话那头一直安静无声地听着周婧说气话的梁豆蔻，突然语气凌厉地呵斥出声。

周婧闭了嘴，大概过了半分钟，电话那头又传来梁豆蔻的声音。她没了刚刚那种激愤的情绪，语气平缓柔和得和平日没什么区别，显得十分动听悦耳：“周婧，你给我订机票吧，我现在就去跟主治医生打招呼！”

第九章
无心之失

十八个小时后，一架飞机安全着陆在国际机场。

戴着口罩、墨镜和帽子，武装得十分严密的梁豆蔻拖着一个行李箱，快步从VIP通道出来就直奔停车场，然后左右张望了两眼，上了一辆毫不起眼的黑色轿车。

车窗是防透视的，一上车，梁豆蔻就摘下口罩，露出因为手术而略显苍白的小脸。

开车的人是周婧，她摸出一瓶矿泉水递给梁豆蔻："身体怎么样？吃得消吗？"

梁豆蔻低声说了句"谢谢"，接过来喝了半瓶水，才回周婧的话："还好。"

周婧点了点头，没说话，把车驶离机场，奔向进城的方向。

在接近四环的时候，梁豆蔻看周婧竟然出了主路，蹙了蹙眉，冷不丁出声问："我们这是去哪里？"

"我家。"

"你家？小替身现在在你家？"

"不在。"

"不在？"梁豆蔻不明白周婧到底在想些什么，"不在我们去你家干吗？现在不应该是去找那个小替身出来，赶紧和她把身份换回来吗？"

"是要换，但还要等一等。"周婧说着，就将车子拐入了公寓楼的地下停车场。待车停稳后，她示意梁豆蔻继续武装好，随即下车。

梁豆蔻虽有诸多不解，但还是照着周婧的意思去办了。等到了周婧家一关上门，梁豆蔻就又开了口："你刚刚的等一等是什么意思？"

周婧没急着回答梁豆蔻的话，而是从兜里摸出手机，拨了一个电话出去。随后，家里的座机就响了起来。周婧走过去，接通，然后按下免提键，转身看向梁豆蔻："今天下午《盛唐遗风》拍定妆照，我现在要去接秦芷爱，而你，就待在家里哪儿都别去，也别出声，认认真真听着我手机里发出的声音。等到晚上我回来，再跟你谈其他事情。"

梁豆蔻拧了拧眉，不大明白周婧的安排："我都回来了？为什么还要让那个小替身扮演我？我直接去拍宣传照不就可以了吗？你何必多此一举？”

“我说了，等我晚上回来再跟你具体谈！”周婧有些严厉地打断了梁豆蔻的话，过了片刻，她缓了缓语气，继续说，“小蔻，这么多年以来，是我一手把你捧到现在这个位子的，我和你的命运早就捆绑在了一起。你要相信我，我做任何事情的初衷都是为你好，所以你得沉住气，可以吗？”

梁豆蔻静静地看了周婧一会儿，轻轻地点了点头，说：“好，我在家等你。”

周婧微微一笑，伸出手拍了拍梁豆蔻的肩膀：“你放心，只要有我在，顾太太的位子总会是你的。”

梁豆蔻勾起嘴角，冲周婧浅浅地笑了笑，出自真心地开口说：“我相信你。”

她是真的相信，在这个世界上，她最相信的人就是周婧。

因为是周婧让她成为一线大腕的。

也是周婧帮她想尽办法去讨好顾爷爷，然后她才成功地嫁给了顾余生。

秦芷爱和周婧赶到《盛唐遗风》定妆照拍摄地的时候，绝大多数演员已经化好妆，陆陆续续进影棚开始拍照了。

因为是古装剧，秦芷爱需要上的妆复杂烦琐，耗时颇长。

周婧起先等得还算是有耐性，坐在沙发上安静地翻看杂志。过了大概半个小时后，她站起身，走到化妆镜前，盯着化妆师和秦芷爱看了一会儿，开口说了句“我去影棚看看”，然后一等到秦芷爱点头，就拎着包走出了化妆间。

周婧到影棚的时候，《盛唐遗风》的男一号刚拍完定妆照，穿了一身大红色古装的林忆站在绿色背景布前，正和摄影师交流形态和神情。

过了两分钟，摄影师举起照相机，就冲着在找感觉摆出姿态和符合剧中神情的林忆“咔嚓咔嚓”地拍了起来。

不过短短十分钟，就拍了近百张照片，选出合适照片的导演举手做了一个“OK”的手势，摄影师停止拍摄，林忆也立刻收起入戏的神情，提着烦琐的古装裙摆走向自己的经纪人。

周婧盯着林忆，微微转了转眼珠子，就走到自己去年给梁豆蔻聘的一个小助理身旁，冲着小助理耳语了几句。小助理乖乖地点了点头，原本正看拍照的目光随即紧紧锁定林忆的身影。

过了没几分钟，林忆和她的经纪人一同离开了摄影棚，小助理也悄悄跟了出去。

化完妆的秦芷爱来到影棚，等了约莫十分钟才轮到她拍摄。

秦芷爱之前当替身演员的时候，因为处于剧组的最底层，不是当红明星，又没有后台，在拍戏的时候自然被剧组要求得相对严苛许多。

她虽不是专业演员出身，但这两年在剧组的摸爬滚打中，无论是演技，还是对戏里人物感觉的把握，比起那些当红的女星有过之而无不及。

因此，当她站在背景板前，导演和摄影师只是简单地跟她描述了一下大概的拍照需求，她轻而易举就将他们要的感觉完美地发挥了出来。

很快，一组图就拍完了。

导演一边快速扫图，一边满意地点着头说：“这张照片不错！这张也好！小蔻的这组照片，每一张都拍得很惊艳啊！”

在浏览完最后一张图后，导演确定没什么问题，抬起头准备对秦芷爱说句“辛苦了”，结果他刚举起手冲秦芷爱竖了个大拇指，嘴里的“辛”字都还没发全，摄影棚的大门就被人猛地一脚踹开，发出“砰”的一声巨响。

整个摄影棚里，不管是演员还是经纪人，又或者是工作人员，全都被震惊得纷纷转头，看向门口。

只见顶着古装妆容却穿着一身现代浅粉色连衣裙的林忆紧握着

一个小助理的手腕，神情阴冷地站在门口。

小助理似是被吓到了一般，怯怯地低着头，身体不断地颤抖着。

林忆紧绷着唇，朝着摄影棚里的人快速地扫了一圈，然后视线就对准了秦芷爱。

当她正准备迈步的时候，她的经纪人气喘吁吁地追过来，快速地伸出手拉住她的胳膊："小忆，你冷静点！"

林忆胸膛起伏得格外厉害，她盯着秦芷爱的眼神因为愤怒都泛起了红："冷静？有什么好冷静的？今天我就是要当着所有人的面，让大家看清楚，她到底是个什么样的人！"

说完，林忆就狠狠地甩开经纪人的胳膊，硬生生地拖着那个小助理，踩着高跟鞋，朝着秦芷爱气势汹汹地走过来。

等这一幕等了好久的周婧趁着所有人的注意力都在林忆身上，她快速打开秦芷爱因为拍照不能随身携带的包，在里面翻找了起来。

秦芷爱的包里装了许多乱七八糟的东西，她找了好一会儿才找到手机，刚准备拿起手机，手指却碰到了一个小药瓶。

周婧纯属纳闷，随性地侧头瞄了一眼，然后视线就微微定住了。

长期避孕药？

秦芷爱在包里备这个药，是因为她一直都在服用长期避孕药？

周婧微垂了垂眼帘，然后就快速地拿起秦芷爱包里的手机，凭着当初自己偷偷观察到的解锁密码解了屏幕，再在通讯录里找出顾余生的电话，二话不说就按了拨出键。

周婧一直等到电话接通，才将秦芷爱的包重新拎回手里，假装什么都没做过的样子，看向了林忆。

林忆在距离秦芷爱大概还有一米远的时候猛地停下脚步，然后将手中抓着的小助理往前狠狠地一推，再怒视着秦芷爱，飞扬跋扈地开了口："梁豆蔻，这是你的小助理吧？"

因为她的力道过猛，小助理被推得往前踉跄了好几步，险些撞到了墙上。

好在秦芷爱反应快，及时伸出手拉了小助理的胳膊，待她确定小助理没什么事后，才皱着眉头看向林忆："你这是做什么？"

"我做什么？梁豆蔻，这句话应该是我问你吧？或者，你应该问问你的小助理，刚刚她做了点什么？"林忆冷笑着横了一眼站在秦芷爱身旁的小助理。

小助理似是被吓傻了一般，怔怔地摇了摇头，没说出话来。

"怎么？现在哑巴了？刚刚在洗手间跟人打电话时，不是挺能说的吗？"林忆的眉眼间都染上了一层嘲讽，"没关系，你不说，我帮你说！"

随着尾音落定，林忆转头看向秦芷爱，像是复读机一般，将自己刚刚在洗手间无意中听到秦芷爱的小助理跟人打电话时说的那些话原封不动地说了出来"梁小姐,你知道你的小助理刚刚在洗手间里，跟人打电话得意扬扬地八卦些什么吗？"

"她说，你时常对着她们嘲讽我，说我林忆也不看看自己有没有这个资格和本事，就不自量力想和你争娱乐圈一姐的位子，简直是太不要脸了！！

"她还说你就是看我不爽，就是要打压着我走，甚至，你还扬言要把我挤出娱乐圈……"

"没有的事！"站在不远处的周婧看到在场所有人都在听林忆的话后，神情有变，及时而又适当地开了口。

没错，小助理的确说了林忆刚刚说的那些话，因为那全是她授意的。

她之所以要这么做，为的就是激起林忆的愤怒，让她来找秦芷爱算账！

但算账归算账，她可没想要毁掉梁豆蔻的名声，所以周婧在打断了林忆的话后，就踩着高跟鞋，步伐从容地走了过来。

站定后，她看都没有看林忆，而是直接转头冲着小助理问："林小姐刚刚说的那些话，是从你嘴里说出来的？"

小助理和周婧早就串通好了，周婧一问，她的眼里立刻就布满了泪水，像是从刚刚的惊恐中回过神来一般，可怜而又委屈地摇着头说："周姐，我没说那些话，我去洗手间根本就没带手机，我的手机在梁姐的化妆间里！"

小助理一边说，一边就将脖子上的耳机摘了下来。

耳机的尾部，是一个 MP3。

林忆在看到 MP3 的那一刹那，眼底明显闪过一抹诧异。

不可能，她进洗手间的时候，这个小助理明明举着耳机在讲话的，怎么耳机的底部会是一个 MP3？

这么想着，林忆就冲上前，一把揪住小助理，在她的兜里翻找了起来。

小助理像是真的很害怕一般，不知所措地转头看向了周婧。

她还没开口，眼泪就先"啪啪啪"地砸落下来："周姐，我真的没有打电话，我也不知道到底是怎么回事，刚刚我一进洗手间，林老师就揪着我来这里了！"

周婧没理会哭得梨花带雨的小助理，一直等到林忆将小助理的兜来来回回翻了三四遍，才不疾不徐地开口说："林小姐，请问您找到手机了吗？"

林忆握着从小助理口袋里仅仅翻出来的一包纸巾，抿了抿唇没说话。

"林小姐，现在我可以问你一句话了吗？请问您凭空捏造我们家助理打电话八卦小蔻骂你，究竟是何居心？"

有些话不需要说得太直白，点到就好。

在场的人谁也不傻，此时此刻必然都觉得是林忆想毁掉梁豆蔻的名声，才故意耍了那样的手段。谁知梁豆蔻的助理没带手机，逃过一劫，而林忆则是弄巧成拙，搬起石头砸了自己的脚！

轻飘飘地问完林忆那句话后，周婧转头，递给了秦芷爱一个眼神。

秦芷爱当然知道周婧的意思，问题她已经解决了，现在轮到自己做好人了，这样才可以让梁豆蔻在圈子里一直保持很美好的形象。

有时候，秦芷爱是真的很佩服周婧，聪明，城府又深，着实是个一等一的好经纪人。梁豆蔻能有今日，说有周婧百分之八十的功劳也不为过。

不过她既然拿了人家的钱当了替身，就会把该做的做好，所以她看林忆被周婧问得半天都说不出话来，于是一声大度的语气柔柔地打破了这样尴尬的气氛：“算了，这事就这么过去吧，晚上我们不是还有别的事情要忙吗？走，去卸妆了。”

说完，秦芷爱就摆出一副真的不介意的模样，迈步朝着摄影棚的门口走去。

周婧和小助理紧随其后跟上她。

不过在周婧擦肩而过林忆身旁的时候，趁着周围人不注意的时候，她递给了林忆一个冷嘲的眼神。

那眼神让林忆瞬间明白过来！

原来，这是一场局！

一场梁豆蔻他们自编自导自演引她入坑的局！

她是鱼，小助理是鱼饵，周婧是捕鱼的网，而梁豆蔻就是放生的那个人！

明明自己才是最无辜的那一个，可现在却变成了最可恶的存在！

而梁豆蔻呢？她却成了众人眼里包容而又大量的好人！

她压了自己的戏份不说，还得理不饶人地将她的戏份减少到不能再少。并且现在戏还没开拍，她就已经被他们搞得身败名裂了！

林忆越想越愤怒，四处打量了一圈，看到不远处为拍照准备的刀剑棍之类的道具，想都不想就冲过去，逮住什么就拿什么，胡乱冲着秦芷爱的后背狠狠地砸了过去！

整个摄影棚里的人都被林忆这突然出手打人的举动惊得一呆，随后才有人回过神来——

“林忆，住手！”

“林忆，你做什么？”

甚至还有人跑过去拦截林忆。

可林忆就像个失去理智的疯子一般，速度很快地抓住一根长长的木棍，在其他人都还没来得及阻止她之前，歇斯底里般地冲着秦芷爱的头顶狠狠地砸了下来！

“啊——”

“林忆，你疯了！”

“小蔻，小心！”

“快躲开啊！”

伴随着此起彼伏，一道又一道不同声响的惊呼，秦芷爱下意识地转头，就看到一根木棍，夹杂着凌厉强劲的风，从高处速度极快且力道极猛地迎面拍来。

林忆的出手毫无征兆，想要阻止她的人都没防备，更何况是背对着她一直想要离开的秦芷爱。

所以在秦芷爱察觉到棍子敲向自己大脑的那一刹那，棍子距离她的头顶不过只有半米远的距离。根本来不及躲闪的她本能地抬起手去护自己的脑袋，只是她抬手的速度再快，也快不过下坠的木棍。她的手不过刚抬到耳边，棍子就已经挨上了她的发丝，秦芷爱条件反射般地闭上眼睛，紧咬着牙齿，等待着即将到来的剧痛。

然而一秒、两秒、三秒……将近三十秒的时间过去，预想中的那种疼痛却迟迟没有降临。

秦芷爱眨了眨眼睛，这才发觉，原本还喧闹混乱的摄影棚，此时安静得有些诡异。

难道她被打晕了，听不见任何声音了？

秦芷爱轻颤着睫毛，缓缓地掀开眼皮，入眼却是一个身穿黑色西装的人的胳膊。

秦芷爱呆愣了片刻，才微微抬高了视线。一只修长干净的手微贴着她的额头，紧紧地抓着那根原本就要敲上她脑袋的木棍。袖口处露出一截白皙有力的手腕，上面佩戴的手表贵气逼人，在摄影棚的灯光照射下，镶嵌的钻石发出灼灼光辉。

只一秒，秦芷爱就反应过来，转头看向不知何时站在身边的顾余生。

男子俊美的脸上显露的神情阴沉得有些吓人，他的唇绷得紧紧的，看似平静无害的眼底隐隐透着一股寒气。

顾余生……

他怎么会在这里？

秦芷爱的眼底划过一抹不解，整个人都还没弄明白这究竟是怎么一回事，顾余生握着木棍的手腕猛地一个反转。木棍另一端的林忆失声尖叫了一下，木棍脱手，她整个人就被甩了出去，重重地撞上了绿色的背景板。

整个摄影棚里原本因为顾余生突然出现，在最关键的一刻硬生生徒手握住木棍而惊呆的人，被林忆的尖叫声陆陆续续喊得回过神来。

林忆的经纪人看到林忆捂着脑袋趴在地上的画面，焦急担忧地喊了一声“小忆”，想都没想就朝着她跑过去。

比她更快的，是顾余生手中的棍子，在所有人都没看清楚顾余生到底做了些什么的情况下，他握在手中的棍子忽地卷着风，挟着一股狠厉之气地冲着林忆趴的地方飞过去。

这木棍要是砸在林忆的身上，怕是命都要被砸没半条了……

摄影棚中的所有人都倒吸了一口冷气。

林忆似是被吓傻了一般，呆呆地望着迎面扑来的木棍，连躲都忘了躲。

有些胆小的人，或捂着眼睛，或撇开头，不敢去看这一幕。

木棍迎面砸来，带动的风吹得林忆的睫毛颤了颤，整个人略略回了一些神。然后她望着直逼自己面颊而来的木棍，突然就扯着嗓门喊出声：“救我——”

“我”字的音都没还没发完，就变成了凄厉的尖叫出声：“啊——”

木棍距离她越来越近，五十厘米，四十厘米，三十厘米……十厘米……

林忆吓得全身哆嗦起来，嗓音有些沙哑，还带着颤抖的哭腔。

在木棍距离她的鼻尖只有五厘米的时候，她的眼角有泪滑落下来，一脸惊慌地张大嘴，拼命叫了半天，却只是发出零零散散的：“啊啊啊！”

四厘米，三厘米，两厘米……

即使周围那些胆大地望着这一幕的人，神情也都变得于心不忍起来。

可就在只剩下最后一厘米时，木棍像是被定格了一般，突然静止不动了。

原本站在秦芷爱身边扔出棍子的顾余生，不知何时已蹿到了林忆面前，把控着时间，在最关键的一秒，又一次硬生生地握住了木棍。

在场的所有人，不管是喜欢林忆的，还是不喜欢的，都被刚刚那惊险的一幕吓得深吸了好几口气。

林忆像是丢了魂一般，保持着张大嘴的狼狈模样，没有任何反应，就连眼底的泪水都停止坠落了。

过了足足有一分钟，林忆才从惊吓中回过神来，她只是刚刚动了动眼珠子，顾余生突然就将手中的木棍冲着她身后的墙壁重重地摔了上去。

伴随着一道震耳欲聋的声响，木棍碎裂成无数片，木屑、木片簌簌而落，洒了林忆一身。有些尖锐的木片甚至划破了她裸露在外的肌肤，渗出淡淡的血来。

顾余生像是根本没看到一半，毫不怜香惜玉地用手中断裂后残留的一小节木棍抬起林忆的下巴，然后微微弯腰，居高临下地盯着林忆的眼睛，一字一顿语气凌厉地开口说：“今天我就算是拿你开刀，杀一儆百，从现在开始，惹她，就是惹我！”

“所以，我警告所有人，要么跟她好好相处，要么就从她的眼前滚得远远的！”

男子的神情看起来格外阴冷，浑身上下透着一股磅礴的怒意，吓得林忆本能地往后缩了缩身体，紧贴在绿色背景板上，瑟瑟发抖个不停。

明明被设计陷害的人是她，她在一时愤怒之下，虽然冲动地动了手，可本质的错却并不在她的身上……凭什么她要被拿出来当杀一儆百的那个案例？

林忆虽然很怕，可她更不服气，她用力抿了一下没有血色的唇，冲着顾余生不管不顾地就开了口："这是我和她之间的事，就算是你来掺和，也要先搞清楚事情的缘由，弄明白谁对谁错吧？"

在林忆话音落定的一刹那，顾余生像是听了多么好笑的笑话一般轻笑出声："谁对？谁错？"

随后他的眉眼变得越发冷厉，就连口中的话都带了一丝杀气："重要吗？"

碰上有人欺负她，对和错重要吗？

就是因为不重要，所以在他开会的时候，听到手机突然响起，他看到是她的电话，没有丝毫犹豫地就接听了。

就是因为不重要，他"喂"了好几声都没听到她说话，却从里面听到了有人喊着她的名字和她发生争执的声音。他没有丝毫犹豫地就从会议上抽身离开，来了他知道她要拍定妆照的地方。

就是因为不重要，他才一路飙车赶过来，然后踏进摄影棚后，看到那样惊险的一幕，想都没想就先帮她把受的气给讨了回来！

林忆不知是被顾余生的话噎住，还是被顾余生周身散发出的气势吓到，张了张嘴，没说出一个字来。

顾余生也懒得跟她再纠缠下去，将手中的半截木棍往地上重重地一扔，直起身，整理了一下衣衫，就转身冲着秦芷爱走去。

秦芷爱望着顾余生高大挺拔、一步一步靠近的身影，大脑有些蒙，直到他停在自己面前，才清楚地意识到，在摄影棚里发生的这一系列惊险而又刺激的画面是真实的。

顾余生的身上还残留着刚刚动怒的痕迹，可他对着秦芷爱开口的声音却格外低缓："有没有伤到哪里？"

秦芷爱盯着顾余生定定地瞧了片刻，才摇了摇头，小声地说了句："没。"

顾余生听见了，却还是不放心地拉了她的胳膊，将她浑身上下都看了一遍，确定没什么事后，才暗暗松了一口气。

刚刚他是真的被自己紧赶慢赶赶到这里时看到的那一幕吓到了。

直到现在，他都无法想象，若是自己晚来一会儿，那木棍真的敲打在她的脑袋上，会是怎样一个后果！

想到这里，他心底那种杀人的心思又冒了出来！

顾余生微垂了垂眼帘，将心底的不悦压了压，冲着秦芷爱又出声问道："她都让你受了些什么委屈？你还愿不愿意看到她？如果不愿意，我让他们换个演员好不好？"

正常情况下，他问的不该是发生了什么事吗？可顾余生一开口，关心的却是"梁豆蔻"受了什么委屈，甚至还要帮她换掉林忆。

在场的人都不是傻子，想必都看出来梁豆蔻对顾余生到底有多重要了。

今天这件事，恐怕不出一个小时就会传遍整个娱乐圈。到那时，估计不少为了卖给顾氏企业几分人情的人，会想尽办法来投资梁豆蔻的剧，或者请她接广告代言吧。

站在一旁的周婧想到这里，眼底冒出一丝光亮。

不管是出于要维护梁豆蔻的美好形象，还是出于秦芷爱的本心，现在的林忆已经够丢人了，并且今天的事怕是会在圈子里落下笑柄，没必要逼人上绝处，所以秦芷爱没有丝毫犹豫地晃了晃脑袋说："不用了。"

看她是认真的，顾余生也没再为难林忆，就转了话题，轻声细语地问："忙完了吗？"

"忙完了。"秦芷爱点了点头，然后想起自己看到顾余生时就生出的疑惑，又开口说，"你怎么会过来的？"

"是你给我打的电话啊。"顾余生牵着秦芷爱的手朝摄影棚的门口走去。

"啊？"秦芷爱蹙了蹙眉，回头看向跟在自己和顾余生身后拎着她的包的周婧，然后又抬起眼皮，望了一眼跌坐在不远处，抓着经纪人一脸愤恨委屈落泪的林忆，突然像是明白了什么一样，又轻轻"哦"了一声。

“怎么了？”顾余生侧头柔声问。

“没什么，可能是那会儿有点混乱，手滑了。”秦芷爱对着顾余生语调软软地回答，然后拉了拉身上的古装裙摆，接着说道，“我得去卸妆换衣服，你有事先走，还是……”

秦芷爱还没问完，顾余生就指了一下自己的车：“我在车里等你。”

秦芷爱浅浅地笑了笑，说：“好。”

回到化妆间，秦芷爱好一阵忙碌，很快就变成了梁豆蔻的日常模样。

周婧看她收拾妥当，率先起身朝着化妆间的门口走去。当她伸出手要拉门时，坐在化妆镜前一直都没动的秦芷爱忽地出了声：“周婧。”

周婧停止开门的举动，转头望向她，没出声。

“小助理在洗手间是真的打过电话，说过林忆说的那些话吧？”

秦芷爱盯着周婧的眼睛，看她将情绪掩饰得滴水不漏，便自顾自地接着开口说：“哦，不对，确切地说，应该是假装打过电话。”

这两年来，梁豆蔻红得很快，林忆也不差，甚至有一部剧的口碑远超同档期梁豆蔻主演的那部剧。

对梁豆蔻来说，林忆真的算是一大劲敌，稍有不慎，怕是娱乐圈一姐的位置便会被林忆给踩下去。

能混到这个位子的人，都不简单，林忆没道理在没有把握的情况下公然来找梁豆蔻对峙……当时她就觉得有哪里不对劲，直到她问顾余生为什么会过来后才反应过来，林忆怕是掉进了周婧设的陷阱里。

想到这里，秦芷爱的语气变得越发笃定：“顾余生的电话也是你打的吧？”

“今天下午的这一场戏，自始至终就是你一人导演的对不对？

“你这么做，目的是想借着顾余生给梁豆蔻未来的事业铺路，对吗？”

周婧似是没想到秦芷爱竟会看穿了自己的计谋，眼里明显划过一抹诧异，不过她毕竟在圈子里混了这么久，很快就恢复了一贯的从容冷静，冲着秦芷爱挑了挑眉，仍旧没说话。

尽管周婧掩饰得很快，秦芷爱还是捕捉到了她眼底一闪而过的那抹诧异，原本只有九成的猜测，此时变成了铁板钉钉的事实。

果然如她所猜测的那般，周婧把顾余生当成了一颗棋子，一颗既打压了林忆，又公布了梁豆蔻靠山的棋子。

秦芷爱的心底顿时泛起一股说不出来的怒火："周婧，你这样利用顾余生，会不会太过分了点？"

"过分？"周婧忽地就勾着唇冷笑起来，她将手从门把上收回来，踩着高跟鞋走到秦芷爱面前，然后凑到她的耳边压低声音说，"你是在用梁豆蔻的身份对我说这句话，还是在用秦芷爱的身份对我说这句话？"

"没错，电话是我打的，林忆也是我陷害的，那又怎样？小蔻和顾余生本就是夫妻，我让人知道顾余生是小蔻的靠山有什么不对吗？"

是啊……有什么不对吗？他们是夫妻啊……周婧一句话就将秦芷爱因为顾余生被莫名其妙地利用而浮现出的不悦，瞬间浇得烟消云散。

她只是一个局外人，一个拿钱演戏的替身，哪有发表意见的权利啊……秦芷爱轻抿了一下唇，没有出声。

周婧这才勾着唇笑开，嘴里说的话越发狠戾无情："秦小姐，你可别忘了我们之间的交易。也别忘了还有最后一笔钱我没给你，而最后的这一笔钱，可是占了你债款的百分之五十。"

"更别忘了当初是谁帮你摆平了高利贷，他们才答应你分期还债的。

"实话告诉你，我就是怕出茬子，才用每个月给你钱的方式牵制着你，你最好不要动什么歪心思。我既然能让高利贷不骚扰你的母亲和弟弟，也可以让高利贷现在就去骚扰你的母亲和弟弟。你要是不想让你的母亲和弟弟陷入曾经被人天天追着要债挨打的日子，就给我老实点！"

周婧一口气说了很长一段话，然后就站直了身子，仿佛什么事情都没发生过一般，对着秦芷爱温和地笑笑："顾余生还在外面等着你，赶紧出去吧，别让他等急了。"

说完，周婧就转身重新走向门口。在她拉开门的前一秒，她像是想到什么一样，转头对秦芷爱笑得越发灿烂："哦，对了，忘了告诉你了，你这两天找个时间准备一下，十二号的晚上，小蔻会和你换回来！"

话音一落，周婧就打开门，踩着高跟鞋出去了。

门没关，隔了大概半分钟，秦芷爱听见周婧恭恭敬敬地喊"顾总"的声音。

再然后，秦芷爱就听见有脚步声走来的声响。

那脚步声她很熟悉，是顾余生的。

秦芷爱急忙垂下头，深吸了两口气。

她还没将情绪调整好，顾余生就站在了门口："好了吗？"

"好了。"秦芷爱回了顾余生的话，垂着头，又狠吸了一口气，才抬起头，拎着包朝顾余生走去。

上车后，顾余生先给秦芷爱系好安全带，才发动了车子。他在打着方向盘掉头的时候，问了一声："回家吗？"

"嗯。"秦芷爱轻轻地点了点头。

顾余生没提出异议，熟练地驾着车，往别墅的方向开去。

开了没一会儿，顾余生的手机就响了起来。前方的车辆较多，车速时快时慢，顾余生只能盯着正前方的道路，伸出手胡乱地找手机。

他摸了好一会儿都没摸到，秦芷爱帮他找出手机递给他的时候，无意间扫了屏幕一眼，上面显示的是"秘书"。

顾余生接听的时候，指尖不小心碰到了扩音键，手机里传出秘书恭恭敬敬的声音："顾总，请问您什么时候回来？大家都还在等着您开会呢。"

等着他开会……秦芷爱侧头，望了一眼顾余生。

顾余生"嗯"了一声，这才反应过来，自己接到"梁豆蔻"的电话后因为太着急，忘记让大家散会了。

他一边将手机转换成耳听模式，一边对着话筒开口说："我这边有点其他的事，你通知他们散会吧。"

没了扩音，秦芷爱听不见秘书在那头说了什么，隔了一会儿，听顾余生又开口说："今天晚上吗？推了吧，嗯……约哪天？暂时不确定，回头我看一下吧……嗯……"

顾余生挂断电话后，秦芷爱时不时地偷偷打量他两眼，最后还是没忍住，开口问："刚刚，你赶过来的时候正在开会？"

顾余生有些意外她是怎么知道的，微蹙了蹙眉，过了一会儿，想着估计是她听了秘书的话猜出来的，便轻轻点了点头，目视正前方的车流，若有似无的"嗯"了一声。

原来他是开着开着会，突然接到她的电话，什么都没跟公司的人交代，就急匆匆赶了过来。

她看过自己手机的通话记录，周婧拨出去电话，到林忆事件的风波结束，也不过才二十分钟，所以顾余生撑死不过用了十二三分钟就赶到了拍定妆照的地方。

他一路上一定很着急吧？

可是……他又哪里知道，他的着急，他到达后的愤怒，他那样毫无底线的维护，换来的只是一场欺骗和目的。

秦芷爱本就不好的心情变得越发难受，甚至她都有些懊恼起来。

若是她早点知道周婧的阴谋就好了，这样，他就不会被人利用了……

秦芷爱用力抓着手中的包，在副驾驶座上垂着眼帘安静地坐了好一会儿，心情才平复下来。

她想，今天这件事，怕只是一个开端，以后周婧肯定会想尽办法从他身上为梁豆蔻赢得更大的利益和荣誉。

他是她喜欢了这么多年的男生啊，即使周婧那样威胁她，她还是做不到当什么都不知道的样子，任由他被人欺骗，被人利用。

而且从前对梁豆蔻不屑一顾的顾余生，是因为她的缘故现在才有了转变……想到这里，秦芷爱更加自责后悔。

她掀开眼皮，透过后视镜望着顾余生俊朗的侧脸，沉思了片刻，选了个比较恰当的措辞，开口说："其实，娱乐圈里经常会发生一些矛盾，你不用特别当回事……"

不过今天的情况，好像真的有点危急，林忆都动手了……

停了几秒钟，秦芷爱又接着说："今天这样的事，其实发生的概率很低很低，估计是林忆她心情不好，情绪失控了……"

"林忆？"秦芷爱说了那么多话，顾余生却只抓了"林忆"两个字，"那个当初抢你戏，想要踩着你上位的林忆？"

秦芷爱被他打断了话语，转头狐疑地望了他一眼："你怎么知道的？"

"你经纪人告诉我的啊……"顾余生控制着方向盘，流畅地拐了个弯，然后又说，"就是上上……"

那天，她说自己和经纪人在逛街，可最后他却遇见她的经纪人在为自己的父亲过生日。

那件事已经过去了，他没必要再提起而拆穿她的谎言。

顾余生硬生生地将即将脱口而出的"周末"，改成了："周几来着？忘记了……恰好碰到了她。"

她的经纪人是个女的，他跟别的女人聊天，她会不会多想啊……为了彰显自己的清白，顾余生又补了一句："随便聊了两句，就两句。"

顾余生解释完后，神情突然变得有些低冷："我本以为她不敢再招惹你了，没想到还敢……"

说着，顾余生就拿起手机开始找电话号码。

根本不知道发生了什么事情的秦芷爱听得有些莫名其妙："你在说谁？"

顾余生没回她的话，而是直接按了一下屏幕，然后将手机举到耳边。过了几秒钟，大概是电话被接通了，顾余生直截了当地开口："上次不是让你把林忆的戏份能砍到最少就砍到最少吗？现在我改变主意了，你直接换个演员吧……"

砍林忆的戏份？换个演员？

秦芷爱听得有些蒙，连着眨巴了好一会儿眼睛，才彻底弄明白这究竟是怎么一回事。

之前因为投资商的问题，林忆抢过梁豆蔻的戏份，不过后来事情解决了。但前几天，她隐约耳闻林忆的戏份被砍得都不如女四号了，本以为是谣言，没想到竟是顾余生做的？现在他居然还要换掉林忆……周婧已经利用他把林忆打压得够惨了，若是真的换掉林忆，岂不是更如了周婧的意？

秦芷爱都还没想到对策，手就伸出去，一把抢过顾余生的手机，想都没想就将电话挂断了。

没了顾余生的讲话声，车内重归安静，秦芷爱这才反应过来自己刚刚竟然胆大地挂了顾余生的电话。她吞咽了一口唾沫，偷瞄了顾余生一眼，看他没什么动怒的迹象，才小声地开口说："你不要换掉林忆了……"

顿了顿，秦芷爱又找了个合理的借口："我想在戏里靠着演技打败她，你要是把她换掉了，那我现在的想法岂不就泡汤了？"

秦芷爱的话音刚落，顾余生的手机就"叮咚"响了一声。她本能地低头一看，是陆半城发来的短信：确定要换掉林忆？

秦芷爱的脑袋立刻摇得跟拨浪鼓一样。

那可爱的模样看得顾余生十分受用，他勾了一下嘴角，从她的掌心里抽走手机，当着她的面，指尖飞快地在屏幕上敲打了两下，发了过去：不用。

看到这两个字，秦芷爱暗暗松了一口气，歪着头，冲顾余生眉眼弯弯地笑开了。

她的眼睛正迎着夕阳，眼里晶晶亮亮的。

正开着车的顾余生的心蓦地漏跳了一拍，望着秦芷爱笑靥如花的面庞，微微恍惚起来。

不知怎么回事，他竟在这一刻觉得她的笑和她的眼睛很熟悉。

这种熟悉感不是来源于现在，而是那种深埋在记忆里的感觉。

就好像，好像是……很久很久以前，他见过这样的笑容，也见过这样的眼睛……

好在他手中的手机又来了短信，震动及时唤醒了他的走神。

他这才连忙转头看了一眼前方的路，然后才瞄向手机屏幕，是陆半城回的短信：不用，那你给我打什么电话？

顾余生本想直接放下手机，不理陆半城的，犹豫了一下，还是在屏幕上敲打了起来：开车太无聊，随便开个玩笑罢了。

信息发出后，顾余生又想到了秦芷爱那盈盈一笑和明亮带笑的大眼睛，心底一软，情不自禁又打了几个字：博小麻烦一笑。

远在英国帮顾余生千里迢迢跑来赶制婚戒的陆半城，在看到连续收到的两条短信后，突然冒起了一股砸手机的冲动！

什么叫开车太无聊？随便开个玩笑？博小麻烦一笑？

虐狗吗？在国内的时候没虐够？他都跑到国外了，还不肯放过他？

这感觉，酸爽得简直了！

顾余生的手机始终都对着秦芷爱的脸。

秦芷爱在看到“开车太无聊，随便开个玩笑”这句话时，微微汗颜了一下，忍不住在心底吐槽了顾余生两句。

这人真是的……找的是什么烂借……“口”字都还没闪过她的心头，“博小麻烦一笑”这六个字就跳入了她的眼里。

秦芷爱仿佛被点了穴道一般，整个人突然定格成一幅画，就连呼吸都跟着停止了下来。

过了好一阵子，她才慢慢地清醒过来，然后察觉到自己的心一下一下跳得格外快，仿佛随时都会从嗓子眼里蹦出来一般。

她飞快地转头看向车窗外，小口小口地吸了好几口气，才勉强让自己的心不再那么慌乱。

博小麻烦一笑……很简单的六个字啊，可是却好温暖……

秦芷爱悸动的指尖都轻轻颤抖了起来，她怕自己会失态，连忙又开了口，重新提起被顾余生抓住“林忆”两个字而打断的话题：“在娱乐圈里，我有周婧，出了什么事，她会第一时间为我摆平的，你不用特别担心。”

他被周婧利用的事，她无法说出口，以至于她想劝他以后别再那么傻乎乎地听到梁豆蔻有问题就冲上去维护，却不知该如何开口。最后她想来想去，就又说了一句：“不过以后再发生这样的事情，你应该先问问我到底是怎么一回事？万一是我的错，做了什么杀人放火的大事，你准备怎么办呢？”

“怎么办？”

她刚刚那样的一笑，真的笑得他很舒心。

那大概是他这么长时间以来，第一次看她对他笑得那么灵动。

以至于他听完她的这些话，再开口的时候，脸上还噙着一抹若有似无的浅笑，衬得他整个人温润雅致：“还能怎么办？大不了帮你毁尸灭迹呗。”

他说话的语气很是轻描淡写，像是在说玩笑话，却又隐约藏着几分认真。

秦芷爱摸不准他话里的意思，索性就当成玩笑话，可心还是被他撩得乱跳了两下，然后就笑眯眯地顺着他的话，也开了个玩笑：“那你可就是帮凶了。”

“帮凶？”顾余生似乎很不满意这两个字一般，轻蹙了一下眉，然后一手打着方向盘，一手撑在窗户上，盯着正前方沉思了片刻，才转头看向她，开口还是那种不咸不淡的语气，“哪里是帮凶？我这明显是娶妻随妻，妇唱夫随。”

娶妻随妻，妇唱夫随……这明明是夫妻才会用的词啊……秦芷爱的心又一次不争气地被顾余生漫不经心的话撩得跳动速度有些承受不住。

她刚刚就是觉得“博小麻烦一笑”太过暧昧，才急急忙忙转移话题的，可谁知转移到最后，他嘴里的话却说得更暧昧了。

秦芷爱这下是真不知该说点什么来接顾余生的话，或是转移话题了。

车内安静了片刻，开着车的顾余生突然像是想到什么一样，猛地打了一下方向盘，将车子停靠在路边。

还沉浸在“娶妻随妻、夫唱妇随”里的秦芷爱猛地回了神，先是往窗外看了一眼，发现还没到别墅，就疑惑地转头看向顾余生。

顾余生恰好也转头看向她。

他的模样看起来有些惬意，带着一缕她熟悉而他独有的痞气。

不知道是不是刚刚他的话说得太暧昧的缘故，秦芷爱竟觉得他看着自己的眼神也变得暧昧起来，心里顿时就泛起一股没来由的紧张。

也不知道他静静地看了她多久，就在秦芷爱觉得再被他看下去她的脸都要红了的时候，他忽地开了口：“我是我，你的经纪人是你的经纪人。”

我是我，你的经纪人是你的经纪人？这是什么意思？

秦芷爱被顾余生半晌抛出的一句话说得一头雾水，过了好一阵子才反应过来，他这是在回她刚刚说的那句“在娱乐圈里，我有周婧，出了什么事，她会第一时间为我摆平的，你不用特别担心”。

所以，这句话的潜台词是——以后她若是在娱乐圈再发生像今天这样的事情，他还是会插手去管？

他这是在间接告诉她，以后不管发生什么事，他都会维护她到底的意思吗？

秦芷爱微张了张嘴，望着顾余生的表情变得有些凝滞。

顾余生看得出来她明白了自己话里的含义，这才重新开车上了路。

两人接下来没了交谈，车里很安静，秦芷爱时不时地看一眼开车的顾余生。

她虽不知顾余生现在到底是怎么看待自己的，朋友？还是有一点点心动，又或者是比心动多一点的有一点喜欢？

可是她知道，他对自己是真的越来越好了。

这是她曾经做梦都不敢奢望的事情啊，只可惜，很快，她就要失去这一切了。

她开始只知道梁豆蔻十号回来，却不知具体什么时候自己要和她换回来。而刚刚周婧告诉了她具体的日子，十二号……没多少时间了……未到离别之时，只是想到离别，秦芷爱发现自己心里已泛起一股隐隐的不舍和疼痛。

她原本因为顾余生刚刚的话而悸动不已的心情，一时之间变得无比悲伤。

秦芷爱望着车窗外越来越接近顾余生别墅的熟悉的街景，突然生出一股冲动。

她想和他去把年少时一直都渴望，却始终未能实现的梦想完成了。

或许这将是她这一生和他相处的最后一段时光，平日里的他忙得不可开交，今晚的他恰好没事。若是错过了今晚，兴许以后都不会再有这般好的机会了。

她越想，心里那股冲动就越强烈，在顾余生的车子即将拐进小区门口时，秦芷爱情不自禁地开口出声："等一下！"

顾余生猛地踩了刹车，转头看向秦芷爱。

秦芷爱意识到自己刚刚的反应太强烈，稍稍收敛了一下情绪，才开口问："你今晚是不是没什么事了？"

"对。"顾余生轻轻点了点头，看着她的眼神仍有些疑惑。

有些话，这些年来，在梦里，在发呆时，在想起他时回想过无数遍，可此时开口说这句话，秦芷爱发现自己还是有些紧张。她用力抓了抓手中的包，看着顾余生的眼睛，和当年他没问她地址就把她送到她家楼下，她鼓起勇气邀请他看电影一样，显得有些飘忽，就连语调都带着一丝颤抖："我们去看电影吧。"

第 十 章

等不到来日方长

“现在？”大概是秦芷爱的提议太突然，顾余生显得有些诧异。

“嗯，对！”秦芷爱重重地点了点头，带着从未有过的坚决，“就是现在。”

她不要等了，也不要去约明天、后天，再是什么下周三了。

他永远也不会知道，当初年少的她，在等待和他约好看电影的日子到来之前有多紧张，多期待，多忐忑。

他更永远也不会知道，他连续两次爽约让她有多失望，多难过，多崩溃！

所以她不要再和他约时间了，就现在，可以抓住，也不会出现意外的现在！

“现在是吃晚饭的……”

其实顾余生是想说吃完晚饭再去看的，只是他的话还没说完，秦芷爱就迫不及待地开了口：“我们先看电影，看完再去吃饭，好不好？”

说到最后三个字的时候，她的尾音都带了一抹颤抖，像是在着急，又像是在恳求。

顾余生还没开口，手已经转动方向盘，掉头开往电影院：“好。”

秦芷爱像是此生无憾一般，心满意足地勾起嘴角笑开，然后就忙低下头拿手机去看最近上档的电影。

看什么电影根本不重要，重要的是和顾余生一起看。秦芷爱大致扫了一眼电影的播放时间，然后随手选了一部相对时间最早的片子，在等红绿灯的时候，举着手机递到顾余生的面前问：“这部可以吗？”

因为顾余生纯粹是陪着秦芷爱看，对看什么电影也没什么要求，所以他只是象征性地扫了一眼秦芷爱的手机屏幕，就点头说：“好。”

顾余生的车子前一秒开入电影院的地下停车场，下一秒一辆红色的车子就稳稳地停在了电影院门口。

坐在驾驶座上的周婧降下车窗，往电影院的方向看了一会儿，才从一旁拿起连接着移动电源的手机，看了一眼电量，显示百分之七十三，这才拔掉了数据线，给家里的座机重新拨了个电话过去。

梁豆蔻估计一直都守着座机在等她的电话，几乎是在接通的“嘟嘟”声响起的那一秒，电话就被接通：“周婧，你和那个小替身约好了我和她换回来的具体时间没有？”

“约好了，十二号。”

“十二号？今天才八号，为什么要等这么多天？既然要等，你又为什么那么急把我从国外喊回来？搞不好到那天，顾余生就要向她求婚了……”

“不会的，他的婚求不会成功的！”周婧忽地出声打断了梁豆蔻的话，然后她往车靠背上靠了靠，眼里闪过一抹凌厉，嘴里又重复了一遍刚刚说过的话，“我不会给顾余生开口求婚的机会的。”

电话那头的梁豆蔻迟疑了一会儿，语气带着几分不解地问：“你这话是什么意思？”

周婧压根儿没有解释给梁豆蔻听的意思，直接转了话题：“小蔻，今天下午在拍定妆照时发生的事情，你都听见了吧？”

梁豆蔻这次仍是沉默了好一会儿才开口，语调不再是刚刚的疑惑，而是低落：“听见了，顾余生比我想象中的要在乎她。”

“是，也比我想象中的要在乎她。”周婧说完又改口，“不，确切地说，出乎我想象的更在乎她。”

周婧特意咬重了“出乎”和“更”这两个词，说完这句话后，她像是在心底组织语言一般停了一会儿，才接着说：“小蔻，当初我之所以会让那个穷丫头代替你住进顾余生的家里，是因为顾余生和你的关系并不亲近，他不会察觉到梁豆蔻换了人。可是现在呢？顾余生和那个穷丫头走得很近，你敢保证你现在换回去后，顾余生不会发现问题吗？”

“我……”梁豆蔻只说出一个字就没了把握，然后沉默下来。

“你知道一旦被顾余生发现了问题，那代表着什么吗？那代表着你找替身的事情就曝光了！顾余生会知道自己爱上的人不是真真正正的梁豆蔻，而只是替身！到那个时候，你觉得顾余生会怎么做呢？”

周婧这次都没给梁豆蔻开口说话的时间，就直接跟她摊了牌。

“顾余生会跟你离婚，会把你赶离他的身边，会去把那个穷丫头找回来，娶她为妻！”

梁豆蔻被周婧笃定的声调吓得开口的语气都有些惊慌：“怎么会呢？我还有顾爷……”

“顾爷爷？”周婧回了梁豆蔻一个“你真天真”的轻笑，才接着说，“真的到了那一刻，我可以坦白地告诉你，小蔻，就算是你有顾老爷子，也阻挡不了顾余生和你离婚！”

“怎么可能？”唯一的靠山都被周婧否决了，梁豆蔻显得有些生气，“顾余生一直都很尊敬顾爷爷的，我每次有什么事情去找顾爷爷，之后顾余生总是会妥协的！顾爷爷和我爷爷关系那么好，他不可能同意顾余生和我离婚，然后对不起我爷爷的！”

“顾老爷子和你爷爷关系再好，能好过顾余生和顾老爷子吗？顾余生的妥协，不是妥协给你，也不是妥协给顾老爷子，而是因为他没有在意和喜欢的人，他无所谓！只要你能不去骚扰他，只要顾老爷子能开心，他觉得这事就这样可以了。可现在不一样，他有了喜欢的人，他若是一心一意想娶，谁又能拦得住？退一万步说，就算是顾老爷子为了和你爷爷的感情阻拦顾余生，但他真的能阻拦得住吗？他现在都年纪一大把了，随时有可能会去世！并且顾余生如果一辈子都不碰你的话，你就一辈子都不可能有孩子，但他可以让那个穷丫头给他生孩子啊！顾老爷子为了重孙子迟早会妥协的！”

周婧言辞锋利地说了这么长的一段话后，深吸一口气，微微缓了缓情绪，继续开口说：“我今天下午之所以策划这么一大出戏，一是利用顾余生帮你打压林忆，公开他是你的靠山以外，二就是为了让你看清楚现实！所以醒醒吧小蔻，别真的把顾余生当傻子！他比我们任何人都敏锐，都不好对付！”

梁豆蔻在电话那头安静了好一阵子，才出声：“那我现在应该怎么办？”

“那个穷丫头现在被我们拿捏着软肋，在顾余生没有向她坦露心迹之前，她或许不敢轻举妄动。但若是袒露了，顾余生可比我们要有钱多了，她哪里还会顾忌我们？所以若是你还想当顾太太，想留在顾余生身边的话，倒是真的有一个办法。”说着，周婧便将自己的计划一一说给了梁豆蔻听。

梁豆蔻听完后，立刻爹了毛，想都没想就否决了：“这怎么可以！我这么做，不等于让顾余生更讨厌我吗？”

“是，顾余生是会更讨厌你！但他没了自己喜欢的人，就会变成从前的那个顾余生，然后你和他最起码还可以维持从前的生活状态！你虽然失去了顾余生的心，但你可以稳住顾太太的位子啊！否则你不但得不到他的心，就连顾太太的位子都保不住！所以，你自己选择吧！”

梁豆蔻似是陷入了某种不知该如何抉择的挣扎中，迟迟都没有开口说话。

周婧倒也不着急，慢吞吞地抠着镶了钻的指甲，等着梁豆蔻自己想清楚。

大概过了十分钟的样子，周婧看梁豆蔻还没做出决定，想了想，就又开了口：“这样吧，你把自己武装严实点出来一趟，来嘉茂影城，顾余生和那个穷丫头现在在看电影，大概两个小时后应该会出来。或许你亲眼看一下他们在一起相处的画面，你会更有危机感，然后就会同意我的建议。”

梁豆蔻这次倒是答得很爽快：“好，我知道了。”

挂断电话，周婧将手机扔在一旁的副驾驶座上，抬起手，揉了揉这几天因为想太多事情而泛疼的脑袋。

她想，小蔻应该会同意自己的提议吧？自己这个做法会不会太决绝了点？都没给小蔻的感情留一条生路。

可已经没有更好的选择了不是吗？

小蔻抱着一丝希望，想着顾余生现在喜欢上了那个穷丫头，而她回去以后就可以和顾余生相亲相爱了……可她又何曾想过，万一被顾余生识破了可怎么办？

所以，没有更好的选择了，只有让她和顾余生的关系回到从前那样老死不相往来，顾余生才不会过多地去关注梁豆蔻，发现梁豆蔻曾经被换过人。

或许还有更好的选择，设计秦芷爱出现意外，让梁豆蔻失忆，然后性情大变，可这种做法太冒险了。顾余生爱“梁豆蔻”，若是去追查是谁陷害了“梁豆蔻”，怕是会露出破绽，所以她不愿去冒这个险。因为对她来说，梁豆蔻的顾太太的这个位子，对比梁豆蔻的爱情来说，可重要太多了。

她之所以力捧梁豆蔻，是因为梁豆蔻背后有顾余生，可以带给自己更多的利益。若是没了利益……她会立刻放弃梁豆蔻，转身去选择其他更有价值和意义的人捧！

周婧“呵呵”地冷笑了一会儿，没办法，这个社会就是这么冷血，这么现实！人不为己，天诛地灭！

秦芷爱随便选的电影是一部青春剧，她在选的时候都没注意演员是谁。等到坐进电影院，电影开播后，秦芷爱才发现，梁豆蔻也出演了这部电影。

里面讲述了三对年轻人的爱情故事，所以有三个男主角和三个女主角，而梁豆蔻扮演的就其中的一个女主角。

不是她扮演梁豆蔻时拍的，而是梁豆蔻没检查出身患肿瘤之前拍摄的。

电影播放的前二十分钟，顾余生虽然盯着大荧幕，却没怎么留意电影演了些什么，因为他脑海里想的是，他竟然为小麻烦又破了一次例。

因为没有人知道，他有一个禁忌，那就是从不进电影院看电影。

他不太记得是因为什么事有了这样的禁忌，但这么多年以来，他从未踏进过电影院一步。

小麻烦对他的威力，真的比他想象中要大很多啊……

正当顾余生沉思着这件事时，坐在他身边的秦芷爱捧着爆米花，突然“咯咯”地笑出声。

他转头盯着她的笑脸入神了片刻，就好奇地转头看向大荧屏，里面恰好在播放梁豆蔻的特写镜头。顾余生情不自禁就认真地盯着看起来，看着看着，他就蹙起了眉。

他怎么觉得……电影里的梁豆蔻有点不对劲呢？

顾余生盯着大荧屏的眼神变得有些探究，只是在他都还没想明白到底是哪里不对劲的时候，电影里的画面忽地变成了其他演员。

停留了几秒钟后，顾余生转头看向了身边的秦芷爱。

女孩怕坐在电影院里被人认出来，特地戴了一顶鸭舌帽，遮掩住半张脸，只露出线条柔软的下颚和小巧微翘的下巴。

她所有的注意力似全被电影吸引了，目不转睛地正视着大荧屏，里面恰好说了两句搞笑的台词，全场哄然大笑，她也跟着笑，却没笑出声，只是嘴角微微上扬了一些，笑得含蓄甜美。

电影院里的笑声还没停歇，顾余生就在电影里听见了梁豆蔻的声音。他闻声转头，又打量起电影里的她来。

巧得很，电影里的梁豆蔻也戴了一顶鸭舌帽，正勾唇笑开。

同样的小脸，同样的嘴鼻，同样翘翘的小下巴，就连刚刚她被电影里的台词逗乐时的笑，几乎都如出一辙。

可顾余生却觉得自己像是在看两个人，电影里的那个她，给他一种说不出来的陌生感。

顾余生的视线在秦芷爱和电影里的梁豆蔻身上来来回回绕了好一会儿，最后终究没按捺住，歪头凑到秦芷爱的耳边，低声说：“我怎么觉得电影里的你怪怪的？”

说句真心话，就算是秦芷爱本人，现在坐在这里看电影里的梁豆蔻，都有一点分不清哪个是她，哪个是梁豆蔻。

可顾余生居然说怪……这是代表他发现了什么端倪吗？

秦芷爱的心猛地一颤，正捏起一颗爆米花准备往嘴里塞的手狠狠地一抖，指间的爆米花掉落回了她捧着的盒子里。

顾余生或许只是问一问，她不能自乱阵脚……秦芷爱一边在心里暗示自己镇定再镇定，一边假装没有听到顾余生说话，盯着电影抬起手捂着嘴笑了笑，又重新抓起一颗爆米花塞进嘴里，这才摆出一个后知后觉地反应过来顾余生在跟自己讲话的样子，转头冲着他茫然地“嗯”了一声。

她的反应太过自然流畅，以至于顾余生根本就没注意到她那一秒的凝滞和紧张，他看她没听清，就往她耳边凑得更近了一些，还稍稍提高了一些音量，开口把刚刚的话重复了一遍：“我说，我怎么觉得电影里的你怪怪的？”

因为有了心理准备，秦芷爱这次的反应要平稳多了，她歪着头，看了看电影屏幕里恰好出现的自己，然后才冲着顾余生露出一副不解的神情，问：“有吗？我怎么没看出来呢？”

秦芷爱为了让自己表现得逼真，又补问了一句：“哪里怪怪的？”

“说不上来。”顾余生冲着秦芷爱缓缓地摇了摇头，然后就转过头去继续看电影。过了大概一分钟的样子，电影里出现了梁豆蔻。顾余生若有所思地看了一会儿，突然像是察觉到了哪里不对一般，转头又凑到秦芷爱的耳边，“眼睛有点怪。”

她和梁豆蔻最不像的就是眼睛……梁豆蔻的眼睛动过手术，眼角很开，双眼皮很宽……她每次为了达到和梁豆蔻眼睛一模一样的逼真效果，至少要贴两层双眼皮贴。

伴随着她仿梁豆蔻的眼妆越来越娴熟，妆后她的眼睛和梁豆蔻的眼睛也越来越像，到现在几乎都到了分辨不出的地步。

顾余生居然只是凭借着电影就洞察到了异样？

秦芷爱心里顿时七上八下、忐忑不安成一片，她努力稳着脸上的神情，不让自己露出丝毫慌张的迹象。她知道现在的自己不适合开口说话，所以就装出听到顾余生的话后，认真地观察电影里“自己”的模样，等到情绪彻底稳定下来，才转头对顾余生说：“可能是化妆师的缘故吧。”

顿了顿，秦芷爱又开口说：“不过也有可能是灯光师或是美瞳的缘故，而且还有后期制作，一旦处理后，的确是会导致有点失真……”

顾余生没接话，眼睛看了看秦芷爱，又看了看电影里出现的梁豆蔻。

明明是同样的一个人，可为什么带给他的感觉却是截然不同的？

顾余生用手撑着太阳穴，皱着眉想了片刻，却又找不出一个答案，索性就放弃了。

毕竟只是一部电影，或许真的像她说的那样，是各方面的原因导致的……顾余生这才对秦芷爱“嗯”了一声，就像是闲聊一般，语气很随性地附和了一下秦芷爱的解释：“估计是。”

说完，顾余生就摆正了斜着靠近秦芷爱的身体，盯着电影看了一会儿，似乎是觉得这样的青春剧有些无聊，就掏出手机低下头按了起来。

坐在旁边的秦芷爱看似一直都在盯着电影投入地看，实则一直都在留意着顾余生的神情变化。

等到顾余生盯着手机懒懒散散地敲打起屏幕来，似是刚刚的事真的过去了，秦芷爱才暗暗松了一口气，整个人像是虚脱了一般，往电影院的座椅上瘫软地靠了靠，然后闭着眼睛偷偷地吸了好几口气，这才摊开手低头去看。在电影屏幕发出微弱的五彩光线下，隐约看到一层泛着光的水珠。

那是汗，是他刚刚突然问她那些话时，她因为紧张和害怕出的汗。

秦芷爱盯着湿漉漉的手心看了一小会儿，悄悄在衣服上蹭干了手，才重新抬起头看向了大屏幕。

电影的剧情依旧有些搞笑，周围有阵阵哄笑声响起，可秦芷爱却怎么也笑不出来了，甚至她的心底还泛起了一股沉重的悲哀。

知道吗？

当她听他说自己和电影里的梁豆蔻不一样时，她除了紧张和忐忑外，心底还泛起了一抹小小的欣喜和激动。

她扮演了那么久的梁豆蔻都没被人识破，居然被他看出了异样……可欣喜和激动的背后，是更深沉的无奈和悲哀。

因为她要亲口打消掉他心底的疑虑，阻碍他知道真相。

从电影院出来才不过晚上八点半。

两个人还没吃晚餐，上车后，顾余生刚把车开出电影院的地下停车场，就问了秦芷爱一句："想吃点什么？"

秦芷爱几乎没过大脑就回答："什么都可以。"

顾余生一边开着车往前走，一边在大脑里把他去过的味道还不错的餐厅过滤了一遍，最后不知怎么的就想到了陈记。

当初在他还没意识到自己喜欢上她时，那天在A中门口，他偶遇了她，就神使鬼差地开口约她去陈记吃饭。

只是途中遇到了歹徒和秦阳，他心情不好，就临时变卦爽约了。

那时他没做好的事情，现在是不是可以继续补充完整，就当是为他们俩即将开始的新生活准备一个起点？

见顾余生迟迟没说话，秦芷爱以为他是想到去哪里吃饭了，她望着车窗外不断倒退的夜景，不知怎么的就想到了陈记。

那是她认识他这八年里，的唯一一次开口请她吃饭。

只可惜后来遇到了歹徒和秦阳，都快到陈记楼下了，他却把她丢下走人了。

她现在可不可以再多奢望一下，圆满了看了电影后，再圆满那件曾让她心动，却没有完成的事情，就当是为她和他即将离别的结局画上一个美好的句号？

想到这里，秦芷爱将视线从车窗跳转到顾余生的身上，她刚想开口喊他的名字，结果直视正前方的顾余生忽地就转过头来，毫无征兆地出声问："去陈记？"

他竟然和她想的一样……秦芷爱的心湖激起一片涟漪，胸膛里的小激动让她开口的声音都染了一丝遮掩不住的雀跃："好啊。"

吃完饭，已是十一点钟。

陈记门前那条平常人来人往、格外拥堵的步行街，此时只剩三三两两的人走过。

估计是难得和她这般惬意地看了一场电影，又吃了一顿晚饭的缘故，顾余生的心情格外好。尽管此时的步行街上已经有店铺在陆陆续续打烊，顾余生站在陈记门口，左右望了望，还是跟秦芷爱提议了一句：“要不要走走？”

在上学的时候，学校的情侣之间很流行的三件事，就是看电影、吃饭，还有去操场上走一走。

那时每当她从许温暖口中听到她说自己和吴昊一起去看了什么电影，一起去哪里吃了饭，一起去哪个广场手牵手走一走时，秦芷爱总会趴在课桌上幻想着什么时候自己也可以和顾余生看场电影，吃顿饭，然后再去散个步呢？

今晚的她本只是奢望看一场电影的，没想到还吃了饭，现在竟然还能走一走……秦芷爱真的很开心，可开心的背后却让她有种莫名的伤感，以至于她眉眼弯弯地冲顾余生点着头，准备开口说话时，眼底突然就涌起一股酸涩。她急忙撇开了头，红着眼睛说了一句语带笑意的话：“好啊。”

顾余生没说话，率先迈步下了陈记门口的台阶。

秦芷爱紧随其后，她今天出门的时候选了一双细高跟鞋，步行街有处地方道路不平，她走过的时候，身子歪歪斜斜的，顾余生顺势扶了她一把。在过了那段路后，他却没松开她的胳膊，反而一路下滑，落到她的手腕处。停顿了片刻后，他握住了她的手。

秦芷爱的手指尖微微僵了僵，却没躲闪，任由他握着。在走了大概两百米的时候，她鼓起勇气，回握住他的手。

他感觉到了她细微的动作，没看她，握着她的手却缓缓加重了一些力道。

步行街的最中央有一家卖奶茶的小店，远近闻名，此时还没打烊，都已经十一点半了，店外还排了很长的队伍。

顾余生在经过队伍的时候，看到有好几对男女陆陆续续从奶茶店出来，那些女孩的手中都捧着一杯奶茶，咬着吸管，一边喝，一边盈盈地冲着旁边的男生笑。

那些女孩脸上洋溢着的满足感，让顾余生的脚步也情不自禁放缓了。

他没谈过恋爱，这是第一次。他不知道谈恋爱的时候应该做些什么，可若是别的男人能做到的，他就也能做到，而且还要做得更好。

顾余生怕秦芷爱跟自己一起挤进人群里会被认出来，就拉着秦芷爱走到路边的一棵大树下，然后才对她说："你在这里等我一会儿。"

秦芷爱都还没弄明白顾余生的意思，就见顾余生已经走到了奶茶店门口排的队伍的末端。

原来他是要给她买奶茶啊……秦芷爱安静地靠着大树，盯着顾余生高其他人一个头的后脑勺不断地往奶茶店门口靠近，心一瞬间就被某种叫感动和温暖的情绪堆积满满的。

顾余生很快就端着一杯奶茶走到秦芷爱的面前。

他递给她时，她浅浅笑着说了声"谢谢"，然后就双手接过来，捧在胸前，低头咬着吸管喝了一口。

只是刚入口，她突然就弯腰吐了出来。

顾余生皱起眉头问："怎么了？"

秦芷爱尴尬地擦了一下嘴角，先看了一眼顾余生，才抱歉地小声开口说："我吃不了芒果。"

她对芒果过敏，只要吃下去一点，就会全身起满小红点。

"吃不了？"顾余生的眉头皱得更厉害，"你不是最喜欢吃芒果的吗？"

"啊？"这下轮到秦芷爱诧异了。

顾余生盯着秦芷爱，像是有些不好意思。过了一会儿，他才语速飞快地把话说清楚："你资料上显示的。"

说完，他立刻撇开头，看向不远处的一盏路灯。

秦芷爱看了顾余生的侧脸几秒钟，才反应过来他口里说的资料是梁豆蔻流传在网上的个人资料。

她不确定梁豆蔻是不是真的喜欢吃芒果，可现在她却要为自己不能吃芒果找个合理的解释。

“网上的一些资料，大多数都是假的……”

秦芷爱的话还没说完，顾余生忽地转回头，问了一句：“原味的可以吗？”

“啊？”顾余生问得太突然，秦芷爱愣了一下才明白他的意思。见她没回他，他似是觉得自己刚刚问得不清楚，又开口问：“你喜欢什么口味的？”

秦芷爱看了一眼仍然还有很多人在排队的奶茶店，摇了摇头，刚说出“算了”两个字，顾余生又再一次开了口：“要不，我每样都买一杯给你选？”

说完，顾余生突然觉得这个提议还挺不错的，转身就朝奶茶店门前的队伍末端走去。

秦芷爱真怕他每样奶茶都会买一杯，急忙追上去拉了他的衣襟，小声说：“红豆。”

在顾余生排队买奶茶的时候，有个三岁左右的小女孩举着风车从秦芷爱面前跑过。因为没注意脚下，一不小心摔趴在了地上，然后“哇”的一声哭起来。

小女孩的家长还在很远处的后面，一时半会儿没赶过来，秦芷爱没有丝毫犹豫，弯腰将小女孩扶起来，然后蹲在她的面前，将她身上的泥土拍干净。

小女孩大概是真的摔疼了，秦芷爱哄了好几声都没用。她想到自己包里好像放了一支棒棒糖，急忙摸出来，撕开外包装，递给了小女孩。

小女孩看到糖，立刻止住了哭，过了片刻，才伸出肉嘟嘟的小手接过去，放在嘴里舔了一下。然后她就挂着一滴泪，冲着秦芷爱天真烂漫地“咯咯”笑了起来。

秦芷爱看小女孩笑，也跟着眉眼温和地笑笑，然后从包里拿出纸巾，将小女孩脸上的泪痕擦干净，又把她乱糟糟的头发整理了一下，这才起身将小女孩往路边拉了拉。

小女孩的妈妈很快就赶了过来，小女孩奶声奶气地叫了声“妈妈”，立刻扑了过去。

小女孩的妈妈抱起小女孩后，冲着秦芷爱道起了谢。

秦芷爱怕被人认出，低着头客气地回了句“没关系”，等到小女孩的妈妈哄着小女孩走远后，才抬头去寻找顾余生。

男子手里端着一杯奶茶，正站在距离她不远处的一盏路灯下。不知道他在想些什么，或许是昏黄的灯光从他的头顶照射下来的缘故，他的眉眼看起来有些温情，嘴角还噙着一抹若有似无的笑。

秦芷爱很少见顾余生这副模样，一下子就愣在原地。直到顾余生端着奶茶走到她面前，她才回神说了句“谢谢”。接过奶茶后，她先喝了一口，然后才跟着顾余生继续沿着刚刚的方向往前走。

此时已过了午夜十二点，步行街上的人陆陆续续散了，就他们俩还在不紧不慢地走着。

直到秦芷爱把奶茶喝完，顾余生帮她把杯子扔入就近的垃圾桶时，他又碰到了刚刚那个摔倒在秦芷爱面前的小女孩。

小女孩手里捏着秦芷爱刚刚给她的那支棒棒糖，趴在她妈妈的肩膀上已经睡着了。

顾余生脑海里顿时又闪过自己买完奶茶，转身就看到秦芷爱蹲在小女孩面前的那一幕。

画面美好得让他沉醉。

“顾余生？”一旁的秦芷爱看顾余生定在垃圾桶旁半天都没反应，忍不住出声喊了他的名字。

顾余生回神，牵着秦芷爱的手继续往前走。只是走了还没多远，他突然语气清淡地开了口：“小麻烦，我们生个孩子吧。”

此时步行街上几乎没了行人，除了偶尔徐徐吹过的风外，安静得一塌糊涂。

顾余生突然开口的声音像是一曲舒缓的歌谣，一字不漏、清晰干净地传入秦芷爱的耳中。她随着他一同往前走的步伐也蓦地停了下来。

顾余生看她停下，也跟着停下，转身注视着她。

有风吹过，她的长发飘拂过他的胸前，有几根扫到了他的脖子，痒痒的，酥酥的。

整个世界在这一刻似是静止了一般，极度安静了好一阵子。秦芷爱原本直视正前方的视线缓缓转到了顾余生的胸前，然后一点一点往上移，最后眉眼间带着震撼和不可思议对上了顾余生漂亮的眼睛。她明明已经听得很清楚了，一开口却还是不确定地又问了一遍，声音中带着一丝她根本就控制不住的颤抖："你是说……我们？生个孩子？"

"嗯。"顾余生轻点了一下头，没有片刻迟疑地给了秦芷爱一个肯定的答案。

秦芷爱似是还没从他给的震撼中清醒过来，听见他清淡地"嗯"了一声，整个人又一次僵住了。

顾余生站在秦芷爱的旁边，静静地看着她没再出声。

其实……他没想这么快的。陆半城是昨晚十一点的飞机，今天中午应该就到了，他本来想等今晚送求婚戒指给她，先表白，再说生个孩子的。

可当他看到她蹲在小女孩面前，宠溺疼惜地又是给小女孩吃糖，又是给小女孩擦脸时，他的眼前竟然奇迹般地勾勒出一幅画面：她和他们的孩子在别墅的草坪上嬉戏玩耍。

他的心一瞬间就被某种渴望给填满了。

天知道他费了多大力气，才将那股冲动给压制下去，没当场跟她说"我们生个孩子吧"……

就在刚刚，他又遇见了那个小女孩……那股冲动强烈得让他根本来不及思考，就脱口而出了。

他向来不是那种沉不住气的人，可一碰到她却总是沉不住气，甚至险些坏了自己精心准备的好事。

不过还好，他没完全暴露心事，有些话，他还是要等到晚上求婚时再说的。

想到这里，顾余生微眨了眨眼，重新将眼底的焦点对准了秦芷爱。女孩似是真的被他那句没来由的话给说蒙了，望着他的小眼神呆呆的，可爱又撩他的心。

顾余生情不自禁地抬手揉了揉她的脑袋，然后开口说："前两天爷爷来过公司，跟我提起要孩子的事。"

随着顾余生的话，秦芷爱从愣怔中回过神来。

原来是因为爷爷，他才有了要个孩子的想法啊……

的确是爷爷点醒了他，但不是因为爷爷他才想要孩子的，而是因为他喜欢。

只是这些心事要等到晚上他才能告诉她。

顾余生将手从秦芷爱的脑袋上拿下来，牵着她一边接着往前走，一边又说"其实想一想，爷爷说得也没错，我也到了要孩子的年纪了。"

顾余生说到这里，微顿了顿，转头看了一眼秦芷爱，才又开口问道："你喜欢男孩还是女孩？"

秦芷爱都还没回答这个问题，顾余生就先说了自己的看法："我比较喜欢女孩。"

"女孩比较乖巧，懂事早，会体贴人，长大了也省心……不会像男孩那样野，叛逆的时候管不住，还担心他打架、闯大祸……不过女孩也会比较担心，怕她被人欺负了去，怕她遇到坏男生吃了亏……

"但是没关系……我会保护好我们的女儿，让她不受到任何人的欺负，她生下来就是举世无双的小公主……

"我会在三楼空着的房间里给她打造一间婴儿房、玩具房、画画房、钢琴房……嗯……如果她要是对舞蹈感兴趣的话，再来间舞蹈室也可以……"

听着顾余生的话，秦芷爱的脑海里立刻浮现出他描述的画面。

孩子都还没生，他都想好了生下来以后的事情，这说明，他是真的很疼爱自己的孩子吧？

他口口声声说"我们"，多美好的两个字，可是落在她的耳中，却全是伤痛。

因为他口中的我们，指的是顾余生和梁豆蔻，和秦芷爱没有半毛钱关系。就连现在他设想出来的孩子，也只会是梁豆蔻为他生的，而不会是秦芷爱的。

“我们的别墅后面还有一块空地，我想好了……如果真要是生个女儿，我就请人在那里建个城堡给她玩……”

顾余生还在说，秦芷爱却有些不想听下去了。她趁着顾余生说完沉默下来，想开口转个话题，偏偏顾余生却微微侧头，又抢先开口问了她一遍：“你呢？你希望我们的孩子是男孩还是女孩？”

我们的孩子……他只是在设想他和梁豆蔻的孩子，本就是虚假的，所以她可不可以任性自私地把他的设想改成顾余生和秦芷爱的呢？

就当是她自欺欺人地给自己编造的一场美梦，反正以后也不会再有这样的机会了。

秦芷爱沉默了一小会儿，抬起头冲顾余生盈盈地笑了一下，才回答他的问题：“我希望是个男孩。”

长得像你的男孩……

“男孩不容易吃亏，长大了还可以保护我……更重要的是，万一要两个孩子的话，我不希望第一个是姐姐，因为我想生下来的女儿，除了有爸爸的保护外，还有哥哥的保护……”

秦芷爱的心底幻想了很多自己和顾余生孩子的场景，她本以为自己可以语气轻松地全都说出来，可才刚说了没两句，她就有些说不下去了。

她怕再说自己会情绪失控，索性就当成说完的样子停了下来。

“嗯，有两个孩子，好像也挺不错的……”把未来想象得太美好，美好得顾余生以为自己的未来就是这样的，所以他的眉眼间都染了一丝笑，牵着她往前沉默地走了一小会儿。想到她还没答应自己要不要生一个孩子，他就又了问一遍，“所以，小麻烦？我们开始准备要孩子了，好吗？”

如果是梁豆蔻的话……她肯定会很欣喜地答应吧？

秦芷爱垂着眼帘，遮掩着眼底的黯淡，努力勾起嘴角，回道：“好。”

“那我回头联系一下夏医生，问问他怀孕应该注意些什么……”

“嗯。”秦芷爱真的有些承受不住了，她怕顾余生会继续这个话题，就想着要转移话题，恰好他们俩此时走到了当初他拿着秦阳的枪射击歹徒的地方，秦芷爱就指了指那家咖啡馆，开口说，“那天的你很厉害。”

说完以后，秦芷爱才意识到自己好像戳到了顾余生的痛处。

她怎么情急之下就转了一个这样的话题，这岂不是勾起了他被迫放弃的山河梦？

秦芷爱本能地转头看向顾余生，果然如她所想的那样，顾余生望着他曾藏匿在后的那扇窗，微微有些恍神。

秦芷爱感觉抱歉又心疼，安静了几秒后又开口说：“对不起啊，我不该提这些的。”

顾余生回神，将视线淡淡地从窗户上收回来，冲秦芷爱安抚地笑了笑，说了句“没事”，就牵着她的手往台阶上走去。

尽管顾余生嘴里说了没事，秦芷爱却还是悄悄打量了他几眼。在确定他是真的没事后，她才放下心来。

可能是因为刚刚提了他开枪时的事，秦芷爱想到他情绪低落时酗酒和酗烟的模样。

她就快要离开了，也不知道梁豆蔻回来后，再碰到他那副模样的时候会不会照顾好他，更陪伴好他。

秦芷爱知道，顾余生不会和她有任何关系，这些纯粹是她多管闲事，可她还是多管闲事地开了口：“顾余生？”

“嗯？”

“吸烟对身体不好，你以后少吸一点，就算是心情不好，也要管住自己少吸一点……最好是能戒掉。”

她这是在关心他吗？顾余生嘴角微扬了一下，说：“嗯，好。”

“还有，别总喝那么多酒，对身体也不好，尤其是喝了酒不要开车，很容易出事故的。”

这些话其实陆半城也跟他讲过，听到他的耳朵里，他只觉得烦。而此时秦芷爱跟他讲，他却觉得很动听，还很温暖。

顾余生转头冲秦芷爱眉眼舒朗地笑了笑 ，和刚刚一样，毫不犹豫地答应下来：“好。”

以前她刚住进他的别墅的时候，她最渴望的就是看他像年少时那样，冲她笑一笑。

可他给她的表情永远都是愤怒、嫌弃、厌恶……如今他笑了，却也是他和她的结局了。

秦芷爱的心里酸涩无比，快速低下头，勾了勾唇，然后往四周看了看，指着不远处空无一人的广场，突然说了一句莫名其妙的话：“顾余生，我给你唱首歌吧？”

顾余生似是很意外她会突然有这样一个想法，顿了顿，才带着几分期待地开口说：“好啊。”

看到顾余生答应了，秦芷爱立刻牵着他的手走进了广场。

她先指着广场边上的一张休息椅示意顾余生坐下，再拿着手机往广场中央跑了跑，然后停在喷泉前，正对着顾余生找出手机里自己要唱的那首歌的伴奏，点了开始。

柔和动听的前奏顿时响彻整个广场。

过了大概三十秒的样子，秦芷爱开了口，软而轻的歌声配上音乐，缓缓地向四周蔓延——

“回到我们开始的地点，还记得那一天也是雨天，你紧紧地把我抱在怀里面，说你会一直爱我到永远，诺言还是抵不过时间，转眼间爱已经走到终点。”

八年前，他顺手的一个拎箱的举动，就那么霸道地闯入了她的世界。

八年前，他爽约两次，留给她一个假的电话号码，搅乱了她整个世界后，又从她的世界消失得干干净净。

八年里，她从未想过要放弃，一直都在等着他回来。即使，他忘记了她。

可如今，他已婚，她连等待的机会都没有了，她的感情终于走到了终点。

“无法面对你的借口和欺骗，我看到了你亲吻她的脸，我的世界一天一点为你改变你没发现，我所有的付出你看不见。”

这是她最喜欢的一首歌，名字叫《终点》。两年前他和她偶遇时，他回了她“你是谁”后，而那个宴会上，恰好放的就是这首歌。

顾余生，你知道吗？

这首歌是我送给你的告别，也是送给我对你的感情的告别。

我是那么喜欢你，喜欢了你整整八年，我做梦都盼着你有一天可以走近我。可如今这一天终于到来了，你却永远都不可能知道我是秦芷爱。

顾余生，你看到了吗？

我和你终究是……情深的我，缘浅的是我和你。

秦芷爱的眼底泛起一抹泪光，她握着手机，让自己努力投入到音乐里，不让自己的情绪失控。

“我闭上我的眼最后一次吻你的脸，你真爱过我就不要说抱歉，我的爱一天一点在你的世界里搁浅，我已明白爱情有多危险。”

步行街两旁的商铺已全部打烊，除了街道两边还亮着的路灯外，只剩下一些店铺彻夜闪烁的霓虹灯，光线远没了来吃饭时那般明亮和耀眼。

平常无比喧闹的街道此时安静下来，在灯火阑珊处别有一番风韵。

而风韵中的女孩美得一塌糊涂，美得毫不自知，顾余生坐在长椅上看得入了神。

这首歌的歌词很短，来来回回就这么几段。秦芷爱跟着配乐唱到第二遍的时候，顾余生说不出为什么，心竟隐隐疼了起来。

是他的错觉吗？他总觉得，那个含笑唱歌的女孩浑身透着一股悲痛。

是他想多了吗？他的心里怎么有些发慌，好像一眨眼，那个站在喷泉前唱歌的俏丽的女孩就会消失一般。

“只要过了今天就会爱自己多一点，我的世界里不会再有你的誓言。”

唱到最后一句的时候，秦芷爱的声音都有些发颤了。

是啊，只要过了今天，顾余生就成了她爱过的人，再也不是她爱的人了。

而她的世界里，再也不会有他的笑，他的怒，他的调侃，他的认真，他的懒散……他的一切。

她还没离开，却已在想念。

顾余生，你知道吗？

尽管我在八年后来到你身边的时候就已知了我们的结局，可我依然很投入地去演好梁豆蔻。

因为我爱你。

你这一生，永远都不会知道我曾这样毫无指望地爱过你。

音乐声停止，整个世界回归到一片前所有未的宁静。

秦芷爱站在喷泉前未动，顾余生坐在长椅上也未起身。

两个人隔了大概七八米远的距离，静静地凝望彼此。

过了不知道多久，一阵大风吹来，吹得秦芷爱的裙摆发出猎猎声响，顾余生才回神来。他一边鼓掌，一边从长椅上缓缓地站起身。

两个人仿佛心有灵犀一般，顾余生迈步朝秦芷爱走过去的时候，秦芷爱也已调整好了情绪，抬脚朝着顾余生走来。

两个人越走越近，近到都能从彼此的眼里看到自己的倒影，才停了下来。

秦芷爱眉眼弯弯地仰着头，冲着顾余生笑得异样美丽：“好听吗？”

“好听。”顾余生凝视秦芷爱的眼睛回答。

“喜欢吗？”秦芷爱笑得更灿烂，可气氛却变得有些诡异。

顾余生的喉咙口像是被什么堵住了一般，让他心慌意乱了好一会儿才开口说：“喜欢。”

“有多……”秦芷爱还想问他一句“有多喜欢”，可她只说了两字，就感觉鼻子一酸，就再也发不出声音来。

顾余生忽地就伸出手抓住她的胳膊，将她一把扯入了怀中。

她的身体轻轻一颤，下一秒就抬起胳膊圈住他的脖子，再抬起头，迎上了他落下的唇。

起风了。

风呼呼地刮过。

广场上有人留下的矿泉水瓶被吹得四处乱撞，发出“砰砰砰”的声响。

他和她却似是没察觉到一般，抱得更深，吻得更浓了。

直到他和她都快要把对方体内的空气吸干时，两个人才依依不舍地分开。

他还搂着她的腰，她还环着他的脖颈。

他的唇贴着她的唇，气息不稳地开了口：“小麻烦……我……”

就在他快要脱口而出后面的四个字时，他忽地收了声。顿了几秒钟，他才换了其他话说：“很抱歉，不知道你不喜欢吃芒果。”

“我对以前的你几乎没什么了解，不过来日方长……”

顾余生后面的话还没说完，秦芷爱就踮起脚，主动堵住了顾余生的唇。

没有来日方长了。

等不到来日方长了，只有曲终人散的离场了。

她从未这般主动地亲吻过他，他的身体微微一震，就抬起手扣住她的脑袋，将吻加深，吻得更加激烈。

小麻烦，你知道吗？我刚刚险些就脱口而出我精心准备了那么久的今晚的台词。

我差一点就说了我喜欢你。

爱情真的很奇妙，是不是?

曾经我有多恨不得把你从我身边能赶多远就赶多远，此时我就有多迫不及待想把你留在身边要多久就有多久，恨不得天长地久。

曾经我有多排斥爱情、婚姻和家庭，此时我就有多渴望，多迫不及待去拥有。

小麻烦，直到现在我才知道，原来，所谓的不婚族，不过是没有遇到那个让你想约定终身的人罢了。

这么想着，顾余生忍不住加重了唇齿的力道，因为用力过猛，咬疼了秦芷爱。秦芷爱睫毛轻轻地颤了颤，却没躲开，而是越发搂紧顾余生的脖子，学着他的样子，用尽全身的深情回吻他。

两个人比第一次吻的时间还要久，似是恨不得就这般吻到地老天荒，过了许久才终于停了下来。

秦芷爱似是耗尽了所有力气一般，靠在顾余生的怀里动也不动。

顾余生抱着她，呼出来的气息有些重。

风更大了，一阵接一阵地刮过去，变得有些凉。秦芷爱忍不住哆嗦了一下，顾余生这才从刚刚炙热的吻中清醒过来，他低下头，看了一眼手腕上的表，已接近深夜两点，然后出声：“我们走吧？”

说着，顾余生想牵秦芷爱的手，秦芷爱却往他怀里贴得更紧。因为她的脸全埋在他的胸前，嘴里说出的话有些闷闷的：“再等一会儿。”

随着她的话音落定，终究还是没忍住，有着一滴泪，从她紧闭的眼角缓缓地流下来。

顾余生，我不想让自己知道，我只是路过你，可我终究还是要面对。

顾余生，我爱你。

顾余生……再见。

第十一章

原来欢喜

秦芷爱一直等到情绪稳定下来，才从顾余生的胸前离开：“走吧。”

顾余生“嗯”了一声，牵着秦芷爱的手，往停车场的方向走去。因为风大，才走了没几步，顾余生就停了下来，将外套脱下来披在秦芷爱的身上，然后将牵着她的手改成搂着她的肩，用自己的身体替她挡了一些风。

两个人走出很远后，梁豆蔻才从不远处的一盏路灯后走了出来。

她脸上没什么表情，迈着的步子也很从容。她先是走到顾余生坐在的那张长椅旁边站了一会儿，然后又看了看秦芷爱站着唱歌的喷泉边，最后迈步走到顾余生和秦芷爱接吻的地方停了下来。

风很大，似是随时都会把她头上戴着的帽子吹飞。

她也不知道自己到底在那里站了多久，然后才眨了眨眼睛，抬脚沿着顾余生和秦芷爱离开的路线一步一步地往前走。

快接近停车场的时候，梁豆蔻看到顾余生的车子从停车场里开了出来。

她怕被发现，急忙躲到一棵树后。

车子开了没多远就停了下来，车头恰好对着她站的地方，透过挡风玻璃，她能清楚地看到顾余生弯腰给秦芷爱系上安全带，然后又捧着她的脸，冲着她的唇上吻了好一阵，才恋恋不舍地放开，重新踩了油门。

车速加快，从她身边呼啸而过。

只是一眨眼的工夫，车子就不见了踪影，梁豆蔻却像是被点了穴道一般，定在树旁一动不动。她丝毫没有察觉到，自己扶着树的指甲正在用力地抠着树皮。直到指甲缝里有血珠滴滴答答地落在树干上，她才隐隐感到了一抹疼，略微有些呆滞地转移视线，看向了自己五指都在出血的手。

就仿佛那手根本不是自己的一般，梁豆蔻的脸上没有浮现半点表情，甚至她还将手举到眼前，盯着指甲缝里不断冒出的血珠，像是看到了什么好玩的事情一般，嘴角还勾起一抹浅浅的弧度。

那弧度越来越大，直到满口洁白的牙齿全露了出来，她才发出嘻嘻的笑声。

那笑声很凄惨，比哭声还要难听。

笑着笑着，梁豆蔻的眼底就弥漫起一层雾气，她像是丢失了魂魄一般，绕过树，步伐踉跄而混乱地朝着停车场走去。

梁豆蔻从周婧的公寓出来时，开的那辆车就停在停车场的路口，可她绕着停车场转了一圈又一圈，直到最后负责停车场收费的工作人员都看不下去了，出来询问她需不需要什么帮助，她才打了个激灵，拿着车钥匙按了两下，走到身边亮起双闪的车旁。

拉开车门坐上车后，梁豆蔻目光呆滞地盯着正前方看了好一会儿，才踩着油门，打着方向盘，失魂落魄地上了路。

她的车速很慢，甚至她都不知道自己在往哪里走，满脑子闪现的全是今晚顾余生和秦芷爱在一起的画面——

他给她买奶茶，他牵着她走路，她唱歌，他看着，他和她热吻……

想到这里，梁豆蔻猛地就踩了刹车，狠狠地将车子停在了大马路上。

她握着方向盘的手格外用力，手指骨节突兀泛白，发出“咯吱咯吱”的声响。

她的呼吸变得有些急促，胸膛起伏得越来越厉害。到最后，她突然就踩了油门，在前方路口调了个头，直奔周婧的家。

停稳车后，梁豆蔻一上楼，还没按门铃，门就被打开了。

准备要出门的周婧看到她，长松了一口气，将她一把拉进屋里。关上门后，她就焦急地来了一句：“小蔻，你怎么这么晚才回来？你知不知道我出去找了你多少趟？”

梁豆蔻像是没有看到她的人，听见她的话一般，甩开了她的胳膊，自顾自地就往屋里飘。

一直飘到落地窗前，她才停下来。

周婧急忙跟过去，站在她旁边，刚准备开口说话，梁豆蔻突然声音很低地开了口：“早该想到会有这么一天的……”

梁豆蔻的话有些莫名其妙，周婧听得不大明白，惊讶出声："什么？"

梁豆蔻对周婧的话置若罔闻："不过只是抱着侥幸的心态赌一把而已，毕竟当初情况太紧急，除了她，也没人可以帮我渡过这次难关了……"

"你觉得，这个世界上真的会巧到两个人长得那么想像吗？只是我没想到，都过去这么多年了，他明明都已经忘记了，居然还会再和她有牵连……"梁豆蔻依旧无视周婧，继续用刚刚那样低沉的声调喃喃自语，"只是我不懂，我和她都长得那么像了，这么多年来，他怎么还是没注意过我？而她一到他身边，他就注意到了呢？"

"小蔻，你到底在嘀咕些什么呢？我怎么一句都听不懂啊？"周婧忍不住提高了音量。

"呵呵……"梁豆蔻仍沉浸在自己的思绪里，过了一会儿，忽地就"咯咯"地笑出声，笑到最后，她的声调突然变得有些冷，"周婧，我同意，按照你的方法录视频！"

周婧虽然对梁豆蔻刚刚的自言自语充满了疑惑，但在听到她最后一句话的时候，眼底还是遮掩不住地闪过一道亮光："你想好了？"

梁豆蔻直视着窗外零散的灯光，像是下定了决心誓不反悔一般，没出声，只是坚决而又笃定地点了一下头。

小蔻答应了，这就是说自己的计划要如愿以偿了……周婧心里顿时盛满了欣喜，令她开口的声音里透出一丝小激动："我们今天就录视频。"

梁豆蔻转头看了一眼周婧，有些诧异她为什么会这么着急。

周婧接触到梁豆蔻的视线，才意识到自己流露了太多的心情，赶忙收敛了一下情绪，又开口说："视频要赶在顾余生向那个穷丫头求婚之前录好，所以宜早不宜迟。否则，一旦顾余生抢在我们前面告白，我们就竹篮打水一场空，白忙活了。"

"嗯。"梁豆蔻很是赞同地应了一声，随后又像是想到了什么难题一般，出声问道，"只是，我们录好的视频要怎么到顾余生的手里呢？”

“你傻了？当然是通过你最讨厌的那个人啊……”周婧说。

几乎没有任何犹豫，梁豆蔻就脱口而出三个字：“蒋纤纤？”

随后，她又轻轻地颔首了两下，继续开口：“的确，她是最适合的，因为她巴不得看我难堪！”

因为大病初愈，又在外面跟踪了秦芷爱和顾余生大半夜，做好打算的梁豆蔻一瞬间感觉像是全身的力气都被抽空了一般，疲惫极了。她没有等周婧开口，就指了指周婧家的客房，径自出声：“我累了，先去休息了。”

说完，她转身就朝着客房走去。

她走了还没两米远，站在落地窗前的周婧突然出声喊了她的名字：“小蔻。”

梁豆蔻停了脚步，却没回头。

周婧透过面前的玻璃，盯着倒映在里面的梁豆蔻的背影看了一会儿，才缓缓地转身，对着她开口说：“小蔻，虽然这次我的决策很残忍，但你要相信我，我的出发点绝对是为了你好。”

梁豆蔻转过头，递给周婧一个友好的笑容：“我知道。”

周婧看着她这般笑，顿时放下心来。她知道梁豆蔻和自己没有任何隔阂，于是回给她一个笑，柔声说：“晚安。”

“晚安。”

梁豆蔻进了客房，关上门，然后贴着门板缓缓坐在地上。她将脸埋在双膝间，还是没控制住，无声地哭了起来。

从很小的时候，她就喜欢跟着爷爷来顾家玩，因为她想要待在顾余生的身边。

可顾余生很讨厌她，不是爬在树上无视她，就是反锁在自己的卧室里装睡。

在她的印象里，他好像压根儿就不知道梁豆蔻是谁，不是好像，而是真的……因为她认识他九年后，有一次在顾家老宅，她不小心压了他的手机，他让她让一让的时候，开口说的是——“那个，同学，不好意思，麻烦你让一下。”

九年啊，她去过顾家老宅的次数都不低于九十次了，可他连她是谁都没记住。

难过吗？

很难过，那天她回到家后，就和现在一样，一个人躲在屋里偷偷地哭得昏天黑地。

可后来她又不难过了，因为她发现他对所有的女孩都一个样。

记不住长相，也记不住名字……直到他和她高三快毕业的时候，有个名叫“秦芷爱”的高一小学妹成了他的例外。

她嫉妒吗？

很嫉妒，可她没有办法，她只能一个人偷偷地吃醋又心酸，然后羡慕那个和自己唇鼻有些相像的小学妹。

只是她的嫉妒并没有维持多久，顾余生就去了部队，和那个对他来说是个特例的小学妹没了联系。

她知道他的心底藏着一个特殊的人，她努力让自己不要去介意，依旧那么一心一意地等着他。直到有一天，他在部队里脑袋受了重伤，忘了秦芷爱的存在。

尽管他仍然注意不到她，可她还是很庆幸，也很欢喜。

她长得不丑，想进演艺圈五官还是要进行微调。然后她找模板的时候，突然就想到了被顾余生遗忘的秦芷爱。

她天真地觉得，没忘记秦芷爱之前他能注意到她，或许现在依旧可以。她只要变成秦芷爱的样子，他没准真的会注意到她。

然而她还是失败了，直到她遇到了周婧。

尽管她没走入顾余生的心，可周婧却帮她走入了顾爷爷的心，成了他认定的顾家孙媳妇。

所以她是真的很感谢周婧，若是没有周婧，她和顾余生这一生或许就只会是两条平行线，不会有任何交集。

可世事无常，终究还是出了变故。

历史就仿佛重演了一般，他的心底再一次住进了其他的女人，并且远比八年前来得强烈，来得炙热。

虽然周婧给她支了招，可她还是很伤心……对比顾太太的身份，她更想要顾余生这个人……可是她别无选择，她比周婧更清楚，顾余生会喜欢上秦芷爱扮演的她，那是因为他骨子里、血脉里、记忆深处有过秦芷爱。她若是换回去，他定会认回来。她不想失去他，就只能舍一保一了。

顾余生将车开到半路的时候，透过后视镜看了一眼因为疲倦而靠着车座闭上眼睛休息的秦芷爱。

明明今晚的气氛很美好，可不知为什么，他总觉得哪里不对劲。尤其是她在唱完歌后，明明一直都是冲着他灿烂地笑，可那笑容背后，仿佛藏了别的深意一般。

就像是此时，她闭着眼睛看似睡着了，可实际并没睡。她脸上的神情很平静，但他却觉得她的心底有波涛暗涌，很不平静。

她是心情不好，还是有什么心事瞒着自己?

顾余生一边开车，一边打量着秦芷爱。开到路口等红灯时，他终究还是出声喊了她："小麻烦？"

"嗯？"秦芷爱应完过了一会儿后，才掀开了眼皮。

她的神情出奇的平静，可眼角却很亮，像是噙着一滴泪。

顾余生蹙了蹙眉，仔细看了她一会儿，确定是自己看错了，才开口："你……心情不好？"

顾余生不问还好，一问险些将秦芷爱问得眼泪砸落了下来。

"没有啊……"她胡乱晃了两下脑袋，就低下头冲着顾余生努力勾了勾嘴角，问，"怎么突然这么问？"

说着，她就又抬起眼皮，冲着顾余生的笑得更灿烂了，眉眼都弯成了漂亮的月牙状："我今天挺高兴的啊。"

她都没给他开口说话的余地，就看了一眼正前方已经变成绿灯，然后语气轻松地催促出声："绿灯了，快点走啊。"

顾余生没再说话，踩着油门，缓缓地加速。

他不是个傻子，虽然她刚刚表现得十分完美，可她在笑时，嘴角的僵硬和眉骨之间流露出的伤感，他却看得真真切切。

她果然在不开心，只是她是因为什么而不开心呢？

她在他面前这般极力掩饰，显然是不想让他知道……就算是他问，她也只会找其他借口搪塞过去。

顾余生紧绷了一下唇，透过后视镜，恰好看到对面街道上有几家二十四小时营业的店铺，突然灵光一闪，就猛地将车掉头停在了路边。

“怎么了？”秦芷爱不解地问。

顾余生没说话，而是解开安全带率先下了车。然后他绕到她这边，拉开车门，帮她解了安全带，示意她下车。

秦芷爱迟疑了片刻，才不明所以地从车里钻出来。

顾余生关上车门，牵着秦芷爱往二十四小时营业的那几个店走了几步，然后在一盏路灯下停下来，吩咐秦芷爱在这里等，他独自一人进了一家商店。

顾余生很快就从商店里走了出来，手里拿了两支笔。他站在秦芷爱面前，将其中一支笔递给她，然后又从钱包里抽出两张一百元纸币，同样把其中一张递给了秦芷爱。

秦芷爱越发搞不明白顾余生在做些什么了，她一手拿着钱，一手拿着笔，又问出声：“你给我这些做什么？”

顾余生没回答秦芷爱的问题，反而直接问了她一句话：“你玩过这样的游戏吗？”

秦芷爱没出声，等着顾余生接下来的话。

顾余生像是在回想那游戏具体怎么玩，过了大概半分钟才开口，声音优雅舒缓：“把你心底想说的话写在纸币上，然后立刻花出去，让这张纸币在这个世界上流转，看看会不会流转到你写那句话时心里想的那个人的手上。”

多么美好浪漫的一个游戏啊，只是……秦芷爱赞叹过后，还是脱口而出一句大煞风景的话：“这个概率几乎没可能吧？”

“不试试怎么知道呢？”顾余生说完，就背过秦芷爱去，将钱贴在路灯上，拿着笔在上面率先写了起来。

写完后，他转身看向秦芷爱，鼓励她："你也来写写看。"

秦芷爱有些犹豫不决。

顾余生直接将秦芷爱拉到路灯杆前，又给了她一个试试看的眼神，然后就识趣地往旁边走远一些，转过身，背对着秦芷爱。

秦芷爱盯着顾余生的背影看了几秒，才拿起笔，在纸币上飞快地写下一行字。

她刚落笔，顾余生似是察觉到了一般，微微侧头问了句："好了？"

"嗯。"秦芷爱轻声应了一句，将钱卷了起来。

顾余生重新走到她身边，抬起手随意地指了一下不远处亮着灯的商店："你随便挑选一家吧？"

秦芷爱歪着头看了片刻，选了一家二十四小时营业的便利店。

顾余生示意她先进去，然后站在路灯下，透过玻璃门，一直看到她拿着两瓶饮料，站在收银前，递钱结账，他才走向了便利店旁边的药店。

顾余生随便要了一盒创可贴，递钱时，他低头看了一眼纸币上的几个字，龙飞凤舞，格外扎眼。

——小麻烦，我喜欢上你了。

尽管过不了几个小时他就要拿着陆半城漂洋过海带回来的戒指对她说这句话了，可是他在提笔的那一刹那，还是写下了这句话。

世界这么大，或许这张纸币会带着他写的这行字，流转一年、五年、十年……甚至是五十年，才有可能会流转到她的手上，也有可能有生之年都不会流转到她的手上。

但这么浪漫的游戏，他总是要和她玩一玩的。

等到有一天，她真的拿到这张钱，她一定会忆起他和她的旧时光，那时的她一定会很感动吧？

顾余生想到这里，眉眼间闪现出一抹温润。

"先生，总共十五元。"收银小姐第二次开口说话。

顾余生急忙将钱推了过去，过了半分钟，他接过创可贴和零钱走出了药店。

回到家已接近深夜三点钟。

洗完澡，秦芷爱躲在浴室里补好妆，出来后关了大灯刚上床，早已躺在床上的顾余生就翻身压在了她的身上。

兴许是晚上在步行街的广场上，他和她吻得过于浓烈，致使他现在体内的那股热度还没散去。

他本有些粗重的气息渐渐平息，又变得凌乱，然后他又依依不舍地覆上她的唇，抱着她的腰，翻了个身，换了一个新的姿势，继续和她没完没了地缠绵。

结束后的秦芷爱没一分钟就昏昏沉沉地入了眠。

躺在她身边的顾余生听着她呼吸平稳后，侧头看了她一眼，然后就悄悄地掀开被子，起身去了更衣室，换上一身休闲装。出来后，顾余生蹑手蹑脚地拿了钱包，拉开主卧室的门，悄悄地下楼去了车库。

顾余生怕惊扰了别墅里沉睡的人，将车速放得很慢。直到出了别墅的大门，才立刻提速，一溜烟地窜离。

顾余生按原路返回，不过十分钟，就抵达了他和秦芷爱不久前停留过的那几个二十四小时营业的店铺门前。

顾余生下车，走向秦芷爱花钱买水的那家便利店。

大概是很长一段时间都没客人光顾，透过玻璃门，顾余生看到收银员趴在收银台上昏昏欲睡。

推门而进，门口挂着的一个布娃娃发出一句清脆的“欢迎光临”，收银员瞬间被吵醒。她先是抬起头看了一眼顾余生，在看到男子的长相后，眼睛明显一亮，然后就擦了擦嘴角的口水，站起身礼貌而又含蓄地也说了一句：“欢迎光临。”

顾余生没太大表情地迈着步子走到收银台前。

收银员以为他是来询问自己“有没有什么东西”之类的，又声音清亮地开口说：“先生，请问您有什么需要我帮忙的吗？”

顾余生仍是和刚刚一样没任何反应，他从兜里掏出钱包，摸出一沓钱，放在收银台上，然后开口问：“今天晚上一直都是你值班？”

收银员急忙点了点头。

“那能不能麻烦你……”顾余生边说，边将那些钱往收银员的面前推了推，随后又怕收银员以为有诈，就将那些钱拿起来放在了一旁的验钞机上过了一遍，随着“哗啦哗啦”的声响，顾余生继续开口说，“把今晚收的百元大钞上，但凡是写了字的，都拿给我看一眼？”

说完，顾余生用下巴轻点了一下验钞机上的那些钞票，又补充了一句：“那些是给你的报酬。”

收银员的眼睛更亮了，她几乎没有丝毫犹豫地就拉开了收银的小抽屉，把今晚收的百元大钞全拿出来，挨个找了起来。

收银员手里拿了大概二十多张百元大钞，翻来覆去找了好几遍，最后只递给顾余生两张上面写了字的。

第一张是印上去的广告。

第二张是用红色圆珠笔写的三个字，像是人名。

他买的那两支笔是黑色的……顾余生略略绕着那两张钞票看了两眼，然后抬起头问：“没了？”

“没了。”收银员晃了晃脑袋，看了一眼验钞机上显示的“30”，想到自己今晚收的百元大钞还没这个男人给的多，就将手中拿着的钱全都递给了顾余生，“不信您自己看。”

顾余生没拒绝，接过来，将那些红色的钞票正反面都看了一遍，每一张都和收银员说的一样，空白干净，没有任何写写画画过的痕迹。

不应该啊，他明明亲眼看着小麻烦进了这家便利店，结账时递了一张红色的钞票……怎么会没有她写字的那张钱呢？

难道她根本就没在钞票上写字？或者说写了字的钱她根本就没有花？

“先生？请问有什么问题吗？”收银员看顾余生握着钱，眼睛盯着虚空的地方，动也不动，忍不住出声询问。

顾余生回神，将钱递给收银员，留了句“谢谢”，转身就朝便利店门口走去。准备拉开门时，他又回头问了一句：“今晚所有的一百元都在这里了？”

服务员伸向验钞机的手忙缩了回来，有些尴尬地在身上蹭了两下，回答：“是的，先生。”

顾余生没说话，过了将近一分钟的样子才微微颔首了一下，然后拉开门，迈步走出了便利店。

回到车旁，顾余生并没急着上车，而是半倚着车头，从兜里摸了一支烟。点燃后，刚放到嘴边，耳边就回响起小麻烦今晚对他说的那些话：“吸烟对身体不好，你以后少吸一点，就算是心情不好的时候，也要管住自己少吸一点，最好是能戒掉。”

顾余生递烟的动作蓦地就停顿下来，烟嘴贴着下唇瓣微静了几秒钟，最后他又夹着烟垂下了手。

他之所以在回家的时候突然将车子停在这里，带她下车来玩这个游戏，除了想和她玩一场浪漫，逗她开心一些以外，更重要的是他想知道她究竟隐瞒了什么不开心的心事。

可没想到的是，她却没给他留下任何蛛丝马迹……

风依旧很大，顾余生一直站到指间的烟燃烧到尽头，散发出的温度让他感到一丝灼烫感，他才将烟掐灭，扔入一旁的垃圾桶里，上车回了家。

和他离开时一样，秦芷爱躺在床上睡得正沉。

顾余生轻手轻脚地爬上床，躺在她身边，听着她的呼吸声，盯着天花板看了好一阵子，才缓缓地闭上眼睛。

没喜欢之前，从来没想过有一天会这么在意一个人的情绪。

是喜欢上之后才明白，会因她的快乐而快乐，会为她的悲伤而难过。

虽然很遗憾，没能知道她究竟因为什么事不开心，却也很难过，她的心事不告知他。

不过还是很希望今晚他送她的戒指可以让她忘记那些不开心的

事情，也希望未来她可以把自己当成依靠，坦诚地和自己分享她的悲欢喜怒。

今天是蒋纤纤去美容院做护理的日子。

美容院位于商场的九楼，八楼是一家港式餐厅。

美容院的单间里燃了熏香，配上护理师力道舒适的按摩，蒋纤纤的身心很快就得到了放松。尽管出门前她刚睡醒不久，可还是又入了眠。

再醒来，已是护理结束的时候，美容师拿着一条薄毯子正往她身上披，看她睁开眼睛，就笑了笑，声音很温柔地说："您休息一会儿，那边我给您放了燕窝，等会儿记得趁热喝。"

蒋纤纤轻轻"嗯"了一声，示意美容师出去。

她一个人又闭上眼养了一会儿神，坐起身端起燕窝随便吃了几口，就去单间的浴室里冲了个澡，换好衣服出来，正准备去前台结账的时候，正巧碰见周婧和戴着墨镜的梁豆蔻从右边走了过来。

两个人的神情看起来有些焦急，不知在说着什么，根本没有注意到她。

习惯使然，只要碰见梁豆蔻，蒋纤纤本能地就会多关注一些。所以她没有任何迟疑地就退回了自己所在的单间，将门稍微拉开了一些，偷偷地留意起了周婧和梁豆蔻。

美容院里很安静，楼道里没有一个人。

伴随着周婧和梁豆蔻的脚步声越来越近，两个人的谈话声，蒋纤纤也听得清楚了一些。

"既然她约我们见面，而不是把握着我们的把柄直接放出去，这说明她是为了钱，所以你别急，我们先和她见了面再具体聊。"

这是周婧的声音……

从她的话里听，好像是梁豆蔻遇到了什么麻烦，被什么人拿捏住了什么把柄。

"不是我说你，你到底是从哪里找来了这样一个小助理？竟然没事干偷偷录咱们的视频！”

梁豆蔻的声音……是她的助理录了她的视频……那是什么视频呢？

蒋纤纤眼底闪过一抹好奇，躲在单间的墙壁后，竖起耳朵，越发聚精会神地偷听起来。

“她就是一个刚毕业的女大学生，在学校里成绩也挺不错的，谁知道竟会做出这样的事情来。不过我听人说，她妈妈好像生病了，估计也是着急医药费，狗急跳墙了吧？只要能用钱摆平的事情都不算是事情，就当是破财免灾了。”

周婧的语气里多了几分安抚。

“她约了我们在哪里见面？”梁豆蔻的声音听起来还是有些不悦，也是在跟周婧发脾气。

“就在楼下的港式餐厅……哦，她给我回了短信，我看一下……嗯，302包间，她快到了……”

随着周婧的话音落定，她和梁豆蔻两个人从蒋纤纤所在的门前走过去。

“我们先下去等她吧，不管怎么样，今天都必须把她手里的视频弄回来销毁掉，若是真的被她传出去了，那麻烦就真的大了……”

两个人的脚步声渐行渐远，接下来又继续说了些什么，蒋纤纤听不太清了，只是隐约听到有对话声传来。

整个楼道重归一片安静后，蒋纤纤才伸出手关了门，靠着墙壁，将自己刚刚听到的那些话在脑海里反复回味了几遍，然后就弄明白了事情的来龙去脉。

梁豆蔻的小助理因为母亲生病急需一笔钱，情急之下录了有梁豆蔻把柄的视频，逼着她和周婧来面谈，拿钱交换。

从梁豆蔻那么焦急的语气里可以听出，那视频对梁豆蔻的威胁不小……

上次她拍到她和一个男人亲亲密密的照片，想要借顾余生的手对付她，没想到最后却被顾余生狠狠打了脸。

这阵子以来，她每次和秦芷爱碰面总是会落下风，这口气到现在她都没咽不下去，只要想起来就胸闷。

若是那视频被她拿到，怕是可以狠狠地反整一把梁豆蔻，一雪前耻了吧？

她昨天还在想着等什么时候见了梁豆蔻，怎么把她给自己受的气给讨回来，没想到今天就有了这等天赐良机的好事！

梁豆蔻的助理还没到，她见过几面，大概记得她的长相，她要在她进餐厅和梁豆蔻碰面之前把那个视频要来一份！

想到这里，蒋纤纤的眼睛一亮，飞快地拉开门跑出单间去前台结了账，然后乘电梯去了楼下的港式餐厅。

蒋纤纤在电梯处等了大概五分钟，终于碰到了梁豆蔻的助理。

虽然两个人见过几面，但蒋纤纤却从未和梁豆蔻的助理说过话，也不知道她叫什么名字。以至于她突然走过她的身前时，她语塞了一下，只好伸出手去拦了她的去路。

梁豆蔻的助理停下脚步，不解地望了一眼蒋纤纤，礼貌地出声问："请问，您有什么事吗？"

蒋纤纤左右看了看，最后指了一下几乎没什么人出入的安全通道，开口说："方便吗？如果方便的话，我们去那里聊一聊。"

蒋纤纤怕被拒绝，凑到助理的耳边，压低声音飞快地补了一句："我知道你的母亲生病了，需要大量的钱，我可以给你。"

梁豆蔻助理脸上的神情先是一愣，似乎是在诧异蒋纤纤是怎么知道的，随后就轻轻点了点头，率先转身走向安全通道。

蒋纤纤紧随其后跟上，关上安全通道的门后，她从包里干脆摸了一张支票出来，拿着笔在上面飞快地填写了一个数额，就递给了梁豆蔻的助理。

助理看了一眼支票上的数额，却没去接，而是回视蒋纤纤的眼睛，开口说的话也是异常干脆："条件。"

"视频。"蒋纤纤也不和她兜圈子，看她懂了自己的意思，就立刻开门见山地说："我要你手里录制的关于梁豆蔻短柄的视频。"

助理大概只想着从梁豆蔻那里敲诈一笔钱，没想要真害梁豆蔻，于是她抿了一下唇，转头避开蒋纤纤的视线，说"我不懂你在说什么。"

"别装了，我既然能拦住你，就说明我什么都知道。支票就在这里，只要你肯把视频交给我，这钱你立马就能拿走。哪怕你拿着视频再去梁豆蔻那里要一笔钱，跟我也没什么关系，不过……"蒋纤纤故意停顿了一下，然后才接着开口，"如果我是你，趁着现在有钱拿就赶紧拿，毕竟母亲的命重要。万一梁豆蔻那边拿不到钱，还被人家使诈把视频给弄走了，那你可是得不偿失哦……"

说完话后的蒋纤纤仿佛陷入了自己的沉思中一般，歪着头想了片刻，又开口说："你说他们会使什么诈？录音？报警？然后用诈骗罪把你弄进监狱？"

"还真是有可能啊……"蒋纤纤赞同地连连点了几下头，然后冲助理扯着唇灿烂夺目地笑了笑，"哦，对了，我都忘记自我介绍了。我叫蒋纤纤，是梁豆蔻的亲表妹，有些事，外人不知道，我这个家里人可是知道……"

助理像是真的被蒋纤纤的最后一句话给唬住了，她是梁豆蔻的表妹，或许她真的听到了什么风声，速战速决地开口说："视频我可以给你，不过我要多加二十万。"

蒋纤纤几乎没有丝毫犹豫地就又抽出一张支票，写下数额，和刚刚那张一并递给了助理。

助理接到后，看了两眼，确定没什么问题，就从包里拿出一个U盘递给了蒋纤纤。

蒋纤纤接过后，连一句话都没跟助理多说，就直接踩着高跟鞋拉开门，走出紧急通道，乘坐电梯回了楼上的美容院。

因为是SVIP会员，蒋纤纤轻车熟路地就进了美容院的休息室。她随便选了一台电脑，开机，插上U盘，将视频导入到手机，戴上耳机观看了起来。

视频不短，大概七八分钟的样子，蒋纤纤看到一半的时候，眼睛就兴奋得冒出了光。看到最后，她整个人甚至激动得从座位上猛地站了起来。

站在不远处的服务员忍不住走上前，礼貌地询问：“蒋小姐，请问您有什么需要帮助的吗？”

“没有。”蒋纤纤摘下耳机，回了服务员一个灿烂的笑容，一边收拾东西，一边拨了自己大哥的电话。

电话很快被接通：“大哥，我的车限行，现在在 JM 这里，你中午不是要回家吗？正好路过这里，记得来接我一下。”

她没有顾余生的微信，但她大哥有，她要立刻、马上把那段视频发给顾余生……

她倒要看看，那么护着梁豆蔻的顾余生看到那段视频，会不会觉得脸疼！

单单只是想着，蒋纤纤就忍不住勾起嘴角。

顾余生那么好面子，若是知道自己竟然被梁豆蔻这么对待……蒋纤纤轻轻地笑出声。

“蒋小姐好像心情很好哦。”刚刚走过来跟她说话的服务员又开了口。

“嗯，心情是还不错。”蒋纤纤落落大方地承认了，第一次没摆大小姐的架子，跟服务员挥手道了别，就哼着歌离开了。

第十二章

不请自来

秦芷爱醒来的时候，已是上午十点钟，顾余生早已去了公司。

今天又是管家休息的日子，她简单地吃了点东西，刚准备给自己找点事干，就收到顾余生发来的短信：晚上有时间吗？一起出去吃个饭。

出去吃饭？今天晚上管家不在，她好像还从没单独给他做过饭……秦芷爱沉思了片刻，就回了顾余生一句：要不在家吃饭吧？管家今天休息，我煮给你吃。

很快她就收到了顾余生的短信：也行。

秦芷爱回了个“嗯”字，就开始想晚饭准备点什么。在心底大致列了个菜谱后，她就打开冰箱看了看，然后把要买的食材一一记在手机上，再上楼换了身衣服，拿上钱包开着车去了距离顾余生别墅不远处的 JM 商场地下超市。

蒋纤纤等她大哥的时候有些口渴，就去 JM 商场的地下超市里买了一瓶矿泉水。结账时，她碰见了“梁豆蔻”。

咦？她不是在楼上吃饭吗？怎么这么一会儿的工夫就换了一身衣服来逛超市了？

尽管心里有疑惑，不过想到自己手中的视频，蒋纤纤就完全没有和“梁豆蔻”纠缠的意思，喜滋滋地又回了一楼的商场门口。

等了大概五分钟，听路边响起了鸣笛声，蒋纤纤就看到大哥的车。她急忙跑过去，坐上车系好安全带，刚跟大哥说了句“可以走了”，眼角的余光就又瞥到了一个熟悉的身影。

咦？怎么又一个梁豆蔻？

她不是在逛超市吗？

这个疑惑还没从蒋纤纤的大脑里成形，她突然意识到，此时看到的这个梁豆蔻，身上穿的衣服是刚刚在美容院碰到的那一身。

从她在超市里碰见梁豆蔻到现在，不过五分钟时间。她在短短的五分钟时间里，是怎么做到又换了一身打扮的？

蒋纤纤的大哥蒋逸此时已发动了车子，缓缓地往前开，就听蒋纤纤猛地出声："停车！"

蒋逸被她吓了一跳，狠踩了一脚刹车。还没顾得上转头训斥蒋纤纤一惊一乍做什么，就见自己妹妹降了车窗，伸出脑袋，朝着车后的 JM 商场的门口看去。

梁豆蔻的旁边跟着周婧，两个人没什么交谈，一前一后，步伐很快地走向路边停着的一辆红色奥迪。

周婧拉开车门，在梁豆蔻弯腰准备上车之前，蒋纤纤伸手拉了拉蒋逸的胳膊，指着后视镜里倒映的画面开口说："大哥，你看那是不是蔻姐姐？"

尽管梁豆蔻戴了墨镜和帽子，将自己武装得十分隐蔽，但作为一家人，蒋逸只需一眼就认出来："当然是小蔻啊……这你都认不出来了？"

蒋纤纤没再说话，一直盯着那辆红色的奥迪车开走，才听见蒋逸的声音："纤纤，你在看什么？是不是又要跟小蔻过不去了？都是一家人，你……"

"大哥，开车吧。"蒋纤纤转头，甜甜地一笑，打断了蒋逸的喋喋不休。

蒋逸闭上嘴，重新发车踩油门，控制着方向盘开上了主路。

在快接近蒋家时，蒋纤纤想起正事来："大哥，把你的手机借我用一下。"

"要我的手机做什么？"蒋逸侧头看了一眼蒋纤纤，拐进了小区。

"你别管了，就借我用一下，我有很重要的事情。"蒋纤纤扯着蒋逸的胳膊小声地撒起娇来。

蒋逸一向疼自己的小妹，最受不住的就是她这样求自己，立刻妥协："好，好，好。"说着，他就将手机掏出来递给了蒋纤纤。

"谢谢大哥！"蒋纤纤嘴甜地夸了蒋逸两句，就迫不及待地解锁了蒋逸的手机，点进了微信。

蒋逸的微信一直都在后台运行着，入眼，蒋纤纤看到的是蒋逸的朋友圈，她本想去点通讯录的，结果却在朋友圈里看到了一个熟悉的名字：吴昊。

吴昊……这个高中时，她死缠烂打、风风火火、穷追不舍了三年的男生。

算起来，他和她好像已经有七八年没任何联系了吧？

不知道他和许温暖有没有分手……蒋纤纤这么想着，就好奇地点了吴昊的头像，进了他的朋友圈主页。

蒋纤纤还没看清楚他都发了些什么内容，就先在他的朋友圈相册上看到了他和许温暖嘴对嘴接吻的照片。

这么多年了，他们还在一起？

蒋纤纤微抿了一下唇，再往下翻了几张照片，有两张吴昊打高尔夫球的照片。

他比记忆中要帅了许多，高了许多，也更有吸引力了。

蒋纤纤望着照片，清楚地感觉到自己的心跳开始加速。

这些年来，她不是没遇到过心动的男子，只是……没有人能让她像遇到吴昊那样奋不顾身，义无反顾。

“纤纤？”停好车的蒋逸古怪地看了一眼盯着自己的手机却没有任何反应的蒋纤纤，出声喊了她的名字。

蒋纤纤急忙将神思给收回来，拿出自己的手机，本想将视频传到蒋逸的手机上，再用蒋逸的手机发给顾余生的。只是她刚找到蒋逸的微信，就忽地顿下来，咬着唇思考了一小会儿，就又拿起蒋逸的手机，把吴昊的名片发到了自己的手机上。

回到家吃过饭，蒋纤纤立刻躲回自己的房间里，拿着手机给吴昊发了一个添加好友的消息过去：你还记得我吗？我是你的高中同学，蒋逸的妹妹，蒋纤纤。

当年在高中，她没少针对许温暖。甚至还有一次，因为许温暖的什么好朋友搞得她大哥和顾余生、吴昊打过一次架。

不知道吴昊会不会加他好友……蒋纤纤想到这里，就又发了一条添加好友的消息过去：不好意思，之所以突然找你，是有很重要的事情要告诉你。

这条消息过去后，没半分钟，吴昊就同意了她的好友申请。

蒋纤纤激动地抱着手机在床上打了个滚，然后就给吴昊发了句：你好。

吴昊：请问有什么事吗？

蒋纤纤之所以突然改变主意，没用大哥的手机给顾余生发视频，是因为她想利用那段视频接近吴昊，所以她咬着手指，歪着头在腹中暗暗地打了一会儿草稿，才在手机屏幕上敲打了起来：突然找你，真的是有点冒昧。因为我有点急事要告诉生哥，我给半城哥打过电话，他没回我，我只好找了你。

——哦。

吴昊只回了一个字，随后就分享了顾余生的名片过来给她，然后就没了后续。

他这是让她自己去找顾余生的意思吗？

可她其实是想要跟他说话啊……

蒋纤纤想了半分钟，才跟吴昊坦诚地说了一句老实话：我知道生哥的微信，只是他不会理我的。

蒋纤纤不给吴昊回消息的机会，就将视频发了过去：这段视频是我花大价钱拦截下来的，我不知道是真是假，但是有关生哥的，我觉得他应该知道，你看一下就会明白了。

过了大概五分钟后，吴昊回了消息：这视频你是从哪儿弄来的？

——从蔻姐姐的助理手中买来的。

蒋纤纤如实回答。

——我知道了，谢谢你，我会转发给生哥的。

——嗯。

蒋纤纤发了一个字过去后，觉得有点疏离，又加上个笑脸，配了两个字：再见。

——88。

蒋纤纤盯着吴昊发来的两个数字，感觉有些甜蜜，又有些失落。

她想和他多说一会儿话，可是……他似乎并没有要和她多聊的意思。

若她能像今天这样，再有点什么重要消息，或许还可以接近他……重要的消息？

将纤纤皱着眉，绞尽脑汁地想了许久，突然就想到自己前不久在JM碰见的两个不同打扮的梁豆蔻……

她在超市看到的那个梁豆蔻，绝对是梁豆蔻。

在门口看到的那个梁豆蔻，也绝对是梁豆蔻！

可一个梁豆蔻，是肯定不可能做到在那么短的时间里换一身衣服和妆容出现的！

难不成……有两个梁豆蔻？

蒋纤纤被自己的设想吓了一跳，随后她又觉得好像只有这样才说得过去。

假如她的猜测是对的，也就是说，今天她遇到的两个梁豆蔻里，有一个是假的！

是谁在冒充梁豆蔻？梁豆蔻是顾余生的妻子，而顾余生是吴昊的朋友……若是她能查出来点什么，就可以当成借口再找一次吴昊了……

想到这里，蒋纤纤眼睛一亮，就咬着手指甲开始想接下来要怎么做，才能把真假梁豆蔻全给找出来，并且分辨出来！

与此同时，红色的奥迪车上，周婧心情大好地开了车载收音机，跟着舒缓的音乐，时不时地哼两声。

坐在一旁的梁豆蔻看着窗外，却没有半点计谋成功后开心的感觉。

是的，没错，她对蒋纤纤太过了解，知道她今天会去美容院，所以和周婧早早守在那里，演了一出戏。

当然，助理也是她和周婧早就安排好的，就算是蒋纤纤不多给助理那二十万，助理也会把视频给她。

哪有人聊那些事情会在走廊上聊，不过是她和周婧故意说给蒋纤纤听的罢了。

只可惜蒋纤纤只想着和她斗得你死我活，根本没去细想过这里面其实是有破绽的。

秦芷爱要买的食材并不多，可等她精挑细选完，也用了将近半个小时的时间。

超市排队埋单的队伍不长，只排了大概两分钟的样子就轮到了她。

收银小姐一一扫码，告诉了她总额。

秦芷爱打开包，从里面拿钱包时，看到包的角落里安静地放着一张卷着的一百元。她指尖微顿了一下，然后就掏出一张银行卡递给了收银小姐。

输完密码，秦芷爱接过收银小姐递来的袋子，乘坐电梯去了地下停车场。

坐回车上后，秦芷爱并没急着发动车子，而是先将手中拿着的银行卡塞回钱包里，然后拿起那张一百元的纸钞。

随着她缓缓地将钱抚平，一行清秀的字清晰而又工整地跳入了她的眼底——

顾余生，我是秦芷爱，爱了你八年的秦芷爱。

顾余生，你知道吗？

凌晨那个浪漫的游戏，我是以秦芷爱的身份和你玩的。

原谅我，有些话，只敢用这样的方式说给你听。

年少的我，因为太懦弱，没能对你说出那句“我喜欢你”。

成年的我，因为没资格，就算是偷偷写了心事，也不敢让全世界的人知道。

我爱你，终究只是我一个人才能知道的秘密。

我在你的世界里下落不明，你在我的世界里光芒万丈。

从此以后，“顾余生”这三个字，随便想一下， 都会让我好难过。

秦芷爱垂了垂眼帘，压下眼底的酸涩，将钱收好，小心妥善地藏回包里，然后发动车子，回了家。

中午十二点，陆半城安全抵达机场。

长途飞行了将近十三个小时的他都没回家洗个澡喘口气，就开了停放在机场停车场的车，直奔顾氏企业，将那枚新鲜出炉的完美钻戒送到了顾余生这里。

陆半城到的时候，顾余生正在和国外密切合作的公司开视频会议。

他听见门响声，本想出声说句“出去”，结果一看是陆半城，立刻就收了到嘴边的话，对着电脑视频里的人说了句“抱歉，稍等”，就关了摄像头和声音，快速起身迎向了陆半城。

他都没等陆半城开口，就抢先问：“东西呢？”

陆半城从口袋里摸出红色的礼盒，递给了顾余生。

顾余生接过后立刻打开，里面安安静静地躺着一枚钻戒，和他那天画的设计图一模一样，不过因为是实物，远比图上看起来要惊艳尊贵许多。

粉色的钻石被打磨成了心形，完美的切面，在灯光的照射下，流转出奢侈绚丽的光彩。

只一眼，顾余生就对戒指满意到了家，他低声对陆半城说了句“谢谢”，然后就拿着钻戒回到了办公桌前。

待陆半城离开后，顾余生又重新开了视频会议，钻戒就摆放在电脑旁，他眼角的余光总是可以瞄到。向来工作认真的他，竟不受控制地频繁走起了神。

他今晚要向她告白和求婚，总不能只是干巴巴地说话吧？

他一生只求一次婚，总要比别的男人更浪漫。

鲜花、焰火、钻戒……别人有的，她不但要有，别人没有的，她也要有。

只是，他要怎样做才能让她难忘终生呢？

“顾先生？”视频会议里，有人表达完了看法，等着顾余生回话，结果看他半天都没反应，就出声喊了他的名字。

顾余生回过神，漫不经心地冲着里面的人说了句“很好”，然后思路在视频会议上还没逗留一分钟的时间，就又神游了起来。

昨晚，她唱完歌，他和她一起走去停车场的时候，他有问过她唱的那是什么歌。

她说是《终点》。

她还说，那是一首老歌，大概有十年了，她很喜欢那首歌，曾经那个歌星有开过演唱会，可她没去成，后来那个歌星就不怎么红了，也没再开过演唱会。她很遗憾，没能现场听她唱一遍《终点》。

她的遗憾，由他来补全。

顾余生想到这里，立刻就拿出手机，在他准备拨打电话之前，他才意识到自己还在开会，于是就冲着电脑视频里的人说了句“抱歉”，然后放下手机，顶着早已飞到九霄云外的神思强撑到会议结束，然后就迫不及待地拨打了陆半城的电话，把他喊到自己的办公室里。

“你再帮我做几件事：第一，我要订一大束玫瑰花，要粉色的，昨天我有问过小麻烦，她说她最喜欢的颜色是粉色。

“第二，帮我去买一批烟花，提前摆放在我家的后花园里。晚上的时候，我会提前发短信通知你，你帮我点燃。”

“第三……”顾余生稍微顿了顿，盯着陆半城，字句清晰地说，“帮我去请《终点》这首歌的原唱，我要她今晚把这首歌唱给小麻烦听！”

“哦，对了，我给你发短信后，你先放烟花，然后在焰火最灿烂的时候放音乐，让那位歌手从烟花里走出来，唱歌……还有，准备一下充电式的麦克风……另外，你在我家后花园行动的时候低调点，别被屋里的小麻烦给发现了……”

顾余生沉浸在自己的思绪里，一边想，一边吩咐陆半城。

陆半城所有的关注点都停留在他刚刚说的第三点上，过了好一会儿才反应过来他那话是什么意思。因为赶飞机，没睡够而耷拉的眼皮瞬间掀开，眼珠子都像是要掉出来一般，不可思议地打断了顾余生的话，反问出声：“现在？你是让我现在去请《终点》那首歌的原唱？”

“对，就是现在。”顾余生肯定地回复他，然后像是怕陆半城不懂自己的意思一样，语气坚决地继续开口说，“不管她现在在哪里，不管要花多少钱，哪怕用专机请，也要把她请过来。”

“有没有搞错？不就告个白……”

陆半城顺口就吐起了槽，结果还没吐完，顾余生的眼神就横扫了过来。他吓得声音磕绊了一下，然后硬生生把下面的“求个婚，竟然还要花那么大的精力和财力专程请个歌星来唱歌”改成：“对，没错！完全没搞错！我们顾总的告白和求婚哪能随随便便啊！该请，就该请！这是时间紧迫，如果时间允许的话，我们应该去鸟巢专门开个演唱会邀请……”

顾余生顿时连一句话都不想说了，冲着陆半城摆了摆手，示意他可以走了。

陆半城“噌”的一下就从沙发上站起来，朝着办公室门外走去。他伸出手开门时，想了想，觉得作为兄弟，尽管顾余生总是在压榨自己，但他还是转头道了声祝福：“生哥，祝你今晚马到成功。”

顾余生的嘴角勾起一抹笑意，用少有的客套的语气，开口说了一句：“谢谢。”

“不客气。”陆半城说着就伸出手去拉门。他的指尖刚碰到门把手，顾余生的声音又传了过来：“等一下。”

陆半城收了动作，转头看向顾余生。

顾余生迟疑了一下，开口问：“你……确定我准备的所有一切都没问题吧？”

“没问题！”他不是向来碰到什么事都所向披靡的吗？怎么现在变得这么瞻前顾后了？

陆半城回完话，看顾余生是真的有些不确定，于是又说：“要不，你现在把我当成小蔻，先练练？”

前一秒还有些没谱的顾余生听到陆半城的好心建议，下一秒就嗤之以鼻地笑了一声，一脸嫌弃地撇开头，回道：“对不起，看着你，我没有动情的冲动。”

我的天！谁要你动情了！

陆半城一秒钟都不想再看到顾余生，拉开办公室的门扬长而去。

办公室里重归安静，明明已经把所有一切都做到很好的顾余生却总觉得还有哪里不够好。

原来，不管曾是多么自信满满的人，碰到感情这种事，有多在乎，就有多没底气。

顾余生拿着戒指，仔细地看了一会儿，然后闭上眼睛深吸了一口气，就开始自言自语起来。

今晚他准备向她告白和求婚的话，这几天早在心底打了无数次腹稿。那些话语他都已经记得滚瓜烂熟了，可不知道为什么，拿到戒指后的他，竟变得格外紧张。甚至有好几次，精心准备过的那些腹稿才说到一半，他就忘了词。

他从没谈过恋爱，在部队里待的人也没有那么多的花言巧语，就连那些腹稿还是他绞尽脑汁折腾了很久才组织出来的。与其这么死记硬背地晚上说给她听，不如他只记住两句话“我喜欢你”和“我们结婚吧”，剩下的话就用其他方式讲出来。

顾余生左手毫无节奏地敲着办公桌，在清脆的敲击声中，他突然灵光一闪，就有了新的想法。

他可以把要说的话都写在字条上，然后趁着她晚上去洗澡时，将那些字条藏在被褥里。

等她出来后，一掀开被子，就是满床飘散的字条……

最好他再准备一些红色的蜡烛，点在房间里，古时候喜结良缘，不都是用红蜡烛来烘托气氛吗？

红光摇曳中，她坐在那些字条里，一张接着一张地看……顾余生越想就越觉得好，于是他放下戒指，找了笔和纸，马不停蹄地写了起来——

“没遇见你以前，我从没想着结婚，遇见你之后，我从没想着要娶别人。”

“以前没想过爱，现在只想着你。”

“我明明早已百无禁忌，偏偏你是第一百零一。”

“我想给你最晚的晚安，最早的早安。”

“我想和你分享一个秘密——我喜欢你。”

“对我来说，你叫顾太太，也叫小麻烦，还叫……顾余生的心上人。”

“我想五十年后喊小麻烦，你还可以回我一声‘嗯’。”

“我不想每天只想你，我想每天想你时可以见到你。”

“小麻烦，我喜欢你。”

“我能想到最美好的爱情，是余生因你而隆重。”

……

一直到太阳西斜，顾余生才停了笔，他拿了一个文件袋，将堆了一桌子的字条一一塞进去。封口时，他停顿了一下，拿起笔，又写了最后一句话——

“小麻烦，我愿用我一生，为你写一个浪漫的故事，故事内容是：从认识你那天起，只愿开始，再无结束。”

……

还没告白和求婚，只要一想到接下来的日子要和小麻烦一起过，顾余生的心情就变得有些激动。他起身走到落地窗前，望着窗外依旧金灿灿的阳光，突然有一种恨不得立刻天黑的冲动。

小麻烦，你知道吗？

当我确定了余生将与你共度，我就恨不得余生立刻到来。

小麻烦，你会懂吗？

只愿开始，再无结束。

这八个字，是我给你的承诺，除了生死，再无任何可能，结束你我的故事。

想到这里，顾余生的嘴角勾起一抹浅浅的笑意，连带着他整个人都变得格外温和。

只是这样的安逸和美好还没维持几分钟，放在办公桌上的手机就“叮咚叮咚”地响个没完没了。

好心情被打断，顾余生略有些不悦，俊雅的眉轻轻蹙了蹙，立在落地窗前没动。

直到手机的“叮咚”声全停下来，办公室里重归一片寂静，顾余生这才转身，缓缓地迈着步子走到办公桌前。

他一边端起桌上有些凉了的咖啡，递到嘴边慢条斯理地品着，一边拿起手机看了一眼屏幕，是微信的提醒消息。

吴昊发来的。

点进去，入眼看到的是一连串的语音。顾余生随手点了第一个，吴昊的声音就从手机里传了出来。不知是不是他判断失误，吴昊的语气略有些忐忑。

“生哥，有件事，我也不知道该怎么告诉你，但因为是关于你的，我想了想，觉得还是有必要告诉你。这是蒋逸他妹妹，蒋纤纤刚刚发给我的视频，你先看一下。”

蒋逸他妹妹，蒋纤纤？

顾余生眉头皱起，那个一直都跟小麻烦过不去的女人？

一股说不出来的厌恶和恶心瞬间充斥了顾余生的心，他下意识地就想退出微信。

对不起，他还真没什么兴趣看。

结果吴昊的第二条语音紧接着第一条语音自动播放了出来：“我也不确定这件事到底是真是假，但视频里的人，的确是你老婆。”

“另外，我已经把我这边的视频删了，蒋纤纤那边她自己可能会留着，你看看怎么样，再把她手里的视频也处理一下吧。毕竟流传出去，对你老婆，对你都不好，家丑不可外扬。”

视频？蒋纤纤的手里有小麻烦的视频？

顾余生退出微信的指尖微顿了顿，就盯向了手机屏幕。

手机听筒里继续传来吴昊的声音。

“虽然这是你们两夫妻之间的事，我一个外人不应该插嘴，但如果你老婆真的是这么想也是这么做的，那她真的有点太侮辱人了。

“算了，你还是自己好好看看视频吧，我已经发给你了。

“哦，对了，我忘了告诉你，蒋纤纤说这视频是她从你老婆的助理手中花大价钱买来的。”

没了吴昊的说话声，整个办公室里显得出奇安静。顾余生喝了一口咖啡，一边咽，一边滑动了两下屏幕，在吴昊发来的第一条语音的最上面，看到了一个视频。

顾余生点了下载，在等待的时间里，看到视频的上面还有两条微信。

不过不是语音，而是文字——

生哥？你在吗？

我想跟你说件事。

公司的网速很快，不过半分钟，四百多兆的视频就下载好了。

顾余生转了身，姿态悠闲地倚着办公桌，端着咖啡，一边喝，一边看起了视频。

视频应该是偷拍的，偷拍的人可能手不稳，拍得里面的人物晃晃悠悠的。

从场景上看，像是一个什么会所的包间。

很安静，除了小麻烦和她的经纪人外，再没其他人。

小麻烦好像是累了，脸色看起来有些苍白，抱着抱枕，坐在沙发上无精打采地玩着手机。

过了不过几秒钟，她突然抬起头，望了一眼旁边正在看剧本，像是在为小麻烦选剧的周婧：“帮我倒杯水。”

“嗯。”周婧应了一声，放下手中的剧本，起身走开。

过了大概一分钟，她端着一个玻璃杯走回沙发前，将杯子轻轻地放在了小麻烦的面前。

小麻烦又继续玩了一会儿手机，才坐起身，将手机随随便便往沙发旁边一丢，就指着周婧身边的一个香奈儿包开口说：“把我的包拿给我。”

那个包，顾余生再熟悉不过了，是小麻烦经常会背的一款包。

周婧将包递给小麻烦以后，小麻烦拉开拉链，在里面翻找了一小会儿，然后拿出一个白色的药瓶，拧开瓶盖，倒了一颗药出来。

“生病了？”周婧原本拿剧本的动作微顿了一下，转头问。

“没有。”梁豆蔻摇了摇头，将药丸放在嘴里，端起水杯，吞咽了下去。

“没有？没有你好端端的吃什么药？”周婧边说边拿起了桌子上的药瓶。她盯着看了两眼，就转头压低了声音问，“避孕药？你一直都在服用避孕药？”

避孕药？顾余生端着咖啡杯往嘴边递送的动作瞬间停了下来，他盯着手机屏幕里周婧拿着的那个小白药瓶看了一会儿，然后认出，果然是避孕药。

是当初被他扔掉的那一瓶吗？所以这段视频是之前就拍了的？

梁豆蔻没有说话，放下水杯，重新靠坐回沙发上，又拿起手机玩了起来。

周婧握着药瓶坐到了她的身边：“小蔻，你不想要顾余生的孩子？”

梁豆蔻玩手机的动作慢慢停了下来，她转头看了周婧一眼，过了一小会儿，才轻轻地点了点头，“嗯”了一声。

嗯？是因为当初他和她第一次后，他给她吃了避孕药的缘故，所以她才这般回应周婧的话吗？

顾余生脑海里的想法还没落定，视频里的梁豆蔻又开了口：“我是不会要他的孩子的。”

她的语气格外坚定，顾余生浑身的血液就仿佛凝固了一般，举着手机，盯着屏幕，动也不动。

视频里的两个人还在交谈，她们的对话字句清晰地不断地往他的耳朵里钻。

周婧问：“为什么？”

梁豆蔻说：“不为什么，因为我不喜欢他。确切地说，我连他碰我我都觉得很讨厌。我之所以这么多年来缠着他，想要嫁给他，你以为是什么？我爱他？呵呵，别开玩笑了！我不过是因为他背后有顾氏企业，他是我遇见的所有人里最强大的靠山，自始至终，我要的不是顾余生，而是顾太太这个身份。”

视频里的两个人沉默了一会儿，梁豆蔻又开了口：“你又不是不了解我，我只对我自己的事业感兴趣。”

“其实我从没想过要和他多亲密，我去公司找他也好，在他面前故作温柔也罢，就是做做样子而已。

“不过最近也不知道怎么回事，他对我的事情倒是越来越上心了，竟然还砍掉了林忆的戏份。

“不过话又说回来，如果不是他那天恰好在俄罗斯餐厅碰见你，我们也不会知道他现在这么护着我，也就没了昨天他在剧组当着那么多人的面，拿林忆杀一儆百的事情了！”

昨天？

所以这视频……是今天被她的小助理偷偷录下来的？也就是说，小麻烦……她现在还在吃避孕药？

可是昨夜，他提出他们俩要个孩子的时候，她明明答应的是好啊！

他亲身经历的和他此时看到的相差太大，大得顾余生的大脑都有些发蒙。

他是在盯着手机屏幕看，可他感觉屏幕上的人晃得他有些看不清，只能听见她和周婧的声音不断地传来。

“说起来还真是要感谢你，周婧，是你想到那样完美的计谋激怒了林忆，叫来了顾余生，现在整个娱乐圈怕是都知道我梁豆蔻背后的靠山是顾余生了，看来接下来可有的是好片和代言慢慢挑选了！”

“小蔻，行了，现在这里只有我和你，你这么说说就行了，如果被谁听见了，告诉了顾余生，到时候又要惹出麻烦了！”

“我又不傻，这还用你提醒，离开了你，顾余生就是我梁豆蔻喜欢的丈夫，不过……”梁豆蔻轻叹了一口气，然后歪着头，冲着周婧笑眯眯地说，“说句真心话，如果可以的话，我现在倒是更希望顾余生少回家，少见我，这样我也能乐得轻松，免得他一回来我就要各种装，装深情，装听话，装懂事……很累的，你知道吗？不过为了我的事业，我总是要哄好他。毕竟他对我来说，是我最好的一颗棋子……”

梁豆蔻说着，还带着几分嘲讽地轻笑了两声：“男人嘛，还真是都一个样，碰上了色，就成了傻子……”

梁豆蔻最后一个“子”的音还没发完，顾余生突然就扬手将手机狠狠地摔了出去。

手机直直地飞上对面墙壁上的玻璃酒柜，伴随着“砰”的一声响，碎裂的玻璃碴“哗啦哗啦”落了一地，发出一连串的巨响声。

棋子、傻子……原来，他对她来说就这样的定义啊！

顾余生说不出来自己到底是气坏了，还是太难受，他总觉得胸膛里有一股火在疾速燃烧，越燃越旺，烧得他的心肺都疼，到最后全身的细胞和血液都叫嚣着疼。

这种疼就像是全身的皮肉被人活生生地撕裂开来，疼得他无法忍受。他恼怒地一个抬手，将手中的咖啡杯也重重地砸了出去。

咖啡杯正撞上办公室的木门，发出沉重的一声响。过了没半分钟，办公室的门就被推开，传来秘书关心的声音：“顾总，请问……”

“滚！”秘书的话还没说完，顾余生扭头就猛地大吼一声，吓得秘书全身打了个寒战，连忙退到门外，将门用力带关上。

顾余生靠着办公桌大口大口地喘着粗气，他的太阳穴跳得格外厉害，扯得脑袋一下一下闷疼，让他觉得呼吸有些不畅。他暴躁地抬起手松了松脖子上的领带，然后又解了两颗衬衣的纽扣，视线就落到了一片狼藉中的手机上。他停顿了片刻，迈着步子走过去，也不顾地上的玻璃碴划破了他的指尖，直接伸手捡起手机。

手机屏幕碎裂得惨不忍睹，指尖滑过时，泛着细微的刺痛感。

顾余生却仿佛感觉不到一般，一下一下地点着屏幕，输入六位密码，然后重新进入微信，再次点开了吴昊发来的那段视频。

他已经看过一遍了，可这一次却比第一次看时来得还要认真专注。

他看了一遍又一遍，整个办公室里回荡的都是梁豆蔻说的那些话。

到后来，他不用去看手机屏幕，闭着眼睛都能想象出视频里的她接下来会是什么样的动作，什么样的神情，说出什么样的话。

他也不知道自己到底看了多少遍，直到手机没电自动关机了，他的耳朵仿佛被下了魔咒一样，还在环绕着她的声音——

“不为什么，因为我不喜欢他。”

“确切地说，我连他碰我我都觉得很讨厌。”

“我要的不是顾余生，而是顾太太的身份。”

“希望顾余生少回家……他一回来，我就要各种装，装深情，装听话，装懂事……”

“他对我来说是我最好的一颗棋子。”

顾余生忽地就“呵呵”地笑出声来，笑着笑着，他的耳边就又响起她那一句笃定的话：“我是不会要他的孩子的。”

我是不会要他的孩子的。

我是不会要他的孩子的……

顾余生像是发疯的野兽一般，突然抬起脚，狠狠地踹上了不远处的沙发，然后顺手逮住了一旁放置的落地台灯，举起就朝着办公桌砸去。

值钱的，不值钱的，重要的，不重要的，只要他看见的，只要能砸的，全都没能幸免。

噼里啪啦的声响持续了大概半个小时，顾余生才气喘吁吁地停下来。

原本装潢奢华整洁的办公室变得面目全非，电脑落在他的脚边成了两半，座机电话摔得四分五裂，听筒跑去了休息间的门口。

顾余生像是耗尽了全身的力气一般，往后退了两步，靠在洁白的墙壁上，摸出烟盒，一支接着一支不间断地抽了起来。因为他吸得过狠，烟呛到了鼻子里，他又弯下腰，剧烈地咳嗽出声。

在他咳得最厉害时，办公室的门被敲响，大概秘书知道他的心情不好，不敢进来，只是隔着门问了句：“顾总，您还好吗？”

顾余生努力止住咳嗽，冲着外面开了口，然后他发现自己的声音沙哑得不像话：“有什么事吗？”

“林氏企业那边的人过来了。”秘书汇报完后，接着又说，“我已经让副总接待他们了，跟他说您现在有点事走不开。”

“嗯。”顾余生应了一声，狠抽了一口烟，吐烟圈时，他突然像是想起什么一样，又开口喊了一句，“等一下。”

“顾总，我在。”

“你给陆半城打个电话，告诉他，我让他做的那些事情，不用准备了。”

秘书虽然好奇是什么事情，但她不敢问，只乖乖地回了句“是”。

顾余生没再说话，靠着墙壁发了一会儿呆，然后才微微抬了一下头，隔着烟雾缭绕，透过对面碎裂的镜子，他看到自己的眼睛通红一片。

他吸烟的动作微微停了一下，然后垂下眼帘，自虐般地又猛抽了起来。

顾余生不知道自己到底抽了多少支烟，他只知道办公室里的烟全被他抽光了。等他醒过神来时，他的脚边落了厚厚的一层长短不一的烟蒂和烟灰。

他目光呆滞地盯着那些烟头看了一会儿，才缓缓转头看向窗外。

天不知何时变黑的，今晚的天气好的一塌糊涂，挂在天边的圆月，散发着清亮的光芒，城市的无数灯光，或亮着、或闪烁着。

对美轮美奂，璀璨漂亮的城市夜景啊。

他本是要在这样惊美的夜晚，对她告白和求婚的。

他那么精心准备的惊喜，配上这样夺目的景致，肯定是美得惊心动魄、让人难忘的一幕，可是……

那样惊美的画面，落在顾余生的眼底，忽地就变得一片灰白。

难怪他给她礼物，她从不用；他给她银行卡，她从不花；他要陪她逛街，她找借口拒绝。

县至他为了测试她是不是喜欢自己的，还要了那么多小手段，那晚她让他去洗澡，说他身上的香水味难闻，他以为她是吃醋了……原来是他想多了。

她心底想的是利用，他心底想的是一生。

真够讽刺的啊……

顾余生扯着唇角，自嘲的冷笑了一声。

喜欢上她，他不后悔，纵使此刻，他听见她说的那些话，他也没有丝毫的后悔。

她不喜欢他，也没关系。

可是他无法接受的是，她的欺骗，和她对他自尊的践踏。

想到这里，顾余生吞咽了一口唾沫，才发现因为抽烟过多，自己嗓子仿佛冒了火一般，又苦涩又疼痛。

那股疼痛，一直传到了他左胸膛里的最深处，叫嚣着，蹿动着，将他的心脏凌迟的鲜血淋漓。

真疼啊……原来爱情不单单可以让你幸福，不单单可以让你快乐……还可以让你疼的死去活来啊……不行，他不能继续在这里呆着了，他要出去透透气。

顾余生想着，就从一片废墟里找出手机和车钥匙，离开了办公室。

他也不知道自己要去哪里，就那么开着车，漫无目的地在城里乱转悠，红灯亮了他就停，绿灯闪了他就走。

途中，他经过好几次他别墅小区门口，每一次他都险些拐进去，可是最后总是开走。

他不知道自己走的是那条路，只知道车子没油了，他就去加油，然后踩刹车，踩油门，直到脚底板都踩得泛疼了，他才将车子停在了路边，整个人像是泄了气的皮球一般，趴在方向盘上，动也不动。

第十三章

重回起点

豪华的别墅客厅。

秦芷爱傍晚特意从后花园里采摘的鲜花，在花瓶里娇艳欲滴，静静绽放，散发出来的淡淡幽香充斥了整个餐厅。

餐桌上摆放着精致的烛台，漂亮的碗碟里装满了各种诱人的食物。

秦芷爱安静地坐在餐桌旁，盯着窗外越来越黑的夜色，眼睛眨都不眨。

为了这顿晚餐，她下午三点多钟就开始忙碌了，一直在厨房里待到六点半才准备妥善。

尽管只有他和她两个人，可她却准备了满当当的一桌子菜。

这可能是他和她的最后一顿晚餐了。

她想给这一场替身的戏画上一个完美的句号，所以她将自己这一生到现在为止会做的所有的菜，都统统做了一遍。

她想将自己最美的一面呈现给他，所以做完饭，她就立刻冲上楼，洗了个澡，将一身的油烟味去掉，然后坐在梳妆台前，认真地画了一个漂亮的妆容。她又特意去更衣室选了一条漂亮的裙子，就仿佛是曾经年少时，她为了赴他的电影之约一样，要多用心就有多用心。

可从七点半开始她坐在餐桌前，等到了八点、九点、十点……饭菜被她来来回回加热了不知道多少遍，他都还没回家。

想到这里的秦芷爱，轻轻地眨了眨有些泛酸的眼睛，转头看了一眼墙壁上的挂钟。

十点四十三分。

他应该在忙吧，也许再等等他就回来了。

秦芷爱看着一桌子又冷掉的饭菜，本想起身再去加热，可一想到频繁加热菜都变了味道，索性就耐心地等他回来再说。

时间不知不觉到了晚上十一点。

顾余生还没回来，甚至连个电话都没打给她。

他是忘了今晚和她有约吗？她要不要主动给他打个电话问一问呢？

秦芷爱想着，就拿起手机，拨打顾余生的电话。

“对不起，您所拨打的电话已关机。”

听到这样的回复，秦芷爱有些失落地放下了手机。

估计是没电了，再等等吧。毕竟曾经的她，最长的时候可是等过他十五个小时呢，这才三四个小时，算得了什么？

午夜十二点时，客厅的落地钟发出沉闷的敲击声。

是他约的她啊，他在短信里明明答应得好好的，怎么现在还不回来？是又一次对她爽约了吗？

秦芷爱放在桌子上的手忍不住握成了拳头，缓缓地加大了力气。

十二点半的时候，秦芷爱拿起手机，又给顾余生拨了个电话，还是关机的状态，她的脸色渐渐开始苍白。

她明明几个小时之前肚子很饿的，可现在却一点胃口都没有了。

她给自己倒了一杯水，喝了小半杯就喝不下去了。然后她就看着对面顾余生平常在家吃饭时喜欢坐的地方，为了打发无聊而又漫长的等待时间，她就开始幻想若是他回来了，会是怎样的画面。

幻想总会有尽头，到了深夜三点钟，别墅外还是安静一片，没有传来任何车子开进来的动静。

没有半点困意的秦芷爱用指尖沾着水，开始在餐桌上写起了字——

顾余生，你怎么还不回家？

顾余生，我在等你回家。

顾余生，你再不回来，可能以后就看不到我了。

顾余生，好吧，我承认是我比较想再看一看你。

……

写着写着，秦芷爱的眼眶就变得有些红，她努力扬着唇，微笑了一下，就趴在餐桌上发起了呆。

她亲眼看着窗外的天色从一片漆黑变成了蒙蒙亮，然后才意识到，自己等了他一夜。

他估计不会回来了吧？

秦芷爱轻叹了一口气，站起身，刚准备将餐桌上没动过的饭菜全收起来，就听见屋外传来车子的鸣笛声。

秦芷爱以为是自己听错了，愣怔了一下，侧着头静站了片刻。听见车声越来越响，才确定是真的有车开进了院里。她没有任何犹豫地踢开了身后的餐椅，快步跑出餐厅，冲到了客厅的窗前。

借着别墅院内昏黄的灯光，秦芷爱看到顾余生平常喜欢开的那辆车，一个急刹车，猛地停在了屋门前。

他回来了……一生中，她等过他三次，终于在第三次，等到了他赴约。

尽管她等了他一夜，可秦芷爱的心底还是翻滚起一股无法言语的感动和欣慰。

秦芷爱想都没想就转身跑向了玄关。

她刚走到鞋柜处，顾余生已经输入密码推开了门。

秦芷爱停下脚步，看向顾余生。因为终于等到他的缘故，她显得很开心，所以再开口说话的时候，顺带着也冲着他咧开嘴角，绽放了一抹柔柔的浅笑，就连声音都显得格外悦耳灵动："你回来了？"

顾余生没料到她还没睡，整个人在门口处愣了一下，才将视线落在了她的脸上。

她的笑，很美很娇憨。

是当初她每次见到自己畏畏缩缩时，他最期盼她能面对自己的模样。

可是此时，她的这副模样却让他觉得格外刺眼。

顾余生只是匆匆地看她一眼，然后就撇开了视线，没回她的话，直接迈步进了屋里。

玄关的灯没开，客厅只开了几盏壁灯，秦芷爱看不太清楚顾余生的神情，只当他是累了。在他走近自己后，她又开口问："你吃过饭了吗？"

问完以后，秦芷爱才意识到，现在天都快亮了，都要吃早餐了，她又连忙改口说："你饿不饿？"

顾余生仍旧没说话，将门顺手带关后，就蹲下身去脱鞋。

秦芷爱连忙拉开鞋柜，从里面拿出顾余生的拖鞋，弯腰摆放在了他的面前，然后接着刚刚问的话，继续开口说：“我做了很多吃的，可以先帮你热一热……”

她嘴里的话还没说完，身子都还没直起，换好鞋的顾余生就绕过她，走进了屋里。

秦芷爱微怔了一秒，站直身子，转身跟上了顾余生。她刚准备开口再跟他说话，这才就着旁边墙壁上的壁灯，看清楚了顾余生的模样。

他漂亮的眼底布满了红色的血丝，身上的衣服又皱又脏，散发着浓烈的烟味。

他的脸色很苍白，向来干净整洁的下巴上冒满了青碴。

他怎么把自己搞得这么颓废狼狈？

秦芷爱本能地以为顾余生是在工作上遇到了什么棘手的问题，自然是柔声关心：“发生了什么事吗？”

顾余生和进屋时一样，还是没半点开口说话的意思。

他应该很累，心情也很不好吧……秦芷爱又开口说：“我去给你放洗澡水，你先泡个澡，会舒服些。”

想了想，秦芷爱还是先转身去了厨房，倒了杯热水，放在茶几上，冲着顾余生指了指沙发，开口说：“你先喝点水，休息一下，洗澡水放好了我就来喊你。”

秦芷爱知道顾余生心情不好的时候不想说话，她也看得出来，他此时的心情差到了极点。所以没等他回话，她就冲着他勾着唇盈盈地笑了笑，踩着楼梯快速跑上了楼。

放好热水后，秦芷爱先去更衣室替顾余生找了一身干净的睡衣摆放在浴室旁边的衣架上，才重新跑下了楼。

她刚跑到拐角处就停了下来。

顾余生竟然还站在她上楼之前的地方，盯着不远处落地钟的脸上什么太大的表情，眼神不冷也不热，和平常淡漠的模样看起来没什么两样。

可秦芷爱不知道是不是自己敏感了，总觉得顾余生有些不对劲。

她迟疑了一会儿，才冲着楼下的顾余生轻声开口：“洗澡水放好了。”

顾余生没任何反应，让秦芷爱不确定他到底是听见了，还是没听见。

过了好一会儿，正当秦芷爱准备再开口喊他一句时，他就将视线缓缓地挪到了她的身上。

他只是望了她一眼，就垂下眼帘，什么话也没说，迈着步子走到楼梯前，一下一下踩着台阶往上走来。

在经过她身边的时候，他的步伐微微停顿了一下，连个眼神都没甩给她，就擦过她的身边拐了个弯，继续往楼上走。

直到顾余生的身影消失在主卧的门口，秦芷爱才转头看了一眼楼上。

是不是她想多了，怎么总觉得顾余生对她好像有些冷淡和疏离呢？

秦芷爱本因顾余生回来而雀跃欢喜的心情，仿佛被人生生浇了一盆冷水，变得有些冰凉。

秦芷爱在原地站了一小会儿才回了主卧，她本以为顾余生已经进浴室泡澡了，没想到推开门，就看到他手里拿着脱掉的西装外套，站在浴室门口一动不动。

秦芷爱以为他是在想事情，便没去打扰他，可过了大概五分钟的样子，他就像是雕像一般，仍然没有任何反应，甚至连眼皮都没有丝毫的抖动。

秦芷爱这才迈着步子，轻缓地走到顾余生的面前，接过他手中的西装，小声说：“洗澡水要凉了，赶紧进去吧。”

这次她说完话，顾余生就有了反应。他冲着她轻点了一下头，一边抬手解衬衣的纽扣，一边走进了浴室。

秦芷爱把西装扔入更衣室的脏衣篮后，才发现顾余生竟然没关浴室的门。她顺手帮他关门时，想到他一夜没睡，肯定很累，便去梳妆台拿了一瓶精油进了浴室。

顾余生刚脱掉衬衣，看她进来，就停下了脱裤子的举动。

秦芷爱冲他晃了晃手中的精油：“这个消除疲惫很管用。”

解释完，秦芷爱就拧开精油的盖子，往浴缸里倒了一些。然后再起身冲顾余生柔柔地笑了笑，就朝着浴室门口走去。

她经过他身边的时候，眼角的余光瞥见了他的手，发现有几处很浅的伤口，像是被玻璃扎破的。

她的脚步微顿了顿，没说话，就重新加快步伐，走出浴室，帮他关上门。

秦芷爱去楼下管家的房间里找了医药箱，拎回楼上后，等了大概半个小时，浴室的门被打开，顾余生穿着她选的那身睡衣走了出来。

秦芷爱转头看到顾余生的头发都没擦，还在滴着水，皱了皱眉，小声地嘀咕了一句："怎么不擦干头发？"

然后就起身走进浴室，拿了一条干燥的毛巾，回到顾余生的面前："你坐下，我帮你擦擦头发，最近天凉了很多，又没暖气，会感冒的。"

顾余生还是那副一声不吭的样子，听完秦芷爱的话，盯着她看了几秒钟，才走到沙发前坐下。

秦芷爱站在后面，拿毛巾包裹住他的头发，力道适中地揉搓着，吸走了大半的水珠，才停下来，摸了摸他的头发，感觉还是有些潮湿，又说："我去拿吹风机。"

顾余生一直等到秦芷爱转身走出好几步，才微微地侧头，看了一眼她的身影。

从回家到现在，一直都没什么情绪的眼底忽地变得有些复杂。

直到他听见她从浴室里走出的脚步声，他才轻抿了一下唇，将视线收回来，脸上又变回了面无表情。

秦芷爱先插了电源，然后才打开吹风机，指尖拨动起顾余生的发丝来。

两个人没有任何交谈，窗外的天已经亮了，只有吹风机的噪音呼啦啦地响着。

头发快完全干时，从回家到现在一直沉默无声的顾余生突然语气有些重地开口来了一句："够了！"

秦芷爱被吓了一跳，手一哆嗦，吹风机险些从手上滑落。

她先是不解地看了一眼顾余生，才急忙关掉吹风机，拔掉了电源。

将吹风机放回浴室后，秦芷爱再出来时，顾余生还保持着原来的姿态，闭着眼睛，靠在沙发上。

因为刚刚他语气不好的缘故，秦芷爱有点不是特别敢上前主动招惹他。

她知道他的脾气不好，现在的她要么当不存在一样爬上床去休息，要么就去别的地方躲开他。

可她的视线总是不经意地往他的手上瞄。

过了今晚，再过了明晚，后天就是十二号，她和梁豆蔻换回来的日子。

或许这一别，她这一生都没什么机会再对他好了。

秦芷爱挣扎了许久，最后还是鼓起勇气，迈步走到顾余生的面前，轻声开口说："你手受了伤，我给你贴几个创可贴吧。"

顾余生没有丝毫的反应，既没说话，也没掀开眼皮，整个人看起来安静得就仿佛睡着了一般。

秦芷爱不确定他是同意了还是不同意，稍站了片刻，才拿了医药箱，从里面取了几根碘酒棉签和几个创可贴，坐在顾余生的旁边，拉起他的手，放在自己的腿上。

顾余生的指尖明显弯曲了一下，像是要抽走，却终究没动。

秦芷爱拿着碘酒棉签，力道很温柔地给他的伤口处消了毒，然后撕了创可贴，小心认真地贴了上去。

在秦芷爱处理最后一处伤口时，和刚刚她吹头发时一样，顾余生突然掀起眼皮，目光冰冷地射向她："装得不累吗？"

装得不累吗？这话是什么意思？

秦芷爱的指尖一抖，不明所以地抬起头看向顾余生。

她眼底的无辜和不解，落在顾余生的眼中，格外讽刺碍眼。他呵笑了一声，连话都懒得说，撇开头，看向窗外。

秦芷爱不傻，听得出来顾余生刚刚话里的嘲讽。

她盯着他的侧脸看了片刻，小声地开口说："你……是不是误会了什么？"

误会？他倒希望是个误会啊……可视频里的人是她，口口声声开口说话的人也是她，谁能告诉他，他怎样才能当成这是一场误会？

他之所以在外面开车流浪了一整晚，就是不想回家和她吵架！

他本以为，这个点她肯定在睡觉，谁知她竟然醒着。

她一看到他，就立刻迎上来，又是关心他，又是照顾他……若是换了昨天以前，他肯定会开心极了，也幸福极了。可是现在，他却觉得她这样做的种种，就像是一个又一个响亮的巴掌狠狠地甩在自己的脸上！

直到刚刚，他终于忍不住，脱口而出了两句话。

顾余生能清楚地感觉到，此时的自己，胸膛里的那股火已经疾速地燃烧了起来，他生怕自己会控制不住脾气，下一秒就反手一巴掌甩在她的脸上，于是闭着眼睛深吸了一口气，在心底不断地告诉自己，什么都没听见。

秦芷爱看顾余生迟迟都没开口的意思，绞尽脑汁想了许久，也想不出顾余生到底为什么会莫名其妙地抛出那样一句话。

她就要走了，他们那么美好地相处了这么久，她不想就这么破碎掉，落个不欢而散的下场。

秦芷爱安静地坐在沙发上想了一小会儿，索性就当没有刚刚的插曲，冲着顾余生温软地笑了笑："你一整晚都没休息吧？我把最后一个伤口处理好，你赶紧去休息一会儿吧……"

秦芷爱说着，就撕开了手中的创可贴，一边小心翼翼地贴在顾余生的伤口上，一边又声调软软地说："对了，你昨晚吃东西了吗？饿不饿？如果饿，我现在去给你热点东西……"

最后一个"吃"字秦芷爱都没发出来，顾余生突然就转身将她压在了沙发上，低头堵住了她的唇。

他吻得格外用力，就像是撕咬。

他都还没撬开她的唇，就已经将她的裙摆掀了起来。

他连她的衣服都没褪去，而是直接扯掉了她的内衣。

他的反应太快，没有任何先兆，她也没有任何准备。只是觉得唇刚被他堵住，身体就被他打开了，然后一股疼痛就传遍了她全身。

以前的时候，她经常会这般疼，或许是许久没有这样疼过了，她一时没忍住，在自己没有意识的情况下痛呼出声："疼。"

顾余生一下子就停了下来。

他压在她的身上没动，亲吻也停了下来，过了一会儿，他才慢慢摩挲起了她的唇瓣，力道出奇的温柔呵护。

她慢慢有了感觉，因为疼痛而僵硬的身体变得柔软了。

室内的温度越来越高，画面越来越旖旎，喘息声也越来越重。她的衣服因为没有完全褪去，过于碍事，他一边要着她，一边去解她的衣服拉链。因为身体太激动，他的指尖显得有些不听使唤，拉了好儿次都没拉开。他索性一用力，将她的衣服硬生生撕成了碎片，扔到地上，和她的肌肤彻底贴合在了一起。

……

结束后，秦芷爱气息不稳地窝在顾余生的怀里，像是一只猫般，懒得动弹一下。

俗话说，床头吵架床尾和，这般亲密的事，让秦芷爱因为顾余生回家表现的冷淡而升起的失落消散了许多。

她等到整个人缓过劲来后，就抬起眼帘，看了他一眼。

男子在看天花板，不知在想些什么，脸上也没什么表情，只是下巴略微有些紧绷，像是在不开心。

秦芷爱咬了咬唇，缓缓出声问："你……今天怎么了？"

顾余生的身体明显一僵，然后摇了摇头，很快就回了她的问话："没什么。"

傻子都看出来有什么……秦芷爱在心底悄悄嘀咕了一句，又开口问："你刚刚那话是什么意思？"

顾余生这次没了反应，可他的下巴紧绷得更加明显了。

秦芷爱的心一凉，过了一会儿再次开口："是遇到了什么不开心的事？还是我……”

秦芷爱本想说“我做了什么惹你不开心的事”，只是她刚说出一个“我”字，顾余生就打断了她的话：“我有点累了，睡吧。”

秦芷爱张了张嘴，还想再说些什么，顾余生却忽地抽走了搂着她肩膀的胳膊，翻身，留给她一个后背。

原本因为那场欢爱而出汗的身体忽地变得有些冷，她身上明明盖了被子，却还是打了个寒战。

秦芷爱盯着他的后背，胸口变得格外沉闷难受，仿佛压了一块大石头一般，让她有些喘不过气来。

她还是有些想问他究竟怎么了，可望着他冷漠的后背，到嘴边的话却怎么都问不出来。

不过的确不该问，也没什么好问的。

无论他和梁豆蔻的关系怎样，都与她无关啊……而她以秦芷爱的身份去问了又怎样？他和她终将要分离，结局终将无法改变。

秦芷爱眼底泛起一抹黯淡，她咬了咬嘴角，很小幅度地往床沿挪了挪，把他和她之间的距离拉开了一些，然后轻轻地翻了个身，也背向了他。

卧室里安静得一塌糊涂，地上的衣服散乱一地，空气中还弥漫着他和她刚刚欢爱的暧昧气息。

可刚刚亲密无间的两个人中间空出了很宽的距离，虽然在同一张床上，却仿佛隔了一条银河那般遥不可及。

顾余生闭着眼睛，紧绷着唇，面色沉静。

秦芷爱睁着大眼，盯着窗外，神情呆滞。

两个人都没困意，各自沉浸在自己的思绪里，谁都没出声，也都没动弹。

整个屋里的气氛像是被摄像机拍下来的照片，定格凝滞。

过了不知道多久，秦芷爱望着窗外的睫毛轻轻地抖了抖，眼角有一滴泪无声地砸落在枕头上。她轻抿了一下唇，将脸埋在被褥里，缓缓地闭上眼睛。

窗外的阳光一点一点洒满大地，变得越来越灿烂。

缩在被褥里的秦芷爱等到身边顾余生的呼吸变得均匀绵长，才将脑袋小心翼翼地探了出来。她怕吵醒她，于是动作缓慢地转头，看了一眼顾余生。

男子背对着她的身影很平静，像是睡着了。

秦芷爱这才悄悄掀开被子，下了床，从地上随便捡了一件衣服裹在身上，就去了更衣室。

换了一身崭新的睡裙出来后，秦芷爱先绕到顾余生面向的那边，看了一眼他的脸。

他脸上的神情十分安静，俨然是熟睡的模样。

秦芷爱这才放下心来，她怕走路时会发出声音，干脆直接光着脚丫踩在地板上走到梳妆台前，打开放在上面的背包，从里面拿了个药瓶，然后就攥在掌心里，轻手轻脚地走到门口，再悄无声息地拉开门，走了出去。

门前一秒被关上，后一秒躺在床上呼吸均匀的顾余生就掀开了眼帘。

他脑子里一团乱，始终都没睡着。

他没去看身后的她，她也没发出任何动静，他以为她睡着了，结果没想到，她竟然下了床。

他闭着眼，装出一副沉睡的模样，动也不动，可耳朵却一直都在留意着她的动静。

尽管她把所有的举动都放到了最轻缓，可他还是凭着声音知道她去过更衣室，也知道她来过自己面前，看过自己几眼，更知道，她好像从包里翻出了什么东西。

她看他，是想确定他有没有睡着？那……包呢？

顾余生扭头看向梳妆台，上面摆放的恰好就是视频里的那个香奈儿。

难不成她拿了避孕药，趁着他睡着的时候，偷偷摸摸下楼去吃？

这个想法刚闪过顾余生的大脑，他人已经到了更衣室，胡乱地找了一身衣服，一边往身上套，一边大步流星地冲出卧室，往楼下快步奔去。

餐厅的门没关，顾余生走到门口，一眼就看到了站在饮水机前的秦芷爱。

她一手拿着一颗药丸往嘴里送，一手拿水杯接了小半杯水，紧随其后也递送到嘴边，昂起头喝了一大口水。

可能是药丸没吞下去，她皱了一下眉，又灌了一大口水，这才放下水杯，拿起放在一旁的药瓶和瓶盖，一边拧，一边朝着门口转过身子。

随即，她整个人就仿佛被点了穴道一般，猛地就呆在了原地。她盯着门口的顾余生，大脑一片空白，根本不知道自己该做出怎样的反应和神情。

顾余生的表情看起来特别平静，他凝视着秦芷爱的眼神和平常几乎没有任何区别，甚至还要更温润柔和一些。

他静静地望了她片刻，迈着步子，缓缓地走进餐厅，停在她身前半米远处。

他开口的声音既不淡漠，也不冰冷，就像是在闲聊一般，随性而又平易近人："怎么在吃药？身体不舒服吗？"

听到顾余生的话，秦芷爱才从突然和他硬生生地撞了个正面的震惊中回过神来。

她望着他温和的模样没有出声，脑袋不由自主地低了下去。

他不是睡着了吗？怎么会突然跟过来？那她吃药的画面，他是不是也都看到了？

"怎么不说话？"顾余生又开了口，声音是秦芷爱从未听见过的低柔。

他越是这样，秦芷爱的心底就越忐忑，越害怕，手指下意识地就抓紧了手中握着的药瓶。

她那样细微的动作一下子就引得他的视线落向了她的掌心，他悠闲地往前挪了挪步子，将手伸向了她手中的药瓶。

秦芷爱下意识地将手往后躲了躲，顾余生的手落了个空，他蹙了蹙眉，一点生气的迹象也没有，而是固执地又往前伸长了一些胳膊，抓住她的手腕，拉到自己面前。

秦芷爱心跳的速度忽地加快，她的手因为过于用力，将药瓶都捏得变形了。

顾余生一点放弃的意思都没有，脸上还是那样舒展的神情，可指尖的力道却大得惊人，将她紧握着的药瓶一点一点硬生生地抠了出去。

伴随着他低下头去看药瓶上的字，秦芷爱的心仿佛一下子就停止了跳动。

顾余生保持着同一个神情，盯着药瓶上简单的几个字看了许久都没反应。

时间仿佛在这一刻静止不动了一般，好像过了几分钟那般短，又好像过了一个世纪那般长，顾余生的视线才缓缓地从药瓶上落到了秦芷爱的脸上。

秦芷爱以为顾余生会发火，本能地闭上眼睛。然而过了许久，餐厅里还是一片安静。秦芷爱这才又睁开了眼帘，结果就看到顾余生举到自己面前的药瓶。她吓得心颤了颤，刚准备往后退一步，顾余生的声音就如同春水般，轻柔平和地传过来："这……是什么药？"

秦芷爱哪敢说话，就连呼吸都屏住了。

顾余生将药瓶转了转，把"避孕药"那三个字对上她的眼帘，又低声问："这……三个字读什么？"

秦芷爱的脑袋低得更厉害了。

他不让她吃避孕药的那一天，把她仅剩的药丸都扔入了马桶，她是答应过他不会再吃避孕药，也答应了给他生个孩子的，可是……那是她替梁豆蔻答应的，而她是秦芷爱，她没有资格……所以在他毁掉她上一瓶药的当天，她又偷偷买了一瓶新的。

"没听到我说话？还是你也不认识这三个字？"顾余生微微弯了弯身，将脑袋往她耳边凑得近了一些，"肯定不是避孕药，对不对？"

秦芷爱从未见过顾余生这般模样，吓得后背有些发紧，握紧的掌心里全都是汗。

“说啊！”顾余生看她不吭声，又开口催促起来。他平静的眼底弥漫出繁杂的情绪，似是慌张，又似是害怕，“我们昨天说好要一个孩子的，所以这不是避孕药，所以，你告诉我这不是避孕药，不是……”

顾余生像是要拼命抓住最后一线希望一般，说到最后的时候，连声音都染上了一丝丝不易察觉的乞求，声线抖得格外厉害：“快说啊……”

只要你说，只要你否认，我就相信。

尽管他知道，他这只是在自欺欺人。可是他除了这样，再也没有其他方法来让自己此时此刻尖锐疼痛的心好受一些。

秦芷爱站在远处，无声地抬起眼皮，望了一眼顾余生，张了张嘴，却说不出一个字来。

她要说什么？说她不是真的梁豆蔻，不能为他生孩子？还是真的顺着他的意思，说她吃的不是避孕药？

他和她都清楚，她刚刚吃的就是避孕药，她根本无从辩驳。

她的反应让顾余生的眼神变得有些凌乱，他知道，自己即使再想逃避，也逃不掉了。

他必须面对这个现实，她根本不想要他的孩子，她一直都只是在欺骗他……顾余生的胸膛开始起伏不定，再开口的声音里含了隐隐的怒意：“我不是让你说不是吗？”

说着，顾余生猛地抬起脚，踹上了一旁的餐桌：“你为什么不说，为什么？！”

沉重的大理石餐桌被顾余生硬揣得往一旁生生挪了半米，撞到一旁的餐边柜发出“砰”的一声巨响。

餐桌反弹的力道让顾余生的脚底泛起生生的疼，可他却像是感觉不到一般，双眼通红地瞪着秦芷爱。

他开着车，漫无目的地流浪了一整晚，才努力让自己不去想那些她在视频里说的话，突然又在他的耳边回响起来——

“我是不会要他的孩子的。”

“我要的不是顾余生，而是顾太太的身份。”

不要他的孩子，不要他的孩子……顾余生忽地抓了秦芷爱的手腕，把她硬生生拖到了自己面前，掐住她的下颚，将她的嘴用力捏开，然后再用牙齿拧开避孕药的瓶子，将里面的药丸一股脑地冲着秦芷爱的嘴里就倒了进去：“不是要吃吗？那好啊，吃，全吃了，吃个够！”

秦芷爱被顾余生这样的举动吓得小心脏“怦怦”直跳，她拼命地摇头，躲闪着顾余生劈头盖脸倒下来的药丸。

那些药丸，有些砸在了她的脸上，有些落入了她的衣领里，还有些掉入了她的嘴里，遇到唾液，立刻蔓延出苦涩的味道。她下意识地干呕了一声，然后就抬起双手，拼命去扯顾余生的胳膊。

顾余生掐着她面颊的手指的力道下意识地加重一些，随后就随着她的力道猛地松开了手。

秦芷爱立刻弯腰吐了起来，直到将嘴里的药丸全部吐干净，才逃命般地朝着餐厅外快速跑去。

她刚跑到楼梯口，就被顾余生抓了手腕。她吓得尖叫了一声，想都没想就转身朝着他的手臂咬去。

她咬得格外用力，他却像是感觉不到疼一般，将她甩到了一旁的墙壁上。随着她后背传来生疼，她咬着他胳膊的力道一松，下一秒顾余生冒着戾气的身体就狠狠地压在了她的身上，像是要把她活生生挤进墙壁里一般用力。

秦芷爱被顾余生的胸膛和墙壁挤压得无法呼吸，她憋得难受，拼了命想挣扎，却使不出来半点力气，最后只能张着嘴，哑着嗓音，勉强发出抗拒的声音：“你放开我，你离我稍微远点，放开……”

顾余生满脑子环绕的都是她视频里说的“因为我不喜欢他”“希望顾余生少回家”“我是不会要他的孩子的”。

她本能而又正常的反抗的话语钻入他的耳中，让他顿时就联想到了她说的那句“我连他碰我，我都觉得很讨厌”。

她这是嫌他烦，不让他碰她？

顾余生的怒气越发汹涌勃发。

她嘴里还在翻来覆去地念着那两句话，他听得刺耳极了，将他仅存的那一点理智都冲击得烟消云散。他抬起手，捂住了她的嘴巴："你给我闭嘴！闭嘴！你不是很能装吗？我刚回家的时候，你不是装得跟孙子一样吗？怎么现在不装了？开始说实话了？离你稍远点？"

顾余生不知道是不是气坏了，突然就咧着嘴，歪头轻笑了起来。下一秒，他就松开了捂着她脸的手，往后退了一步，和她拉开一些距离，然后盯着她又"呵呵"地笑起来："怎么？我这颗棋子还没完全发挥到最大的作用，你就要弃掉了？你就不怕再有一个林忆出来？还是觉得现在有挑到手软的剧本和代言了，我暂且没用了，懒得应付我了？"

棋子？林忆？

弯着腰正大口大口呼气的秦芷爱听到这几个字，忽地停了下来。她皱了皱眉，过了几秒钟才明白了他话里的意思。

难怪他今天回来后反应怪怪的，原来他知道了那天在摄影棚林忆是被陷害的，也知道了他在那天被人当成一颗棋子利用了。

秦芷爱的这些想法都还没落定，顾余生又伸出手抓住了她的肩膀，将她一把拽到自己面前。他伸手抬起她的下巴，直视她的眼睛，语气又冷又冰地开了口："实话告诉你，你真以为我稀罕回家啊？稀罕每天看你这张脸？我一点都不稀罕！你以为我真想要你的孩子？不过是因为爷爷想要孩子，我才勉为其难让你生一个！"

顾余生越说心越痛，就仿佛是被人拿了一把刀，拼命地在搅动心脏一般，带动着他的身体都轻轻颤抖了起来。

他想要她的孩子，也只想要她的孩子，可她根本就不稀罕。

他以为她就是他的余生，可结果呢？她讨厌他，她毫不在乎他，她只是把他当成了一颗上位的棋子。

顾余生怒意磅礴的眼底染上了一层雾气，就连咬牙切齿的声音中都带了一丝颤抖："讨厌我碰你是不是？我今天偏要恶心死你！"

对啊……他看到视频后，就一直在想要怎么对付她。

当什么事情都没发生，他做不到，也不甘心。

可真的出手还击她，他也做不到，因为他舍不得。

他开着车在外面逛了一整夜，也没想出一个解决的方法来。

直到他刚刚气得口不择言，脱口而出那句话时，他才猛地反应过来。就是啊，他怎么那么蠢，她既然毁了他的感情，让他过得不如意，那他何不依葫芦画瓢，以其人之道还治其人之身，也让她过得不称心呢？

她不是不想给他生个孩子吗？那好啊，他就偏要让她怀上孩子，逼着她生下来。

既然她让他糟心，那他也有的是方法膈应死她！

这么想着，顾余生就松开了掐着秦芷爱下巴的手，一把拎起她，拽着她往楼上走去。

她感受到他强大的怒气，怕得一边尖叫一边挣扎，可还是被他硬拖到了卧室门口。

他抬起脚，大力地踹开卧室的门，将她往床上重重地一甩。就像是没有听到她的声音一般，到了后来，她的眼泪都流了下来。他明明看到了，可眉眼之间却依旧是一片冰寒，没有停顿，也没有凝滞，甚至眼角还漫起一抹类似于嘲讽的轻笑。

秦芷爱的半条命都快被他弄没时，他才终于结束了，她闭着眼睛，气息不稳地小口小口吸着气。

顾余生望着她这副模样，唇紧绷了一下，然后就转过头去看向窗外。

他从清楚地知道自己喜欢上她时起，就恨不得每天都和她腻在床上，可他看到她每次结束后累得瘫在床上可怜兮兮的样子，就会心疼地放过她。

后来他决定要个孩子，也想着和她每晚来两次，那样怀孕的概率也会大一些，但还是没舍得，就想着顺其自然，什么时候怀上什么时候算。

可是现在，他不需要替她着想了，反正她也不稀罕！

想着，顾余生突然就将秦芷爱翻了个身，压在她的后背上。

自始至终他都没给她一个吻，甚至连一丝温情都没有。

直到窗外的阳光开始西斜，他才终于放过了她，将她随意地往床上一丢，连个眼神都没甩给她，转身就进了浴室。

秦芷爱奄奄一息地趴在凌乱狼藉的床上，听着顾余生洗澡换衣发出的动静，连吸口气的力气都没有了。

过了大概十分钟，顾余生换上一身崭新的西装，光鲜亮丽地从更衣室走出来。他手中拿着一条领带，一边系，一边瞄了一眼床上的秦芷爱，然后就踏步走了过来，俯身凑到她的面前，抬起她的下巴，直视她苍白狼狈的小脸，冷笑着开口说："不是只想要顾太太的身份吗？行，没问题！给我生个孩子，我就满足你的要求！"

"假如你要是做不到这一点……"顾余生的眼底闪过一抹凌厉，连带着脸上的神情一瞬间变得有些淡漠薄凉，"就趁早从我这里滚出去！"

秦芷爱睫毛轻轻地颤了颤，却始终没掀开眼皮看他一眼。

是的，不要看了。

她不希望自己看他的最后一眼，是他给她的嫌弃和厌恶。

"当然，你要是为了顾太太的身份愿意生这个孩子，这个家以后我也不会总回来了，留给你住，算是给你生孩子后，除了顾太太的身份外额外的补偿。毕竟我随便找个孕母，也是要给一笔钱的！"

秦芷爱埋在被褥里的手指，随着顾余生的话，情不自禁地揪紧了。

其实这样也挺好的，他是因为她才对梁豆蔻渐渐有了改变，现如今，他又因为她，和梁豆蔻回到了从前。

一切重归原点，真的挺好的。

"你要是没怀上，什么时候到了排卵期，托管家告诉我一下，毕竟那时候怀孕的概率要大。咱们俩谁也不想跟谁有过多的牵扯，所以排卵期的那几天，是我们最好的选择，会事半功倍，是不是？"

顾余生自嘲地笑笑，松开秦芷爱的下巴，直起身："哦，对了，你也别想太多，我之所以要你给我生个孩子，纯粹是爷爷喜欢你。对我来说，你不过就是一个生孩子的工具！除此之外，没有别的任何价值，懂了吗？"

顾余生冷冷地把话说完，简单地整理了一下领带，绕过床朝着门口走去。

他刚打开门，就想到自己的钱包和车钥匙还在早上回家时穿的那身衣服里，他又重新折回更衣室。从兜里摸出钱包时，指尖碰到了锦盒，他像是被人点了穴道一般，僵硬了片刻，才将那个盒子拿了出来。

这是他特意为她亲手设计的戒指啊……为了给她一个惊喜，他等她睡着后，偷偷地量了她无名指的尺寸，发给了陆半城。

就在昨天下午，他看到这枚戒指，心底充斥的还是满满的欣喜和悸动，这才过了不到短短二十四个小时，一切就翻天覆地了。他现在再看到这枚戒指，心里有的只是可笑和难过。

顾余生握着锦盒的力，情不自禁地加重，下一秒，他转身走出更衣室，没有片刻犹豫地扬手，将手中的戒指透过开着的窗户，一个用力就丢出了窗外，然后看都没看一眼床上的秦芷爱，头也不回地走出了卧室。

换完鞋，走出大门，顾余生干站在台阶上，似是被后院的满园鲜花吸引了一般。

他想到昨天下午他设想的美好而梦幻的场景：烟花、灯光，她喜欢的那首《终点》的原唱。

他是真的动心了，才会那么用心。

顾余生的鼻尖开始变得有些酸涩，他急忙收回视线，快步走到车旁，拉开车门，坐了进去。

他像是在怕什么一样，快速地发动车子，掉转车头，奔离了别墅。

马路上的车辆来来往往，格外拥堵。

顾余生不想去公司，也不想去找朋友，他随着车流，时快时慢地开了大半个小时，最后停在了四季酒店的门口。

他下车，将车钥匙丢给门童，就乘电梯去了顶层自己常住的那间套房。

他拉上窗帘，关了灯，房间里一片漆黑。然后他就倒在床上，蒙上被子，闷头大睡了起来。

第十四章

错误的遇见

秦芷爱也不知道自己到底在床上躺了多久，她像是睡着了，又像是没睡着，耳边时不时会听见窗外传来的鸟叫声、隔壁家的狗吠声，和远处的鸣笛声。

途中她想翻个身，可全身的骨头都仿佛散架了一般，疼得像是被车子碾过，最后只能放弃，保持着最初的姿势，瞎躺着。

模模糊糊中，秦芷爱听见楼下的落地钟传来一连串的敲响声，好像是十下，又好像是十一下，她这才缓缓睁开了眼睛。

室内没开灯，漆黑一片。

她转头望向窗外，院里有着暗暗的灯光透过窗户照进屋里。

原来已经大半夜了呀……一天没吃东西，她也不觉得饿，只是有些渴。

她吃力地从床上爬起来，踉跄着步子下了楼。

管家的先生两年前去世了，今天是她先生的忌日，她回了老家。

别墅里只有她一个人，安静又空荡。她走路的时候，整个房间都回荡着她的脚步声。

餐厅里有些乱，顾余生那一脚踹上餐桌时，将上面的花瓶踹翻，水流了一餐桌，里面插的那一束她昨晚特意去后花园采摘的鲜花零散了一桌子。因为没水，现在全都凋落蔫巴了。

秦芷爱喝了水，拖着疲惫的身体将餐桌吃力地推回原处，又把那些鲜花捡起，扔入垃圾桶里，再拿了抹布将餐桌擦干净。然后他望了一眼冰箱，停顿了片刻，走上前去，拉开门，把里面冷藏的昨晚自己做的饭菜全都端出来，也一并倒进了垃圾桶里，后又将餐具洗干净，摆放回原处。

一直到餐厅和厨房恢复成她没下厨做饭之前的模样，秦芷爱才拎着垃圾袋走出别墅，将垃圾扔入垃圾回收桶里，又重新回了楼上。

只是那么简单地收拾了一会儿东西，秦芷爱全身的力气就仿佛被透支了一般，倒在床上，又开始挺尸了。

与此同时，蒋家。

蒋纤纤洗完澡，刚从浴室里出来，她放在床上的手机就响起一连串不间断的微信提醒声。

蒋纤纤皱了皱眉，扔下手中的毛巾，走到床边拿起手机。

“纤姐，按照你的要求，我分别派了两个人，一个盯在生哥的别墅，一个盯在周婧的家，就在刚刚，那两个人都给我回信了。”

“照片的右下角有拍摄时间，都是今晚十一点半拍摄的，前后差距时间不过几分钟。”

随着手机里传来的语音，蒋纤纤看到了对方发给自己的两张照片。

一张是在车里，背景是雅荷公寓，周婧开车，梁豆蔻坐在副驾驶座上。

一张是在顾余生的别墅门口，梁豆蔻拎着一袋子垃圾丢入了垃圾桶里。

第一张的梁豆蔻，画了精致的妆容。

第二张的梁豆蔻也化了妆，只是有些花，头发有点乱，随意地绑在脑后。

如对方语音所说的那样，两张照片的拍摄时间，前后只间隔三分钟。

蒋纤纤没去过雅荷公寓，不知道具体位置在哪里，所以她打开地图查找了一下，发现是东四环。

而顾余生的别墅在西二环，中间隔了大概二十公里的距离。

短短的三分钟，是不可能从一个地方到另一个地方的。

所以……这两张照片足以说明的确是有两个梁豆蔻存在。

只是，哪个是真，那个是假呢？

不过不管哪个是真，哪个是假，这还可以说明一个问题，那就是——周婧和真的梁豆蔻绝对知道假梁豆蔻的存在。又或者说，那个假的梁豆蔻，是周婧和梁豆蔻特意安排的。

她们为什么要这样做呢？

蒋纤纤拿着手机，绕着卧室走来走去想了许久都没想出来。

不过也无所谓了，只要她确定了有两个梁豆蔻，再把假的那一个揪出来，她就可以去找吴昊了。

周婧那个女人阴险狡诈，她当初和梁豆蔻斗得死去活来时，她没少坏自己的好事，这次的事情她要想成功，就必须躲开周婧。

看来，明天一大早，她得找个借口去一趟顾余生的别墅……

一整天都没睡过的秦芷爱终究还是没撑住入了眠。

她睡得不是特别踏实，梦见了很多过去的事，也梦见了许多现在的事，混在一起，有悲伤也有喜悦，让她的心情起起伏伏的，最后梦里的她，呼吸都变得艰难了起来。

她难受地张开口，大口大口地喘息了起来。可即使如此，她的呼吸还是越变越沉重，直到憋闷得她睁开眼睛，从梦中醒来，她才察觉到贴身的睡衣已经湿透，嗓子又干又疼，全身像是冒了火一般，滚烫无比。

她这是发烧了？

秦芷爱勉强翻了个身，找了一个稍微舒服的姿势，重新闭上了眼睛。

她明明盖了被子，身体却不断地打着寒战，身上的冷汗出了一身又一身，胸口像是压了一块大石头一般，让她每呼吸一下都几乎要耗尽全身的力气。

她想下床去找杯水喝，身体却像是根本不听使唤般动弹不得，只能干躺在床上。

她清楚地感觉到周身的温度越来越高，仿佛要将她整个人烤到融化。

她伸出手在床上乱摸了好一会儿，才找到了手机，然后就颤抖着指尖拨了一个电话出去。

她打的是管家的电话，可电话响了好几声都没人接通。

估计这么晚了，管家把手机调静音睡了吧……秦芷爱想着，就想要挂断电话，自己爬下床，去楼下的电话簿找夏医生的电话号码，结果她的指尖还没碰到手机屏幕上的挂断键，电话就被接通了。

秦芷爱“喂”了一声，里面却没人回应。

因为太难受，秦芷爱说话都显得有些费劲。她没睁开眼睛，语气虚软地主动出声问：“管家吗？”

回应她的仍是一片安静，她皱了皱眉，再次强撑着难受，用尽全身的力气开口："你在听吗？听见我说话了吗？管家，我……"

秦芷爱的话还没说完，电话就被挂断了，里面传来一连串"嘟嘟嘟"的忙音。

秦芷爱愣了愣，因为高烧有些迟钝的大脑这才反应过来有些不对劲。，她连忙掀开眼皮，看向了手机屏幕，发现通话记录上显示的是"顾余生"。

她动了动唇，眼底闪过一抹黯淡。

她刚刚在电话里的语气那么虚弱，他应该听出来她不舒服了吧？可他连一个字都没回应她，就将电话直接挂断了。

果然，他是真的生气了……秦芷爱想到他白天对自己做的那些事，眼睛一酸，就将视线从手机屏幕上显示的"顾余生"三个字移开。

说不委屈是假的，可她心里也清楚，这事不能全怪他。

周婧为了梁豆蔻的事业利用他是真的，他回家后没生气，怕是已经很极力地压抑着自己的脾气去容忍她了。若是没有他亲眼看到她吃避孕药，想必他也不会对自己发那么大的火吧？

毕竟，他又是被利用，又是被欺骗的，别说他脾气本身就不好，就算是他脾气真的很好，估计也会接受不了。

秦芷爱擦了擦眼角的湿润，费力地爬下床。

因为高烧，她身体虚得站不住，刚抖着腿往前走了一步，人就软倒在了地上。她撑着地毯想要爬起来，大脑却昏沉得越发厉害，好像是挣扎了两下，又好像是没有，最后人就软软地倒在地上，昏迷了过去。

秦芷爱再醒来，窗外天色已经大亮，刺眼的阳光透过宽阔的落地窗，照了半室明媚。

因为光线过亮，秦芷爱忍不住抬起手捂了捂眼睛，结果发现手背上贴了一个创可贴。

她错愕了一下，将创可贴撕开了一些，看到下面有着一个细小的针眼，显然在她昏睡不醒时，有医生来过，给她打了吊针。

秦芷爱彻底清醒过来，猛地从床上坐起来，快速环顾了一圈周围的环境，才意识到昨晚倒在地上昏迷过去的她，现在不但躺在了床上，脑袋上还贴了退烧贴，被褥里还放了已经泛凉的热水袋。

昨晚家里只有她一个人，是谁在照顾她？

她好像只给顾余生一个人打过电话，难不成是他回来了？

秦芷爱心里想着就一把掀开了被子，刚准备下床，卧室的门就被推开了。秦芷爱转头，看到管家走了进来："太太，您醒了？"

太太？喊她吗？顾余生不是一直都让她喊她小姐的吗？

秦芷爱还没从管家的那声"太太"中回过神来，走到她面前的管家就抬起手摸了摸她的脑袋，然后笑眯眯地又开了口："已经完全退烧了，太太，您现在还感觉有哪里不舒服吗？"

秦芷爱摇了摇头，她有很多问题想问，却还没想到从哪里开始问。管家第三次没等她说话，就说了正事："太太，您有朋友过来，正在楼下等着您。您快点洗漱换衣下楼吧，我先去招待她。"

朋友？

秦芷爱脑海里闪过的第一个人是"周婧"，那天她就说过，十二号要她和梁豆蔻换回来，今天已经是十一号了，想必她过来是跟自己商量怎么换回去吧。

秦芷爱冲着管家轻轻"嗯"了一声，就下床去了浴室。

刷牙的时候，秦芷爱透过洗手台前的镜子看了一眼自己花了妆的脸，尤其是眼周，黑漆漆的一团，一直蔓延到面颊处，惊悚而又狼狈。

洗完澡，秦芷爱坐在梳妆台前，指尖飞快地上完妆，起身去更衣室挑了一条长裙，穿戴整齐后，站在镜子前打量了两圈，确定没事转身准备下楼时，她的视线在镜中不经意地停了停。

过了今天和今晚，她就再也不用顶着别人的容貌和声音过日子了……她这场如同灰姑娘一般的故事，终于要落幕了。

走到楼梯的栏杆处，秦芷爱习惯地往楼下看了一眼。就见蒋纤纤端坐在欧式大沙发上，正面带微笑地伸出手，接过管家递的花茶。

居然是她，不是周婧？

秦芷爱皱了皱眉，还没弄明白蒋纤纤为什么突然过来了，坐在一楼的蒋纤纤就已经发现了她，抬起头冲着她灿烂地勾起嘴角，声音甜甜地开口：“蔻姐姐，你醒了？”

秦芷爱回了她一个微笑，没说话，扶着扶手缓缓地下了楼，在蒋纤纤对面的沙发上坐下。

入秋的帝都还没供暖，有些凉，管家看秦芷爱穿得薄，怕她又发烧，就拿了一件厚披风罩在她的身上，然后才出声问：“太太，您饿不饿？要不要我先拿点东西过来给您吃？”

“不用了。”秦芷爱摇了摇脑袋，“给我倒杯白开水吧。”

很快，管家就将一杯温热的柠檬水放在了秦芷爱的面前。

等她离去后，秦芷爱才看向蒋纤纤，面色沉静地问：“怎么突然过来了？有什么事吗？”

“也没什么事，就是我大哥前几天去了法国，回来的时候给你带了礼物。昨天我们去外公家了，外公一向疼爱你，你又不是不知道，吃饭的时候念叨了你好久，说你大半个月都没过回家了，恰巧我想到今天要来旁边的银行办点事，就跟外公说我顺路来看看你。这不外公一听我会过来，大包小包地让我给你拎来了那么多的东西。”蒋纤纤说着，就指了一下茶几，秦芷爱这才看到上面摆放着大大小小的各种礼盒。

梁豆蔻一向都和蒋纤纤不对盘，秦芷爱的直觉告诉她，事情绝对不会这么简单。

然而此时的她，又不知道蒋纤纤在打什么主意，只能走一步看一步。她端着白开水，不紧不慢地喝了一口，才冲着蒋纤纤神情宁静地道了声：“谢谢。”

“不用客气……”蒋纤纤说完，似是想到了什么更重要的事情一般，将手中的花茶放在茶几上，拿起一旁的包，在里面翻找了一会儿，又掏出一个精致的盒子，“蔻姐姐，我差点忘了这件事，这是我大哥给你带回来的礼物……”

边说，蒋纤纤边打开了盒子：“是一条项链，好漂亮啊，还是香奈儿的最新款呢……”

蒋纤纤将项链拿出来，放在眼前打量了两眼，侧头又冲着秦芷爱笑容友好地说："蔻姐姐，我来帮你试戴一下吧……"

"不用了……"这礼物是属于梁豆蔻的，又不是属于秦芷爱的。

"没关系啦，就试戴一下下……"蒋纤纤快速地站起身，跑到秦芷爱的身后，一边摇着她的肩膀亲密地撒着娇，一边将项链套在了她的脖子上，"蔻姐姐，你别动……"

蒋纤纤说着，就将秦芷爱的长发撩了起来。她戴项链时，视线一直冲着秦芷爱的左耳根后看。

因为注意力不集中，蒋纤纤好一会儿都没戴上项链，秦芷爱蹙了蹙眉："好了吗？"

"马上……"蒋纤纤一边回，一边再次像是为了确定什么一样，又仔细盯着梁豆蔻的左耳根后看了几眼，这才急忙戴上项链，绕到秦芷爱的面前，仿佛什么事都没发生过一般，冲着她笑得越发灿烂夺目，"蔻姐姐，这条项链好搭你啊，很漂亮……"

真的漂亮还是假的漂亮，秦芷爱一点也不关心，她面对蒋纤纤的夸赞回了个温婉的笑容，又说了一句"谢谢"，再取下项链放回盒子里。然后她看到蒋纤纤盯着正前方的电视屏幕，不知道在想些什么，眼底流转的都是兴奋的光芒。

秦芷爱下意识地以为蒋纤纤是在动什么坏心思，等会儿怕是又要有麻烦找上门了，结果下一秒，蒋纤纤就转头朝着她出人意料地开口说："蔻姐姐，我还有点别的事，先走了。"

这好像不大符合蒋纤纤的性子啊……秦芷爱的心底升起满满的防备，可随后她又想到反正明天她就要走了，和蒋纤纤的恩恩怨怨，还是留给梁豆蔻自己去解决吧。

想到这里，秦芷爱连客套的挽留话都没跟蒋纤纤说，直接招呼了管家送客。

蒋纤纤一离开顾余生别墅所在的小区门口，就立刻将车停在了路边。

因为激动，她拿出手机的指尖都有些颤抖。她找了吴昊的微信，快速地在上面敲打了几个字：吴昊，在吗？

她都没等吴昊回复，就又发了一条消息过去：我上次找你，有件事没敢跟你说，然后这两天我特意留意一下，发现事情比我想象中的要可怕很多。

依旧是关于生哥的，只是比上次的事情要严重多了，我也不知道该从哪里跟你说起。住在生哥家里的那个蔻姐姐好像不是蔻姐姐，因为她耳朵后面没有伤疤。

她可是想了一晚上，才想起真的梁豆蔻左耳后有个不易察觉的小伤疤。

那个小伤疤她之所以会知道，是因为小的时候，她和梁豆蔻干架，把她推倒时，被小石子划伤的。

可顾余生家里的那个女人，虽然顶着和梁豆蔻几乎一模一样的面孔，但她的耳朵后面白皙干净，根本没有任何受过伤的迹象。

所以，真的梁豆蔻和周婧在一起，而她们搞了一个假的梁豆蔻住在顾余生的家里……若是被顾余生知道自己被人这般瞒天过海的设计和欺骗……蒋纤纤仿佛看见了梁豆蔻死得很惨的画面。她因为兴奋，嘴里的话说得都有些颠三倒四的——

真的蔻姐姐找了一个假的蔻姐姐，反正现在我有两个蔻姐姐！

哎呀，我也不知道该怎么跟你说，我手里有照片，也有证据。总而言之，就是生哥被骗了。

吴昊，要不这样吧？如果你在了，看到我的消息后回复我一下，我们约个地点见个面，我仔细说给你听，可以吗？

蒋纤纤放下手机，拍着胸口，深吸了好几口气，才稳定了情绪，重新驾着车，沿着道路往前开。

过了两个红绿灯的时候，她的手机“叮咚”响了一声。她不顾自己的车子正在马路中央行驶，直接踩了刹车，拿起手机，去看吴昊回的消息：可以，但我现在在郊区，下午三点钟才可以回城，你约个地方，我过去。

吴昊竟然同意了和她见面？！

蒋纤纤握着手机，做了一个“YES”的举动，然后就快速地回了一个“好”字，丝毫不理会后面纷乱的鸣笛声，歪着头，仔细想了一家咖啡馆，就把地址发给了吴昊。直到他回了“OK.”她才甜滋滋地放下手机，重新踩了油门。

管家送蒋纤纤离开后，回到客厅，看到秦芷爱还保持着她出门时的姿势坐在沙发上，盯着窗外不知在想些什么。

“太太，您饿吗？要不要吃点早餐，等会儿还要吃药。”

秦芷爱回过神，冲着管家微笑着轻点了一下头，站起身，走向餐厅。

管家端了一碗燕麦粥上来，秦芷爱拿着勺子搅拌粥的时候，抬起头看了一眼正忙着给自己端菜的管家，问：“昨晚，是你回来的？”

“是，我昨天回到城里就已经大半夜了，刚睡下没一会儿，顾先生就给我打了电话，让我回来一趟，说太太您好像是不舒服。”

“太太，您是不知道，昨晚我回来的时候简直要吓死了，您烧得都昏过去了。我连夜喊了夏医生过来给您打了吊针，一直到早上您才退了烧……”

所以，昨晚的顾余生，虽然在电话里什么也没说，可终究还是放心不下她？

秦芷爱咬着唇，盯着被自己搅拌得都有些泛凉的粥，沉默了一会儿，又抬起头，问：“那……你怎么突然喊我太太了？他不是……不是让你喊我小姐的吗？”

“是顾先生让我改口喊您太太的……”管家展眉笑笑，给了秦芷爱解释，“前天顾先生起来去公司，那会儿您恰好在睡觉，我正准备离开别墅，顾先生说让我别吵醒您，给您备点吃的再走。我跟顾先生说话的时候，提了‘小姐’两个字，顾先生就跟我说，让我以后喊您太太，不要再喊您小姐。”

其实不问也知道，肯定是顾余生让管家改的口，只是从管家口中听到这话，秦芷爱的心还是轻轻摇晃了几下。

当初她入住他的别墅的时候，管家按照顾爷爷的吩咐喊了她一声“太太”，恰好被顾余生听见，他完全没有顾及她的尊严和面子，直接当着她和小王的面，把管家劈头盖脸地骂了一顿。那天最难堪的不是管家，而是她。

而如今，当初咬牙切齿不肯承认梁豆蔻的顾余生却让管家改了口，这是不是代表着，他心底其实是有一点接受了梁豆蔻的意思呢？

而他之所以会接受，恰巧是因为她扮演了梁豆蔻……秦芷爱越想，情绪就越不稳定，拿着勺子的指尖开始微微颤抖了起来。

“太太，您在发什么呆？再不吃饭菜都凉了。”管家看秦芷爱视线愣怔地盯着餐桌上的一处，良久都没有反应，忍不出关心出声。

秦芷爱动了动眼珠子，冲着管家浅浅地笑了笑，显得有些漫不经心地拿着勺子喝起了粥。

大概是因为高烧了一夜的缘故，秦芷爱的胃口不是特别好，勉强填饱肚子后，就没了吃东西的欲望。

管家看她几乎没吃什么东西，有些担心，在拿了药给她服用时，开口问：“太太，您胃口不好吗？想吃点什么？中午我做给您做……”

管家看着秦芷爱吞咽水的动作，又开口：“要不我给您熬点鱼汤？或者药粥？还是……”

“不用了。”秦芷爱放下水杯，柔柔地打断管家的话，“我就是身体不舒服，不太想吃东西，中午随便做点就好了。”

顿了顿，秦芷爱又接着说：“你昨晚没怎么休息吧，我这儿没什么事了，你不用管我了，快回房休息吧。”

“那好，太太您有什么事随时喊我。”

“嗯。”秦芷爱回给管家一抹笑，站起身，转身准备走出餐厅时，想到明天自己就要离开这栋别墅了，或许在离开之前，连见顾余生一面的可能都没有，于是又停下脚步，转头冲着正在收拾餐桌的管家语气轻缓地开口说，“哦，对了，你不是说顾余生他很喜欢喝我熬的青菜瘦肉粥吗？我等会儿把步骤写给你，你自己尝试着做一做，回头好做给他吃。”

“还有，前几天我随便腌的萝卜，他不是也说好吃吗？等会儿我一并写给你……

“另外还有，他每隔一阵子，因为养生，不是喜欢吃几天素吗？我有学过几道素菜，到时候也都写给你，你可以换着花样给他做……”

管家：“太太，您为什么不亲自做给顾先生吃呢？他肯定会很开心的。”

“我这不是有时候忙起来会没时间吗？”

“也是，那太太等会儿把步骤写给我，我学来做，太太没时间，我就做给顾先生吃，太太有时间就太太做。”管家笑吟吟地忍不住打趣了一句，“顾先生肯定会更喜欢太太做的。”

秦芷爱勾着唇笑了一下，没说话，而是快速地垂下眼帘，遮掩住眼底的黯淡，然后转身走出餐厅。

昨天在四季酒店蒙头大睡的顾余生是被酒店套房的座机铃声吵醒的。

其实也没睡多长时间，可他总觉得自己像是睡了一个世纪那般长。睁开眼时，整个人有种今夕不知是何年的错觉。

电话在一旁响个不停，他蹙了蹙眉，接听了电话，听筒里传来的不是酒店服务员恭敬地声音，而是司机小王有些着急的声音：“顾总，是我，小王。”

被惊扰了睡梦的顾余生开口的语气虽有些不善，但还是掩盖不住睡意蒙眬的慵懒：“什么事？”

“上海分部那边出现了一点意外，需要总部这边派个人过去处理下，顾总，您看派谁……”

小王的话还没说完，顾余生连出了什么意外都没问，就出声打断了他的话：“给我订机票吧，我过去。”

电话里的小王似是没想到昨天莫名其妙发了火，将整个办公室砸烂，今天一天都没出现在公司的顾余生竟会说出这样的话，愣了愣，才连忙开口回道：“是，顾总。”

“我半个小时后下楼，在四季酒店门口等你。你开车过来的时候，顺便拐去商场，帮我买一部新的手机……”顿了一下，顾余生又简单地吩咐了一句，“我办公室的休息室里有换洗的衣服，你随便拿两套，带过来。”

挂断电话，顾余生靠在床头点燃了一支烟，夹在指尖慢吞吞地抽完，才掀开被子，下床走到落地窗前。拉开窗帘，落入眼底的是繁华都市璀璨灯光的夜景。

顾余生盯着窗外，一直看到眼睛发酸才收回视线，抬起手腕看了一眼时间，预估小王差不多快到了，这才穿衣，下楼。

去往机场的路上，小王想到还没给顾余生订返程的机票，便开口问：“顾总，上海那边的问题并不严重，估计明天上午就可以处理好，我给您订明天下午的机票回来？”

顾余生注视着车窗外不断倒退的路灯，像是在走神一般，过了许久，才“嗯”了一声，转过视线看了一眼小王，语气淡淡地回：“不着急，回头再说吧。”

他之所以会亲自去一趟上海，不过就是为了换个地方，散一散心。

想到这里，顾余生又说：“《上海财经》不是预约过我很多次要做一个采访吗？你跟他们联系一下吧，看这几天他们什么时候方便。”

“好的，顾总。”小王跟了顾余生这么多年，虽然称不上完全了解，却也了解个大概。他知道顾余生从不在媒体前露面，现如今会这般做，怕只是给自己找个借口来逃避回家罢了。

车内重归安静，夜里的道路十分顺畅，不过半个小时就抵达了机场。

安检，登机，起飞。等飞机降落在上海虹桥机场时，已是午夜一点。

提前接到通知的上海分部早已派人等候在机场。

刚上车，顾余生新换的手机就响起了铃声。他摸出电话，在看到来电显示是“小麻烦”三个字时，神情蓦地静住。

坐在副驾驶座上的小王看顾余生的手机一直响个不停，以为他没听见，提醒了一句：“顾总，您的手机在响。”

顾余生没有反应。

小王纳闷地扭头看向顾余生，男子盯着手机屏幕，不知道在发什么呆。就在他以为顾余生不会接这个电话时，只见男子的指尖轻滑了一下屏幕，然后举到了耳边。

顾余生始终都没出声，也不知道电话里的人说了什么，不过一分钟的工夫，他突然挂断电话，将手机往旁边一丢，就靠着车背闭上了眼睛。

他脸上一整晚都有些淡漠的神情，一点一点变得有些低沉，连带着车内的气氛都跟着压抑起来。

原本偶尔会交谈两句的司机和小王都感觉到了异样，乖乖地闭上嘴沉默了起来。

车内变得无比安静，小王透过后视镜不断地打量着顾余生，不知道是夜色的缘故，还是他有些困了的缘故，他感觉原本神情冷漠的顾余生的脸上好像爬上了一层若有似无的悲伤和无奈。

他一直都没睁开眼睛，可手指却挪向了被他扔在一旁的手机。他似是在挣扎一样，握着手机的力道越来越大。到最后，他的嘴角竟绽放出一抹自嘲的笑容，然后拿起手机，举到面前，按了几下，像是拨了一个电话出去。过了大概十几秒钟，他将手机递到耳边："你在北京吗？在的话，现在回一趟家……她好像不舒服。"

挂断电话后，顾余生又盯着窗外定了神。

这一次，小王十分确定自己没看错，顾总的身上，爬满了失落和难过。

抵达酒店，办好入住手续，已是深夜两点。

顾余生一点困意也没有，回到房间，打开电脑，就投入了繁忙的工作中。

等到他将所有的事务都处理完，已是第二天清晨七点钟。

他拿起手机看时间时，下意识地就按了家里的座机号码，在他险些拨出去之前，他又连忙止住了自己的举动，将手机往床上一丢，进了浴室，洗澡更衣，然后带着小王去了上海的分公司。

真的如同小王说的那样，分公司出现的问题一点也不严重，不过半个小时就解决掉了。

把工作处理完的顾余生夜里回到酒店想补眠，可躺在床上翻来覆去怎么也睡不着。最后他拿起手机，在上面按了好几下后，他才发现，自己竟然在毫无知觉的情况下点了她的号码，并编写了一条短信：身体好些了吗？

顾余生没点发送，盯着屏幕走了许久的神，然后下床拿了一支烟，走到落地窗前抽起来。

明明是她利用了他、欺骗了他、对不起了他，他怎么还是这么放不下她？

他在她身上那么凶狠地进进出出时，满脑子想的都是她说的那些话和他亲眼看到她吃避孕药的画面。那时他心里恨极了，恨不得就那么弄死她，甚至他还在心底告诉自己，世界上这么多女人，她算个什么东西，他又不是非她不可！

然而，当他离开家后，脑海里时不时地晃动着她脸色苍白，可怜巴巴地躺在床上的画面。

她明明没哭，也没指责他，可她那副闷不吭声的小模样却让他心软如山倒，尤其是昨晚接到她打错的电话后，他就更魂不守舍了。

他是想和她撇清关系啊，可越是如此，他就越是绝望。就在刚刚，他简直绝望到了极致：怎么办？他好像真的非她不可了。

想到这里，顾余生吐着烟圈，忍不住失笑。他从来都不知道，原来自己骨子里竟还是这么多情的一个人。

顾余生抽了好几支烟后才回到床上，他拿着手机胡乱地按，不知怎么的就又按开了吴昊发给他的那个视频。

前天他已经看过很多遍了，可今天却还是情不自禁地点开又看了起来。

明明已经疼过很多次了，可再次听到她说的那些话时，心里还是会泛起尖锐的疼。

在他快把视频看完时，画面里的梁豆蔻抬了一下头，眼睛恰好瞄到了偷拍她的镜头。

顾余生的眉头蓦地就皱了起来，明明她画的妆容和平日里他见到的那个她的妆容是一模一样的，可怎么眼睛给他的感觉好像有些怪异呢？

回到楼上后，秦芷爱直接去了书房。她在自己用的那台电脑上打开文档，开始敲打她刚刚在楼下跟管家说的那些菜的步骤。然而她才刚写了两道菜的步骤，胸口又开始难受发闷。在写到第四道菜的时候，她已经有些吃不消，时不时地会停一下敲打键盘的动作。最后一道菜很简单，只有三个步骤，她却足足写了十分钟才搞定。

她怕管家会弄丢了菜谱，链接了顾余生书房的打印机后，特意多打印了几分，然后一一检查了一下，确定没什么问题后就关了电脑，拿着菜谱下了楼。

管家在睡觉，秦芷爱没有打扰她，只是将那些菜谱拿东西压在了餐厅的桌子上，再望了一眼窗外明灿灿的阳光，想着自己回卧室里一个人闷着心里也难受，索性去楼上披了一件外套，去院里随便转转透透气。

她高烧昏迷的时候，帝都应该是下了暴雨的，后花园里昨天开得娇艳欲滴的鲜花被雨水敲打折断了许多。

为了不让自己总去想离别的事情，秦芷爱干脆就蹲在花丛中，将那些折断的鲜花一支一支都捡了起来，然后堆放在旁边的草坪上，把凋零的分成一堆，把含苞待放的花骨朵分成一堆，准备等会儿拿回屋里，插到花瓶中。

秦芷爱捡了两大捧折断的鲜花，最后只留下来十几支可以用的。她先将凋零的那些扔入垃圾桶里，然后折回草坪处，弯下腰抱起那十几支准备回屋。结果刚走了没两步，脚底下就踩到了一个硬硬的东西，险些让她滑倒在地。

秦芷爱稳住身体，纯粹是因为好奇，皱着眉头往下不走心地瞄了一眼，然后她的视线就定格在了草丛中。

一个天蓝色的礼盒，躺在前几日被修剪过的草坪上。

尽管礼盒被雨水浇得有些脏，可还是能看出来，这是一个新买来不久的崭新的礼盒。

秦芷爱蹲下身，腾出一只手，捡起礼盒，拿在掌心里左右转着打量了几眼，然后也没想太多，就顺手打开了礼盒。

一枚精致耀眼的钻戒瞬间撞入她的眼底。

在阳光的照射下，钻石完美的切面处散发出璀璨夺目的光芒，刺得她眯了眯眼睛，才看清楚钻石的样式。

粉色的，心形的，宛如鸽子蛋那么大。

钻戒的款式简单大方，却又不失典雅。

钻石在明媚的光亮中散发出动人心魄的粉色流光，任谁看了，心底都会弥漫起少女心爆棚的小激动。

礼盒上的LOGO秦芷爱认识，最普通的钻戒，价格都令人瞠目结舌，更何况这枚戒指除了鸽子蛋的钻石外，周边还镶嵌了很多碎钻，怕是价格定昂贵到让人不敢想象的地步。

秦芷爱一边胡乱想着，一边从礼盒中拿起钻戒，举在眼前，仔细地观察了起来。

在这栋别墅里，除了顾余生，就只剩下她和管家。若是真的梁豆蔻还是可以买得起的，只可惜现在是负债累累的她和管家，他们两个人赚一辈子的钱加起来估计都买不起这枚钻戒，所以肯定是顾余生……最后“买的”两个字还没从秦芷爱的脑海里闪现，她就从指环里看到了雕刻的三个字：小麻烦。

小麻烦？

这是顾余生一直喜欢喊的称呼。

所以，如她想的那样，这枚戒指不单单是他买的，而且还是买给小麻烦的？

而他是因为她，才喊梁豆蔻小麻烦的……

秦芷爱全身的血液瞬间凝固。

昨天下午，在他离开卧室之前，她迷迷糊糊好像看见他扬手朝窗外扔了一样东西。

那时的她太累了，以为是自己出现了幻觉。

秦芷爱下意识地转头看向二楼，她此刻所在的位置，恰好正对着主卧的窗口。

她的大脑顿时一片空白，这次她不单单是血液凝固，就连心跳和呼吸都跟着瞬间停止了下来，手里抱着的花从怀中掉落，撒了一地。

第十五章

如果爱能早些说出来

补完眠，煮好午餐，去楼上找了一圈没看到秦芷爱的管家走出了屋子。从前院绕到后院，她才遇见僵在太阳照射的草坪上，一动也不动的秦芷爱。

初秋中午的太阳依旧有些火辣，靠得近了，管家才看清楚，秦芷爱的小脸被晒得通红，有汗珠顺着她的面颊滚落下来。

管家急急忙忙跑到她跟前："太太？您的病还没好利索，怎么在这里傻站着啊？"

秦芷爱沉浸在自己的世界里，根本没有察觉到管家的靠近和话语，举着那枚戒指，定定地瞧着。

"太太？"管家轻轻地摇了摇秦芷爱的胳膊。

秦芷爱迟缓地转着眼珠，将没有焦距的瞳孔对上了管家，过了好一会儿，她的眼底才终于有了光，然后从震撼中一点一点地回过神来，冲着管家声音轻得近乎没有地"嗯"了一声。

"太太，午饭准备好了，外面太阳大，赶紧进屋吧。"说完这话，管家才注意到秦芷爱指尖拿着的戒指和脏兮兮的礼盒，有些惊讶地出声，"太太，这是怎么回事？"

秦芷爱没回管家的话，盯着掌心的戒指又看了几秒钟，才放入礼盒里，率先迈步回了屋。

约的是下午三点钟和吴昊见面，蒋纤纤两点钟就到了咖啡馆。

她坐在角落的沙发上，不断地拿着手机摄像机当镜子，检查自己精心描绘过的妆容。

两点四十五分，蒋纤纤起身去了一趟洗手间，对着镜子，拿粉扑和口红将已经完美到极致的妆容又仔细认真地修饰了一番，才对着镜中的自己满意地勾了勾唇，踩着高跟鞋，步伐优雅地回了咖啡馆。

她刚坐下，吴昊就推开咖啡馆的门，走了进来。

他站在门口，左右张望，像是在找她。

蒋纤纤在他的视线投过来时，矜持地抬起手，轻轻地挥了挥。

吴昊冲着一旁询问自己的服务员礼貌地低语了两句，就迈步走过来。

多年没见，吴昊比记忆中要高大了许多，阳光明朗的容颜，变得更成熟，更有味道。

随着他一点一点地靠近，蒋纤纤感觉到自己心跳的速度快得仿佛随时都要爆破。

吴昊站在蒋纤纤坐的咖啡桌旁，并没有着急坐下，而是先对着她抱歉地说了句“不好意思，让你久等了”，才拉开椅子，从容地落了座。

他的声音也比从前有韵味多了……蒋纤纤的手指颤得厉害，她目不转睛地盯着吴昊，偷偷地深吸了好几口气，才维持着平静，回了他一抹微笑：“没关系，我也是刚到。”

吴昊也回了她一个笑，没说话，直接抬手招呼了服务员。

他没看菜单，直接冲服务员做了一个将菜单拿给蒋纤纤的手势，开口说：“给我来杯红茶，谢谢。”

蒋纤纤也没接菜单，想都没想就回：“我也是，红茶。”

服务员抱着菜单，面带微笑地回了句“稍等”，就转身离开了。

多年没见，突然相见，吴昊和蒋纤纤一时半会儿也不知道该说点什，两人之间的气氛显得有些尴尬。吴昊索性拿出手机，装出有事在忙的样子，随意地按着浏览起了新闻。

两杯红茶很快就送了过来，吴昊礼貌地冲服务员说了句“谢谢”，端起红茶品了一口，抬起眼睛望着蒋纤纤，直奔主题：“你在微信里说的那些话到底是什么情况？”

“哦。”蒋纤纤应了一声，从包里掏出手机，将自己麻烦人跟拍的两张照片找出来，推到吴昊的面前，“你看，这两张照片都是昨晚拍摄的，基本上是同一个时间，可是却有两个蔻姐姐。”

吴昊盯着照片反复来回滑动着看了好一会儿，眉缓缓蹙起。

蒋纤纤手托着下巴，眼睛一眨不眨地盯着吴昊，开口说：“我是那天加你微信时，无意间在商场间隔不到五分钟却碰见了两个蔻姐姐才起了疑心的。”

“你看，从这两张照片上可以清楚地看到后面的地点，一个是生哥的别墅，一个是雅荷公寓。我查过地点了，雅荷公寓在东四环，跟生哥的别墅隔了二十多公里呢，照片上的拍摄时间前后相差三分钟不到，这明显说不过去啊……”

吴昊还是和当年一样，长得那般吸引人……蒋纤纤眉眼泛起一抹温柔，恍惚了片刻神，才接着刚刚的话继续说：“雅荷公寓这张照片，里面的这个女的是蔻姐姐的经纪人，和她在一起的这个蔻姐姐是真的蔻姐姐，而住在生哥家的那个蔻姐姐是假的。至于是谁扮演的，我不清楚，但我可以肯定，假的蔻姐姐肯定是真的蔻姐姐安排的……所以就是说，生哥现在以为的蔻姐姐并不是真的顾太太。”

蒋纤纤这些话虽然说得很乱，但吴昊却全都听懂了：“你是怎么知道生哥家里的那个顾太太是假的？”

“我今天早上去过生哥家了，真的蔻姐姐耳朵后面有个小伤疤，可生哥家里的那个蔻姐姐没有啊。”蒋纤纤生怕自己全盘说出后吴昊就会立刻提出离开，稍微停顿了一下，就又开口说，“我发给你的视频你有看过吧？蔻姐姐说她不喜欢生哥，只想要顾太太的身份，所以你说，会不会是蔻姐姐为了避开生哥，才故意这么做的？”

说到这里，蒋纤纤自己都泛起了迷糊：“不对呀，又有点说不过去。你想啊，蔻姐姐都安排了假的蔻姐姐了，那和生哥朝夕相处的是假的蔻姐姐，可真的蔻姐姐又为什么要吃避孕药呢？难道那个视频里的蔻姐姐是假的蔻姐姐？”

“也不对啊，如果是假的蔻姐姐，她只是一个替身，怎么会用蔻姐姐的语气说那些话呢？”

蒋纤纤彻底晕了，她用力晃了晃脑袋：“哎呀，我自己都迷糊了，我也不知道视频里的蔻姐姐究竟是谁，但我可以肯定的是，生哥家里的蔻姐姐是假的……”

蒋纤纤的话还没说完，吴昊就擅自拿着她的手机，把那两张照片发送到自己的手机上，然后开口打断了蒋纤纤喋喋不休的话语：“蒋小姐，先这样吧，我去找生哥，回头有时间，我再跟你道谢。”

吴昊没等蒋纤纤开口说话，就招呼了服务员，去前台埋单，留下还没和吴昊待够，有些气鼓鼓的蒋纤纤匆匆离开了。

一直到吃完午饭，秦芷爱回到卧室，一个人躺在床上准备午休时，她的大脑才彻底清醒过来。

她悄悄掐了一下自己的胳膊，有细微的疼痛，让她相信手中拿着的那个礼盒是真实存在的。

他虽和梁豆蔻结了婚，却从没承认过梁豆蔻的名分，就连婚戒都没准备，而现在他却备好了……若是昨天他不知道林忆的事情自己是被利用的，也没亲眼看到她吃避孕药，是不是他就会把这枚戒指交给她了？

也就是说……他其实是准备向梁豆蔻求婚的？

他是因为想要一个孩子，才会动这样的念头，还是因为他从心底接受了梁豆蔻成为自己的妻子？

不管答案是哪一种，都说明了一个问题，那就是：他对梁豆蔻没有最初她住进他的别墅时那么抗拒了。

他是因为她扮演的梁豆蔻，才有了这样的转变吗？

为了寻求肯定，秦芷爱重新打开礼盒，拿出了那枚钻戒。

顾余生送给过梁豆蔻许多礼物，她从没动过，也没试戴过。

这是第一次……漂亮的钻戒套上她的无名指后，尺寸大小合适得简直就是为她量身打造的。

她和梁豆蔻是有些相像，上完妆后更是像到她本人都分辨不出来。但容颜可以因为后天的各种因素有所改变，骨骼却是变不了。

她和梁豆蔻的手指并不是一样的粗细，所以顾余生是按照她的手指定制的这枚戒指啊……

秦芷爱心底的情绪起伏翻滚得无比汹涌。

她躺在床上，盯着手指上戴着的钻戒，脑海里像是回放电影的慢镜头一样，一帧又一帧地闪现过他和她这段时间以来的各种画面。

他给她银行卡；他去巴黎送她生日礼物；他修好了秦嘉言送她的项链；他不让她吃避孕药；他扔下工作去摄影棚为她出气，还警告了林忆。

他陪她去看电影，他说，小麻烦，我们生个孩子吧；他还说，我对以前的你几乎没什么了解，不过来日方长……还有他让管家喊她太太，昨天他那么生气，昨晚却也没有弃她不顾。

她不是傻子，她早就察觉到他的改变，也因为他的关心，心情没少波澜起伏过。

她也不是没有想过，他是因为她扮演了梁豆蔻的缘故才有所改变的。

可是想过归想过，年少的时候，她因为他对她的好，有过太多次的自作多情，最后换过来全都是绝望和难过。

现在的她终究还是没了底气，不敢让自己妄想太多。

可这枚她无意之中在草丛中捡到的戒指，让她一直都拿不准的心此时十分确信，顾余生真的是因为她的缘故才对梁豆蔻有所改变的。

想到这里的秦芷爱，说不出来自己到底是因为激动，还是因为知足，连唇瓣都轻轻地颤抖了起来。

她想，顾余生或许是对她有点在意的吧？不然他为什么会做出这般大的转变？

她明天就要离开他了，难道她真的就这么悄无声息地和梁豆蔻换回来，和他就这般不了了之？

这个反问刚在秦芷爱的脑海里闪过，她就“噌”地从床上坐了起来。

不，她要去找顾余生。

现在，立刻，马上去找他！

她要把八年前没有勇气问的那句“顾余生，你是不是喜欢我”说给他听。

若是她没有看到这枚戒指，或许她不会有这样的冲动。

不管他给她的答案是喜欢，还是不喜欢，她都能坦然接受。

因为这是她最后的机会，若是不问，她这一生，都只能活在想要知道答案的不甘心里。

她知道，她现在只能顶替着梁豆蔻的身份问他这个问题了。

她更知道，现如今的他是已婚身份，就算他的答案是喜欢，她也没有和他在一起的机会了。

可是没关系，她只要知道他是因为秦芷爱改变的，答案也是说给秦芷爱听的就好。

她只是想给他和她的故事画上一个完整的句号，也当是给自己这么多年偏执不悔的暗恋一个交代。

秦芷爱飞速地换了一身衣服，拿着车钥匙和钱包，就急匆匆地跑下了楼。

她没理会管家的询问，直接去车库取了车，狂奔出别墅，开向了顾余生的公司。

上海，酒店。

发现眼神有些怪异的顾余生几乎没有任何犹豫地就将视频倒退了几秒钟，等到视频里再次出现梁豆蔻不经意地抬头看向镜头时，他立刻手快地截屏，然后点开照片，仔细地观察起来。

越看，他清俊的眉头就皱得越狠。

若说刚刚只是他一闪而过的异样，那么现在，他千真万确地肯定，视频里，小麻烦的眼睛的确有些不正常……

这好像是他第三次出现这样怪异的感觉吧？

第一次是在英国，无意间看到她新闻里的照片，那时他也没特别在意，就觉得她的眼睛有些失真。他以为是后期修图导致的，还在心底默默地吐槽工作人员不够专业。

第二次是前几日，他和她一起去看电影，在一个特写镜头时，发现她的眼神有些怪异。而她给他的解释是化妆和后期制作的缘故，他没想太多，也觉得是那样的原因。

可现在他手中的这个视频没有后期制作，也没有经过什么软件美化，为什么眼神的差别还是这么大？

顾余生仿佛是遇到了什么难解的谜一般，盯着手机屏幕，绞尽脑汁地想了许久也没想出一个答案来，最后他索性又将视频从头到尾重新看了起来。只要碰到有梁豆蔻眼睛的画面，他就和刚刚一样，立刻截屏保存下来。

吴昊发给他的视频是偷拍的，因此也导致梁豆蔻看向镜头的次数少之又少。

偷拍的人手机估计拿得也不是很稳，镜头一直在晃动。虽然画质的分辨率不低，但很多画面并不是特别清晰。

顾余生翻来覆去地将视频看了大概一个多小时，最后也就截下来了四五张照片。他拿起自己随身携带的办公电脑，将照片同步到电脑上，放大，一边仔细地观察，一边又上网搜索了许多梁豆蔻的照片。

有写真，有剧照，也有广告……顾余生浏览了将近一千多张照片，最后才看到了一张让他觉得熟悉自然的照片。

那张照片源于梁豆蔻的微博，顾余生顺势又去了梁豆蔻微博的主页。

她的微博开通了大概两年半，顾余生从最新发的那条微博一一往下浏览。

微博应该不是她自己打理的，内容都很官方，全都是和她的工作有关的。

几乎每条微博都会附带她的照片。

最初浏览的照片，她的眼睛又大又黑，和他平时看到的一模一样，是他一直以来最迷恋的那双眼睛。

直到半年前开始，她发的那些照片的眼睛开始变得陌生而异样，一直到她当初发的第一条微博，再也没有一张照片里的眼睛让他觉得熟悉正常。

顾余生分别从两种照片中各挑选了一张放在电脑桌面上，然后视线就在这两张照片上反复地看来看去。

一个水汪汪的，明眸善睐，顾盼生辉，眼底流转的光仿佛会说话般撩人心魂。

一个美则美，却不惊艳，眼神也不够明亮灵动，远不如最近这半年拍的照片，一眼就能让人注意到她那双大眼睛。

真是奇怪啊……眼睛明明看起来一模一样，为什么半年前和半年后的照片，眼睛所带给他的感觉反差却那么大呢？

正在顾余生百思不得其解时，他住的酒店房间传来了敲门声。

顾余生盯着电脑屏幕上的两张照片又看了几眼，才起身去开了门。

是小王，顾余生没说话，转身走回了电脑前，继续盯着屏幕上的两张照片看了起来。

“顾总，SY 的夏总知道您来了上海，想约您晚上一起吃个饭，您看您有没有时间？”小王关上门问。

顾余生这次来上海本就是临时安排的，没什么行程，他的视线没从电脑屏幕上离开，直接回答：“可以。”

“那我现在就打电话告诉夏总。”小王说。

顾余生没吭声，彻底沉浸在对照片的研究中。

挂断电话后，小王说：“夏总约了晚上七点见面。”

顾余生“嗯”了一声，将两张照片放大又缩小，来回对比着看。

小王没看顾余生的电脑屏幕，以为他在忙工作，识趣地开口：“那顾总，没什么事，我就先出去了。”

“嗯。”顾余生根本没听到小王在说什么，漫不经心地应了声，人就往后靠了靠，换了个姿势，盯着电脑屏幕聚精会神地看。

虽然两张照片的脸蛋是一模一样的，但顾余生越看越觉得自己像是在看两个人。

他狠皱了皱眉，在小王快要走到套房门口时，忽地开了口：“小王，你过来一下。”

小王急忙又折了回来：“顾总。”

顾余生招了招手，示意小王靠近一些，然后等到他把脑袋探过来后，点着电脑屏幕上的两张照片说：“你有没有发现什么不同？”

这不都是梁小姐吗？小王摇了摇头：“没有什么不同啊。”

“你再仔细看看。”

小王继续盯着看了一会儿，还是摇头。

“你难道不觉得，这两个照片像是两个人吗？”

小王古怪地望了一眼顾余生，有点怀疑是不是顾总心情不好，在拿自己消遣。过了片刻，才又摇了摇头。

顾余生被小王三番五次的摇头搞得心里有些恼火，他皱了皱眉，递给小王一个眼瞎的眼神，再当什么也没问过他的样子，直接挥了挥手，示意他出去。

小王一关上门，顾余生就拿手机对着电脑屏幕拍了一张，然后发给陆半城，把刚刚问小王的话重复了一遍：你有没有觉得这两张照片不像同一个人？

陆半城正巧在玩手机，秒回：你、大、爷的，逗我很好玩吗？

刚看完这条消息，屏幕上又进来一条新消息：游戏都被你突然发来的消息卡输了！

看到陆半城的第一条消息，本来不想回的顾余生的手指动了动，又在屏幕上敲了一行字，发送了过去：你的五指姑娘可真忙，除了满足你的生理欲望，还要满足你的精神欲望。

陆半城回：对方已拒绝接受你的消息，期限为一百年。

顾余生咧了一下嘴角，暗讽了句“幼稚”，扔下手机，再次盯向电脑屏幕上的照片。

难道真的就他一个人觉得这两张照片的差距很大吗？

或许是他盯得太久出现了幻觉？

顾余生想着就闭上眼睛，让自己的大脑放空了几分钟，才又睁开眼睛，看向那两张照片。

眼睛给他的感觉，仍是无比鲜明的不同。

一个让他看了心跳会加速，一个让他看了心情平静得激不起丝毫波澜。

若两张照片都是他喜欢的小麻烦，怎么会有这样天壤之别的差距？

这其中一定有什么蹊跷……

顾余生还没去想会有什么样的蹊跷，他随手扔在一旁的手机就响了起来。

因为在想其他事，他拿起手机的动作显得有些漫不经心，然后就不走心地瞄了一眼手机屏幕，连来电显示的人名都没看清就接了电话。

“生哥？”里面传来吴昊的声音。

顾余生心不在焉地“嗯”了一声，连一句“怎么了”都没回，就沉默了下来。

“生哥……”吴昊又喊了一遍他的名字，语气显得有些波动，像是遇到了什么大事。

顾余生的神情依旧从容平淡，然后他就听见吴昊语气十分严肃认真地开口说：“生哥，你老婆不是你老婆。”

他老婆不是他老婆？

这都是什么跟什么啊？！

顾余生的眉动了动，觉得吴昊是在说梦话，就没过多理会。

“生哥，我现在就给你发两张照片过去，你自己看……”随着吴昊的话音落定，顾余生的手机在耳边震动了两下，他将手机拿下来，开了扩音，然后点开微信，两张梁豆蔻的照片随即映入眼帘。

一张是在他的别墅门口，小麻烦憔悴狼狈地拎着一袋子垃圾往垃圾桶的方向走。

一张是在雅荷公寓门口，周婧开着车，而她坐在副驾驶座上。

因为是数码照相机拍的，照片的下面还显示着拍摄时间。

是昨晚十点半左右。

“生哥，你看到了吗？在时间差不多的情况下，你老婆分别出现在了两个不同的地点，这只能说明——你有两个老婆……”

什么？他有两个老婆？

顾余生不悦地皱了皱眉，刚想回一句“扯淡”，视线就被两张照片上的两双眼睛吸引了注意力。

即将脱口而出的话瞬间凝滞在了他的嘴边。

他家门口那张照片上的眼睛，是他熟悉的、心动的、迷恋的那双眼睛。

可和周婧在一起的那张照片上的眼睛，是一直以来让他觉得怪异的、不对劲的那双眼睛。

住在他家里的是小麻烦，那和周婧在一起的女人又是谁？

又或者说，这两个人，哪一个才是真的梁豆蔻？

“生哥，我还可以再告诉你一个确切的消息，住在你家里的那个老婆不是你真的老婆，而另一张照片上，和你老婆的经纪人在一起的那个才是你真的老婆……”吴昊意识到自己说得有些乱，停了停，又说，“也就是说，你家里的那个是冒牌的！”

小麻烦不是梁豆蔻？

顾余生紧绷了一下唇，本能地问：“你是怎么知道的？”

“是蒋逸他妹妹，蒋纤纤告诉我的。她今天上午已经去过你的别墅了，说真的梁豆蔻耳朵后面有个伤疤，而你家里住的那个没有。她们毕竟是亲生表姐妹，肯定有很多细节外人不知道，她们却知道的……”吴昊把蒋纤纤告诉自己的，原封不动地转述给了顾余生，然后也抛出了和蒋纤纤同样的疑惑，“但现在就有个问题说不通了，如果你家里的那个老婆是假的，那么我前天发给你的视频里的那个到底是你的真老婆还是假老婆呢？如果是假的你老婆，她不应该会说出那样的话，毕竟梁豆蔻的事业和她也没太大的关系；如果是真的你老婆，她都没住在你家，又吃什么避孕药呢？”

随着吴昊宛如绕口令一般的话钻入顾余生的耳里，他的大脑飞快地转动起来。

旁人或许分辨不出来视频里的梁豆蔻到底是哪一个，但对于刚刚就发现有不同的他来说，他可以十分笃定，视频里的那个梁豆蔻不是小麻烦。

吴昊说，小麻烦不是真的梁豆蔻，那他喜欢的、想娶的小麻烦究竟是谁呢？

他一直以来都只和小麻烦有过肌肤之亲，如吴昊疑惑的那样，真的梁豆蔻又为什么要吃避孕药呢？

不，他不应该去疑惑真的梁豆蔻为什么要吃避孕药，他应该去想，真的梁豆蔻吃了避孕药，对谁的冲击最大？

小麻烦……随着这三个字在顾余生的大脑里闪现，一瞬间，所有的事情他全都想通了，也明白了。

在这件事里，蒋纤纤扮演的角色只是一枚棋子，负责把视频传递到他手中的棋子。

视频是梁豆蔻用来对付小麻烦的，最终目的是为了让他和小麻烦之间产生隔阂。

梁豆蔻之所以这样做，是因为她怕他知道小麻烦不是真的梁豆蔻后，稳不住顾太太的位置……

这么说起来，把他当成棋子和傻子的人，根本不是小麻烦！

笃定而又坚决地说不要他孩子的人，也不是小麻烦！

而他，却对小麻烦发了那么大的火……

顾余生的身体重重地颤抖了一下，然后就听到手机里传来吴昊语调提高了的声音："生哥？你还在听吗？"

他的大脑全被误解小麻烦充斥了，他没回吴昊的话，而是直接挂断电话，握着手机在原地僵了几秒，就快速地奔出房间，连房门都没时间关。他冲到小王的房间门口，用力地连按了好几下门铃。

难怪她答应了他要为他生个孩子，却还背着他吃避孕药。

难怪他给了她银行卡，她分文不花。

难怪他给她买那么多礼物，她从来都不用。

原来，他喜欢上的小麻烦，只是梁豆蔻找来的一个替代品……她不是真的梁豆蔻，她就没有资格享受那些待遇。

可她又哪里知道，那些东西，他送的人是小麻烦，不是梁豆蔻……

越想，顾余生的胸膛起伏得就越厉害，他看门还没开，就用力拍起了门。

伴随着小王一声"谁"，门打开，他看到顾余生一怔，"顾总"都还没喊出口，顾余生就迫不及待地开了口，他的声调颤抖得格外厉害："快，给我订机票，我要回北京！"

可他们刚刚才约了夏总今晚吃饭啊……

小王下意识地开口："顾总，您今晚七点约了夏……"

小王的提醒还没说完，顾余生等不急又开口打断了他的话："我说，订机票，我现在要回北京！"

没有什么事情，比他立刻回去找小麻烦更重要了。

他要问她一句，她是谁？

他还要和她说声对不起。

小王被顾余生吓得乖乖闭了嘴，一个字都不敢多说地拿出手机，开始订机票。

"顾总，最早飞回北京的航班是今天下午五点半。"

顾余生抬起手腕，看了一眼时间，刚不过中午一点钟，还有四个半小时。

顾余生的眉蹙起，有着明显的不悦和焦急从他的身上弥漫出来。

小王没等顾余生开口说话，就立刻改口："我现在去看火车票。"

顾余生动了动唇，没出声。

一分钟不到，小王就给了顾余生回答："高铁要明早才有……"

最后一个"票"字还没从唇齿间脱落，小王就感觉到有一股强大的压迫迎面扑来，他下意识地往后退了一步，出声解释："可能是因为马上要过中秋……"

"车钥匙拿来。"顾余生冲着小王摊开手。

"呃？"小王一时半会儿没明白顾余生的意思，愣然了一会儿，将分公司这边备用的车钥匙掏出来后，才反应过来顾余生那话里的意思："顾……顾总，您不会是要开车回……回北京吧？"

是的，他是要开车回北京。

他等不到晚上五点半了，若是航班因为什么问题再晚点，或许要到零点他才能抵达北京。

顾余生没回小王的话，语气淡淡地扔了一句："你留在上海，跟夏总和 SH 财经那边解释。"

顿了顿，他又补充了一句："我房间里的东西，你记得帮我收拾一下。”

然后，他就大步流星地踏进了电梯。

钻进车里后，顾余生连安全带都没系，直接一脚油门踩到底，就转动方向盘飚了出去。

千里之外的北京。

去过一趟顾余生公司的秦芷爱轻车熟路地抵达了顾氏企业公司的地下停车场，乘坐电梯到了前台。

以前梁豆蔻来公司的时候，顶楼那边总是会让她各种阻拦，虽然上次她过来，大BOSS特意吩咐了放她上去，但这次没有接到通知，所以前台犹豫了一下，没敢放秦芷爱上楼：“梁小姐，顾总今天不在公司。”

“不在？”秦芷爱略微有些遗憾地出声问，“那你知道他去哪里了吗？”

“好像是出差了，不过具体去哪里我也不清楚。”

“哦。”秦芷爱应完后，停顿了几秒钟，冲着前台友好地笑了笑，说了句“谢谢”后转身离开。

回到车上，秦芷爱心不在焉地踩着油门，速度很慢地开出了地下停车场。

她沿着来时的路往回开，视线时不时地去瞄一眼放在副驾驶座上的手机。

在开到第二个路口时，秦芷爱忽地一个紧急并道，将车子停靠在了路边。

她握着方向盘，直视着正前方犹豫了片刻，最后还是拿起手机，找到顾余生的电话号码，深吸了一口气后拨了出去。

电话响了好几声才被接听，没人说话，手机听筒里传来窸窸窣窣的声响，像是戴着蓝牙耳机。

秦芷爱等到顾余生那边安静下来后，才吞咽了一口唾沫，开口问：“你……出差了吗？”

和昨晚她打过去的电话不一样，顾余生给她的不是沉默，而是很轻缓的一声“嗯”。

他回她的话了，是不是代表着他的气也削减了许多？

秦芷爱在打电话之前还有些忐忑不安的心稍稍平定了一下，又主动开口问：“去哪里出差呀？”

“上海。”顾余生的声音依旧很柔和，就仿佛是他和她，昨天根本没有发生过任何不快一般。

“哦。”秦芷爱应了一声，想问一句“你什么时候回来”，可一想到自己明天就要走了，于是就将话憋回了腹中，用力握着手机安静了片刻，然后对着电话里的顾余生说了句“你稍等我一下”，再将手机从耳边拿下来，连接上附近的免费Wi-Fi，上网查了一下机票，发现三点钟有一趟航班飞往上海，于是没有丝毫犹豫地订了票，等到付款成功后，她才重新将手机举到了耳边。

她开口喊出“顾余生”这三个字的时候，电话里的顾余生像是有什么话想跟她说一般，恰好也脱口而出了三个字：“小麻烦……”

两个人听见对方喊自己，同时闭上了嘴。

过了一会儿，秦芷爱才开口：“怎……”

像是上天操控的一般，她在说这个字的时候，电话那端的顾余生很轻柔地“嗯”了一声。

两个人听见对方的声音，又心照不宣地同时沉默下来。

这次秦芷爱还没开口，顾余生像是怕两个人再撞上一般，抢先出声：“你先说。”

他有很多很多话想问她，也有很多很多话想跟她说。

只是他没想到她会突然给他打来电话，千言万语就那么压在他的心里，让他一时半会儿大脑当机，有些不知该从何问起，从何说起。

秦芷爱没跟顾余生客气，因为紧张，她握着手机的力道微微加大了一些，才小声地开口说：“我刚刚订了一张机票。”

电话那端的顾余生没出声。

秦芷爱咬了一下唇，接着说：“去上海的。”

在她这四个字的话音落定的那一刹那，手机里传来一道紧急刹车的声音。

车速应该很快，轮胎摩擦地面发出很长一串刺耳的噪音，然后才重归安静。

秦芷爱蹙了蹙眉，问：“你在开车？”

电话里回应她的还是一片安静，过了不知道多久，电话里才传来顾余生的声音，是很轻的一声“嗯”。

又过了大概十秒钟，顾余生接着又开了口：“是来找我吗？”

他的直接和干脆让秦芷爱变得有些不好意思。

她紧攥着手机，屏着呼吸安静了片刻，才大大方方地轻声承认：“是。”

那端没有回应，她的脸上泛起一抹淡淡的红，怕他没听清楚，又强调了一遍：“是去找你。”

顾余生握着手机，愣愣地盯着前方绵延不见尽头的高速公路，只觉得这一切如梦似幻。

他在心底反复将她说的那几个字绕了好几遍，才开口，声音清淡，却不是柔情：“几点到？我去接你。”

“五点到。”秦芷爱轻声细语地回，然后又说，“浦东机场。”

秦芷爱上次去顾余生公司的时候，有一次无意间看到，顾氏企业上海的分公司在黄浦江附近，于是又开口说“离你的分公司有些远，但只有到那个机场有票了。”

“嗯。”顾余生语气轻缓，“我知道了，下了飞机给我打电话。”

“嗯，好。”秦芷爱应完后，举着手机安静了片刻，看顾余生没有再开口说话的意思，想着自己还要赶去机场，就开口说，“那我挂了。”

“嗯。”顾余生像是沉浸在自己的思绪里在想些什么，回她的话很是漫不经心。

秦芷爱正准备挂电话，顾余生突然喊了一句：“小麻烦？”

秦芷爱停下动作：“怎么了？”

“你的身体好些了吗？”

“好了……”秦芷爱答得格外详细，“早上就没事了。”

“嗯……”秦芷爱以为顾余生应完这个字，是要说“再见”的，没想到他又喊了她一声，“小麻烦？”

隔着电话，秦芷爱看不清顾余生的神情，但从他细腻柔软的语调中，她总觉得他好像藏了很多话要对自己说，于是她没回他，只安静地等待。

过了半晌，他才开口：“对不起。”

因为没想到他会突然道歉，秦芷爱张了张嘴，说不出来话。她在拿到戒指后，急匆匆地来找他，想要问他的那句话在唇齿间盘旋着，似是随时都会脱口而出。

“我……”顾余生只说了一个字就停了下来，过了半分钟，他再开口的声调明显比刚刚要轻松许多，“等你过来再说吧。”

秦芷爱好奇顾余生想跟自己说些什么，却又怕误了航班，迟疑了一下，也将要问的话吞咽回了腹中，轻声说：“好。”

顿了顿，秦芷爱又说：“真巧，我也有事想跟你说。”

“嗯？”顾余生的反问声刚飘出，秦芷爱就再次开了口，“也等我过去再说吧。”

电话那端的顾余生停顿了一会儿，回：“好。”

又过了几秒钟，他第三次叫了她的名字：“小麻烦，你……”

他停了下来，没再继续说话。

过了大概一分钟的样子，他才开口，接着刚刚的话，缓声说：“注意安全。”

直觉告诉秦芷爱，顾余生想说的不是这四个字，可隔着电话，她看不清他的容颜，更无从去揣测他的心思。尽管她心底的疑惑重重，可一想着反正见到他就会知道了，就轻声细语地回答：“我知道了，再见。”

“再见。”顾余生也不知为何，在说完后，突然就又想喊一遍她的名字，然后就语气和缓，一字一顿地开口，“小麻烦。”

他的语调很轻，透着一缕缠绵的味道，秦芷爱听得小心脏轻颤了几下，面色温软的握着手机，沉默无声的停顿了片刻，才将手机从耳边拿下来，挂断，然后发动车子，开往了首都国际机场。

第十六章

留白

抵达机场时，距离飞机起飞只剩下半个小时的时间。

秦芷爱急匆匆地取了机票，过安检，登机，等她在飞机上坐好时，整个人已经累得气息有些不稳。

她系好安全带，取出手机，准备关机之前，给顾余生发了一条短信：我要起飞了。

空姐这时恰好经过她身边，看到她的手机屏幕还亮着，友好地开口提醒：“小姐，麻烦您关闭一下手机电源。”

“好，马上。”秦芷爱嘴里这么回，却抓着手机继续等了半分钟，直到收到顾余生发来的“等会儿见”四个字，才按了关机键。

飞机冲上云霄，秦芷爱透过窗户望着飘浮的白云，嘴角按捺不住地勾起一抹淡淡的浅笑。

她本以为他大发雷霆离开的那一幕会是他和她的结局。

没想到峰回路转，他和她还可以再见上一面。

上天待她终究不薄，给了她这般宽厚的恩泽，让他和她在分开之前还可以留下一段美好时光。

尽管她喜欢了他八年，最终还是没能和他走在一起，她想，等会儿见到他，问出盘旋在心头八年的那句“顾余生，你是不是喜欢我”后，她这一生知足，也满足了，就再无什么遗憾了。

五点十分，秦芷爱准时抵达了上海浦东机场。

她戴好口罩和墨镜就立刻下了机，从VIP通道离开机场。

她站在接机处四处望了望，没有找到顾余生的身影。她以为他还没赶到，就拿着手机发了一条短信过去：我到了。

然后她怕他会来了找不到自己，又拍了一张旁边咖啡馆的照片，发过去后，补充了一句：我在这里等你。

秦芷爱都喝完一杯咖啡了，顾余生还没到。

她拿出手机，给顾余生拨了一个电话过去。

无人接听。

秦芷爱蹙了蹙眉，想顾余生可能是因为开车顾不上接电话，便放下手机，招呼服务员又点了一杯咖啡。

为了打发漫长的等待时间，秦芷爱随便从书架上拿了一本杂志，坐在角落隐蔽的沙发上，无聊地翻看着。

就连杂志上的广告，秦芷爱都一字不落地读完了，顾余生依旧没到。

秦芷爱拿起手机瞄了一眼时间，已经快到七点钟了。

她都等了两个小时了，他怎么还没来？被公事缠身，还是……

秦芷爱一边想，一边又拨了顾余生的电话，和之前一样，电话响到最后变成了忙音，仍然没被接听。

她不会又被他放鸽子了吧？

秦芷爱一开始飞往上海的雀跃心情，一点一点地冷却了下来。

机场里很喧哗，她却像是听不到任何声音一般，目光定定地盯着手机瞧。

时间从七点五分，变成七点十五分，再变成七点二十五分，一直到七点三十五分，顾余生都没有回电，也没有回短信。

秦芷爱第三次拿起手机，拨了电话。

依旧是无人接听。

她挂断，拨了第四个，然后又拨了第五个，第六个，第七个……她就像是一个被人操控的机器人，不断地挂电话，拨电话。她不知道自己重复了到底多少遍这个举动，一直到她手机的电量提醒不足百分之二十时，她才眨了眨眼睛，面色有些苍白地从包里拿出移动电源，连接后，僵硬着身体盯着手机看了片刻，又一次拨了顾余生的电话。

电话响了好几声仍没被接通，就在秦芷爱准备放弃挂断时，里面的“嘟嘟”声断了，传来一个陌生的男音：“你好。”

不是顾余生？秦芷爱蹙了蹙眉，隔了几秒钟才回：“你好。”

停顿了一下，秦芷爱又说：“请问，你是？”

“哦，我是公安部的，请问您是手机机主的爱人吗？”备注是小麻烦，很亲切，应该是情侣或者夫妻吧。

秦芷爱的心莫名变得慌乱，她迟疑了一下，回答：“是。”

“是这样的小姐，手机的机主因为救人被河流冲走了，我们派了很多人在寻找他，但现在还没找到，恐怕情况不容乐观……”

秦芷爱握着的手机“啪”的一下砸在了咖啡桌上，发出“砰”的一声响，惹得周围不少人侧目看来。

“喂？小姐，您还在听吗？小姐？小姐？”

电话里传来好一阵男子的声音，秦芷爱才生硬地转动眼珠拉回了一些神思，她颤抖着手拿起手机，嗓音干涩地回了一个“在”字，然后语气有些着急地问：“事故地点在哪里？”

“A 市，秦河这边，临近 G30 出口。”随着电话里的男子报出地点，秦芷爱快速地站起身，从包里掏出几张红色的钞票放在桌子上，抓起包飞快地跑出咖啡馆，奔向出租车候车区。

她一路上撞了好几个人，她连停下来认真地道句歉都没有，只是草草地扔下一句“不好意思”或“对不起”，就匆匆忙忙地往前冲。

出租车的候车区只有零散的几个人在排队，不过也就两三分钟的时间，秦芷爱却急得额头上都冒了汗。

等轮到她乘车，她整个人几乎是扑到面前的出租车旁，拉开门，人还没坐上去，就告诉了出租车师傅地点，再迫不及待地催促他赶紧出发。

多年后，顾余生在接受一个媒体采访时，有位记者问了他一句：“顾先生，请问您有过后悔的事吗？”

当时衣冠楚楚意气风发的他在听到这个问题时，面对无数镜头和闪光灯，突然就定起了神。

他有过后悔的事吗？

坦白来说，他这一生从没后悔过。可当时的他在听到这句话时，却恍了神，那是因为他想起了一件遗憾的往事。

他不知道遗憾算不算是后悔，但他知道，若是时光可以倒流，一切可以重来，他依旧还是会选择那么做。

因为他不单单是顾余生，不单单是爱着小麻烦的顾余生，他还是一个军人，一个即使已经退伍，却依旧还热爱着这片土地，热爱着这片土地上生存的人民的军人。

那件遗憾的往事就发生在秦芷爱来上海找他的那一天。

他挂断她的电话后，并没急着开车往上海浦东机场赶，而是坐在车里，握着方向盘，望着窗外明媚静好的阳光，眉目舒展地微笑了起来。

坦白来说，他是真的没想到她会突然给他打来电话，还说要来上海找他。

他接她电话的整个过程中，心情波荡起伏得让他有些无法承受。

他在电话里很想问她，你究竟是谁？为什么要当梁豆蔻的替身？你卸完妆后的模样是什么样的？你的真名叫什么？家住哪里？

他有很多很多的疑惑想问，但他又怕事情并没有他想象中的那么简单。

她在他身边这么长时间，一直都把自己掩饰得那么好，他几乎每次见到她，她都是打扮得光鲜亮丽的样子。即使是晚上，也是妆容完美。

他没喜欢上她之前也没多留意，喜欢上她之后，他注意到了，难免会纳闷会好奇，当然也会询问她。可她说，她想让自己一直保持完美。

真是太奇葩的理由，可他看她当时笑得俏皮，心神一软，也就随她去了。

直到此时，他才知道，不是她思想奇葩，而是她怕被他发现自己不是真的梁豆蔻。

她既然能来当替身，想必是梁豆蔻给了她什么好处。

他怕一旦自己开口问了，她就会知道他识破了她的伪装，然后她为了保住那些好处，会不敢来上海见他。

所以他忍了下来，让自己不要打草惊蛇。

顾余生拿着手机，将导航切换成开往浦东机场的路线。正准备踩油门时，手机响了一声，是小麻烦发来的短信：我要起飞了。

他盯着那简单的五个字，心神荡漾柔软了好一会儿，才回她：等会儿见。

她没回复他，他想她大概已经关机了吧？

他心情愉悦地放下手机，握着方向盘，听着导航里的提示音，在洒了一地明媚阳光的高速公路上飞驰而行。

从最近的收费口下高速，顾余生需要环绕A市才可以重新开到回上海的高速公路上。

A市临近秦河，上高速的公路沿着河流而建。

河边住了不少人家，不是那种小市区的房子，全都是自己建的，大多都是三层高。小洋楼一座一座的，红瓦白墙，画面格外美好养眼。

河流上游大概是今天开了闸，水流凶猛，隔着紧闭的车窗，顾余生都能听见“哗哗”的流水声。

车子的油不足，顾余生怕会在高速路上耗尽油，万一找不到加油站，到时候麻烦更大，所以在远远地看到有家加油站时，他就将车速减缓了下来。

加完油，付完款，顾余生又继续上路。

透过车窗，恰好可以看到河边的场景。他一路前行的地势越来越低，河水流动的速度也就越来越快。

就在他的车速从0提到120时，透过后视镜，他瞄见河边有几个十五六岁的男孩在玩耍。

虽然已经入了秋，南方的天气依旧有些暖，男孩们只是穿了短裤，在调皮捣蛋地拿着石子冲着河流里一边扔，一边嬉闹着。

也不知道几个男孩互相嚷了些什么，其中一个脱了鞋就跳入了水流湍急的河里。

他一边游，一边冲着岸上不知喊了几句什么，其他几个男孩也纷纷脱了鞋，一前一后地跳了进去。

几个男孩在水里戏耍了一会儿才发现，自己距离岸边的鞋子越来越远，然后纷纷往岸边游去。

水流的速度十分快，而他们游泳的速度完全抵不过水势，有一个男孩渐渐落后，被水冲得一会儿能看到脑袋，一会儿又看不到。

他可能喊了“救命”，游在前面的几个男孩回了一下头。

大多数男孩许是害怕，没理会最后的男孩，连滚带爬地上了岸。

唯独有一个男孩在原地犹豫了一会儿，转身朝着最后的那个男孩游去。

一个人能勉强逃到岸边实属不易，现在一个人带着一个人，却换来两个人在河流里不断地扑腾，却怎么也靠不了岸。

岸边的男孩们扯着嗓子不知道在喊些什么，神情显得焦急无比。

有人已经撒腿往不远处的房子跑去，似是去找人求救。

河流里的那两个男孩被冲得往下流越走越远，岸上有两个男孩撒腿跟着追，眼看前面的坡度越来越低，宛如一个小瀑布一般，若是被冲下去，卷入水的旋涡中，怕是这两个男孩会全都没了命……

将这一幕尽收眼底的顾余生几乎没有片刻的犹豫和思考，就狠踩了一脚油门，将车子停在公路边，然后翻过公路旁的护栏，朝着河流飞快地奔了过去。

他连鞋子都没脱，跑到河边就跳了进去，朝着那两个男孩奋力游去。

以他的一身功夫，以他在部队里经历过无数次刀山火海的历练，要在河流里救两个男孩，真的不成问题。

即使用“小菜一碟”这四个字来形容，也不算过分。

只是很多时候，事情往往发展得让你哭笑不得。

顾余生揪着两个男孩的胳膊，将他们撑出水面，抢在没被冲到小瀑布前时，就已经到了岸边。

他一手抓着岸边的一个枯木桩，一手将两个男孩往岸边拖。

两个男孩估计是真的被吓到了，求生的本能很强，因为力气不足，往岸上爬时有些吃力。其中一个男孩在情急之下，为了借力可以上岸，往后用力踹了一脚，恰好踹在了顾余生的脖子上。

十五六岁的男孩，爆发出来的力量不小，而那一脚踹的又是他相对比较脆弱的地方，加上他没防备，整个人毫无征兆地就被男孩一下子踹入了河中。

因为下沉速度过猛，岸边的水不深，他的脑袋撞上了石头，伴随着一道剧烈的疼痛，眼前一黑，顾余生闻见了再熟悉不过的血腥味。

他都还没来得及去检查一下自己受伤的严重性，耳边就传来几道惊呼声：“小钊，小钊！”

顾余生急忙从河水中探出脑袋，看到刚刚踹他一脚的那个男孩因为没了他力道的支撑，再次坠入河流中，被疾速流动的水冲出下游好几米远。

顾余生很清楚，头部受创的他此时上岸才是最佳的选择。

可他上岸就意味着刚刚踹他一脚的男孩会丧命在这河流之中。

他也很清楚，如果去救那个男孩，很有可能会换来自己上不了岸的结局。

对于旁人来说，救不救那个男孩或许是一道选择题，可对于他来说，却是义不容辞的责任。

哪怕他脑袋上的伤是男孩失足踹的，他没有丝毫埋怨和片刻犹豫就拼尽全力游到男孩的面前，抓住他的胳膊，再次抢在他快要被冲下瀑布前，将他带到了岸边。

男孩两次险些在水中丧命，基本上吓丢了魂魄，全身软得使不出半点力气。顾余生头上的伤疼得厉害，感觉神经一扯一扯的。他被男孩那一脚踹到河里时，腿也被划伤了。十五岁的男孩，少说也有一百来斤，他几乎是耗尽了全身最后一定点力气才将他推上了岸。

看到男孩安全着陆，顾余生暗松了一口气。刚准备爬上岸，一股急流忽地冲来，将他猛地就推离了岸边。

他都还没来得及反应，就已经被水流冲到了小瀑布处，重力加速了水势，直接将他整个人从高处冲到了低处，卷入了瀑布下的旋涡中。

伴随着一阵眩晕，顾余生的鼻中、口中、耳中全都灌了河水。

汹涌的水势冲刷着他脑袋上的伤口，疼得让他在水里有些使不出力气。

他拼命往上游了好几次，刚露出脑袋，就又被压回水中。也不知这般反复地挣扎了多少次，呛了不少水的他渐渐有些体力不支，受伤的腿也开始抽筋。直到最后，他连脑袋都探不出水面了，在水下憋气太久的他，因为缺氧，意识就开始涣散了。

真扯淡啊……他从枪林弹雨中不知道穿梭过多少次都没出过什么茬子，今天为了救两个男孩竟闹出这样冒风险的事情……只是，他的小麻烦还在等着他去接机的啊……他有很多很多话要跟她说，而她也说有很多事要跟他讲……她若是等不到他，会不会生气……

他拼命想让自己打起精神，可终究还是有些力不从心。隐隐约约中，他仿佛看见了小麻烦那双漂亮精致的眼睛，冲着他盈盈地笑。

（未完待续）

《那时喜欢你3》2017年7月全国上市！